青梅邂逅竹马

旖旎伊伊/著

Qingmei Xiehou Zhuma

吉林出版集团有限责任公司

图书在版编目（CIP）数据

青梅邂逅竹马 / 旖旎伊伊著. —长春：吉林出版集团有限责任公司，2012.2
ISBN 978-7-5463-4873-5

Ⅰ.①青… Ⅱ.①旖… Ⅲ.①长篇小说—中国—当代 Ⅳ.①I247.5

中国版本图书馆 CIP 数据核字 (2012) 第 019555 号

青梅邂逅竹马   旖旎伊伊 著

出版策划：	刘　刚
项目统筹：	张岩峰　郝秋月
责任编辑：	郝秋月
责任校对：	范　迪
封面设计：	嫁衣工舍
出　　版	吉林出版集团有限责任公司（www.jlpg.cn/yiwen）
	（长春市人民大街 4646 号，邮政编码：130021）
发　　行	吉林出版集团译文图书经营有限公司
	（http://shop34896900.taobao.com）
总 编 办	0431 — 85656961
营 销 部	0431 — 85671728
印　　刷	北京嘉业印刷厂
开　　本	965mm×635mm　1/16
印　　张	15
字　　数	274 千字
版　　次	2012 年 6 月第 1 版
印　　次	2012 年 6 月第 2 次印刷
定　　价	24.80 元

版权所有　侵权必究
印装错误请与承印厂联系

目录
contents

第一章 归 / 001

第二章 逝去的爱，现存的恨，何时了 / 021

第三章 为谁憔悴损芳姿 / 041

第四章 长相思，摧心肝 / 054

第五章 为谁风露立中宵 / 074

第六章 把从前、离恨总成欢，归时说 / 135

第七章 本是同根生 / 174

终篇 成全爱 / 208

番外 松司佐篇 / 226

番外 杨安安篇 / 229

番外 安颖篇 / 232

第一章 归

时隔六年，关明烟重新站在了S市的土地上，一切都如此的熟悉。微风打在她的脸颊上，勾得她忍不住弯起嘴角。伸手遮住迎面而来的阳光，连呼吸吞吐间都是家的味道。

"钟习衡，我们打个赌，我赌你一辈子不幸福。"耳边怎么会突然响起这句话，关明烟忍不住蹙起了眉。当年的自己是不是太过狠心了？她从未说过那样恶毒的话。直到现在，钟习衡那铁青的脸色，鼻间粗重的呼吸，都如此清晰地环绕在她的脑海。

刚踏进故土的愉悦，此刻已经荡然无存。这里有太多他的气息。

"明烟，这里！"一声不太标准的普通话将她拉回了现实。她侧身，看见人群中一个高大的金发帅哥正对着她拼命地挥手。

"Rex（雷克斯）。"关明烟笑着迎上前，和金发帅哥来了一个结结实实的拥抱。

金发帅哥使劲揉了揉她的长发，往她周围瞅了瞅，笑嘻嘻地问："就你一个人？怎么，他没有来吗？"

关明烟用手指轻轻推开他，不经意地与他保持了一定的距离，脸上的笑容不曾卸下，"没有。他留在美国，现在带他回来太早了。"

她垂下了眼帘，没有多言。她自有打算，隔了这么久，有些事情可以搁浅，

有些人却难以忘记。

Rex 看她这副模样，不再多问，"明烟，我在这里找了份超级棒的工作，不仅是高薪，而且可以做我最喜欢的事情。"

关明烟抬头，笑着看他，"哦？真的？居然真的有人愿意高薪聘请一个不正规的厨师？"

她的话明显打击到了他，他声音小了，有些不悦，"谁不正规了？谁不正规了？我好歹自己花了那么多钱学习厨艺呢。"

关明烟眯着眼，含笑点头，"那今天做饭给我吃吧，虽然你总是做一些稀奇古怪的东西，但是离开半年，我还是有些想念了。"

关明烟走下霸气与时尚兼具的保时捷，被眼前的别墅震慑了，呆望着城堡似的建筑。

"怎么样，是不是很棒？保时捷也是我的老板送给我的。"Rex 得意地挑着眉，瞧她欲言又止的模样，以为是惊讶得说不出话，"我的老板可是 S 市一手遮天的人物哦。"

关明烟心头猛地一震——一手遮天的人物。

"关明烟，你走吧，你最好走得远远的，让我一辈子都找不到你。等到我翻手为云覆手为雨的时候，你要是再落在我的手里，我定让你万劫不复。"

万劫不复……关明烟心一沉。她这是怎么了？明明连人都还没有见到，也不知 Rex 口中的大人物到底是不是他，怎么心底就升起了阵阵寒意呢？

"啊，我接一个电话。"Rex 没看出她的心思，掏出手机走到远处接电话。

关明烟看着他眉头越锁越紧，然后他挂了电话，脸上露出难得的焦虑。"出了什么事儿吗？"关明烟走上前，拉住他的胳膊。

Rex 沉思了几秒，"明烟，我交了一个女朋友，她……身体不太好，得了急性肠胃炎，刚被送进了医院，她父母都不在这里，要我赶快过去。"

关明烟被他一席话打得七荤八素，"你，你什么时候交的女朋友？"

"一个月前，准备今晚一起吃饭的，谁知道……"Rex 使劲儿挠乱头发，看上去多了份颓废。关明烟看着有些心疼，他何时这样着急过？

"那怎么办？这边的工作？"

"唔……其实只是做个晚餐，然后让别人送过去就可以了。"Rex 打量着她的脸色，小心翼翼地解释。

关明烟抽了一下嘴角，冷哼了几声，"你该不会指望我帮你做吧？"

Rex 的眼神往四周瞟了瞟，"反正老板也不知道是谁做的，更何况他都没见过我呢，你偶尔做一次应该不会被发现的。"

"帮帮我吧，求你了，明烟——"Rex 突然握住她羸弱的双肩，蓝色的眼睛发送着强电力的电波。

关明烟终是撑不住，点点头。虽然她没有很专业地学过烹饪，但是几年前，因为某个人，她特地去烹饪学校上过一段时间的课，手艺也是拿得出手的。她看着Rex急匆匆离去的身影，叹了口气，难得这小子被爱情困住，权当……是为了朋友吧。

她摇了摇头，走进别墅。偌大的别墅，竟一个人也没有。

关明烟好不容易找到了厨房，刚进去，立刻被里面明晃晃的装修惊呆了。一尘不染的厨具，宽阔的空间都够得上两个人跳一支华尔兹了，打开双门冰箱，她更是呆住了。冰箱很大，可里面放的全是罐装的啤酒。

她轻叹一口气，放下皮包，开始认真地做饭。她已经很久没有做中国菜了，一开始拿刀都有点儿小心翼翼，切肉的时候手柄滑了滑，差点切到了自己的手指。关明烟虽然做得不是很顺利，但是过了一个多小时，桌子上还是摆放了几盘色泽鲜艳的佳肴。

关明烟审视了一会儿，对自己并未遗忘的手艺有些得意，正在她准备品尝的时候，门铃响了。

"Rex先生，请……"来的是几位身着黑色西装的男人，看见前来开门的居然是套着围裙的女人时，也是吃了一惊。

"你是谁？"关明烟赶紧脱下围裙。

领头的男人往里面扫视了一圈，"Rex呢？"

"他……有急事，先出去了。"关明烟还没来得及阻拦，黑衣男已经推门而入。

"这是他做的晚餐吗？"黑衣男指了指桌上的几盘菜问道。

关明烟一时无言，不知该怎么说，支支吾吾。黑衣男管不了那么多，直接将她的无言当做默认。

"赶快趁热打包，老板爱吃新鲜的，要是送过去凉了，我们几个都逃不过罪责！"

他们以迅雷不及掩耳之势将关明烟辛苦做的几碟菜全部放进一个超大的饭盒里，面色紧张，生怕破坏了晚餐似的。看着他们如此小心对待，关明烟心里打起了鼓，要不要说实话，要不要说实话……

不等她思考结束，黑衣男已经消失在她的眼前了。

关明烟凭借在美国的六年生活经历，和一张意大利语专业硕士文凭，很快就找到了一份月薪不错的工作。她选择在S市最著名的一家杂志社做翻译，专门负责国外文摘的翻译工作。

周日早晨，她一边啃着洗好的苹果，一边懒洋洋地靠在长沙发上和Rex聊天。

"这就是……你口中的……公司宿舍？"关明烟环望着四周，无力地感慨。

Rex点点头，"是啊，怎么样？不错吧？"

关明烟挑了挑眉,何止是不错,"这里一直是你一个人住吗?"

Rex 先是一惊,然后默然,"我和她还没到那一步呢……"关明烟先是没有反应过来,后来才扑倒在沙发上哈哈大笑。Rex 明白自己被耍后,拿起抱枕就扔在她的头上。

"我的意思是说,既然你一个人住,我就不用去找房子了,本来在 S 市租房子就不是一件简单的事情,我看你这里……最不缺的就是房间了。"

Rex 很是认同,他点点头,"是的是的,房间太多了,你要是想过来就过来吧。"

关明烟不置可否,耸了耸肩,"你的小女朋友怎么样了?"

"唔,当天晚上在医院打点滴,然后……"他的话未完,门铃又响起,Rex 放下手中刚拿起的苹果走去开门。

"今天不是……"Rex 还没来得及开口,一群黑衣人已经闪进了屋内,一眼就看见了正坐在沙发上啃着苹果的关明烟。

"小姐,我们总裁请你到公司一趟。"

关明烟认出这个人就是那晚领头抢饭的人。可是,他刚才说什么来着?总裁请她?为什么不是请 Rex?

她望了望 Rex,看他也是满脸惊讶,"你们总裁为什么要请我?"

黑衣男的脸部抽了抽,后来关明烟才明白,这是他笑的标志。只是此时的她断然不会理解,心里的恐惧更添一分。

"因为你擅自为我们总裁下厨,这在公司是不被允许的。"

"你,你怎么会知道……"Rex 有些不解,关明烟也皱起了眉。

黑衣男转身,看着 Rex,那凌厉的眼神让他忍不住往后缩了缩,"请你们不要质疑总裁的智商,那晚的晚餐味道不一样,明显不是出自你的手,是别人替你做的。而那晚,你正好在这里。"黑衣男再次将目光对准关明烟,他眼里的笃定让她有些慌乱。

Rex 上前想要解释,黑衣男斜眼瞥了瞥他,强大的气场让他顿时立在原地。

这时,黑衣男转过头,看着关明烟,很是认真,"关小姐,请和我们一起去公司,与我们总裁见一面,请不要为难我们。如果你不去的话,总裁会因为 Rex 先生违反公司的规定将他辞退。"

Rex 脸上一阵青一阵白。关明烟明白,这份工作对他很重要,他很喜欢。于是,她对 Rex 使了个眼色,让他放心。"好,等我换一件衣服就跟你们走。我倒想看看这样霸道无理的总裁长成什么样儿!"

她最后的一句话让所有在场的人倒抽一口冷气。

关明烟下了车,抬头望着高耸入云的大厦,顶端几个金灿灿的大字让她浑身一怔,瞬间落入冰窖。

钟氏集团。

难怪，难怪黑衣男知道她姓关，难怪他一口就能品尝出饭菜味道的不同寻常，难怪他逼着她一定要过来与他相见，难怪……

"关小姐，请您随我们去见总裁，好吗？"黑衣男语气恭敬，却带着不可抗拒的力量。

关明烟后悔了，她抓住车门，眼里极尽哀求，"我可以不去吗？我不想去了。"

黑衣男上前，拉住她的胳膊，像提小鸡一样把她提到了一边，关上门，对着司机使了使眼色，车子从她眼前呼啸驶过。

"关小姐，您是选择自己走上去，还是选择让我背您上去？"黑衣男毫不动容的模样让她很想哭。

关明烟脸色惨白，很不情愿，"我不想上去，我真的不想上去，擅自做饭是我的错，是我的错，我一个人承担，请别……"不等她的话说完，黑衣男已经将她扛在肩上，走进了高楼。关明烟绝望地闭上了眼睛。

黑衣男把她放进了电梯，关上门，然后退出电梯。她独自一个人数着数字，心里越来越不安。电梯在第九层停下，门缓缓打开，关明烟不得不抬脚走出电梯。

火红的地毯从电梯门口一直铺到走廊的尽头。走廊的左边是透明的玻璃，里面波光粼粼，偌大的游泳池清冷安静。走廊的右边有好几个房间，门都是紧闭的，上面贴着门牌，分别是"健身房""浴室""书房""卧室"……这到底是公司还是家？

她顺着红地毯走到最尽头的一扇门前，手抬起又放下。

"你就是个贱女人！我当初真瞎了眼看上了你！"

"你给我滚！滚得远远的！看见你们这对狗男女我就犯恶心！"

曾经的那些不堪，那些她以为早已经遗忘的不堪，怎么在这个时间如洪水泛滥似的全部涌上了心头？关明烟的胸口起伏得厉害，握住门把手的手指关节泛青，她深呼吸了好几次，才缓缓地打开了门。

一片寂静。

这么空旷的房间，只有一个人。这个人正坐在超大的屏幕前，手指灵活地敲击着键盘。听到开门声，他也没受到一丝影响。

关明烟心跳如鼓，一步步走近。屏幕前的人突然停止了敲击，缓缓起身，脸庞渐渐显现，使她倒吸了一口冷气。

"好久不见，关——明——烟。"他推了推眼镜，一道亮光闪过。她一连往后倒退好几步，跌坐在地板上，浑身颤抖。

这个男人，就是曾经让她生不如死、欲罢不能的人。钟习衡，Rex 的老板，S 市一手遮天、黑白通吃的人物。更重要的是，他是关明烟这辈子最想见却又最不敢见的人。

"习衡——"除了呼唤他的名字，她实在不知道再说些什么。

钟习衡看着她坐在地板上，硬冷的嘴角难得露出一丝弧度，一步步朝她逼近，"关明烟，我奉劝你一句，以你我现在的身份，你最好尊称我钟总。这应该不算难事吧？"

关明烟的小脸越发惨白，他把他们之间划分得如此清楚，本该是件好事啊，怎么心难受成了这样？

"钟总。"关明烟吞下苦涩，在他逼近她身边之前，赶紧起身，恭敬地垂下了头，"请问，您找我来，有何贵干？"

钟习衡看着她逆来顺受的样子，无名之火又涌了上来，"那晚的晚餐是你准备的，我知道。"

关明烟脸色又是一白，他知道，他当然知道，他既然知道，为什么还要这样为难她！

"这件事与Rex无关……"她的话未完，就听见旁边一声巨响，然后是玻璃碎裂，稀里哗啦坠落在地板上的声音。她的身体猛地一抖。钟习衡鬼魅的声音离她如此之近，这几年无数个夜晚她都幻想着这声音出现。可是现在，这声音却寒透了她的心、她的身体。

"与他无关？你很关心他？走了一个松司佐，又来了一个Rex，你身边还真是从来不缺男人啊。"

关明烟艰难地抬头，扯起一点笑，"钟总，我身边的男人好像与你无关。"

他的大手钳住她的双肩，指尖在她白嫩的肌肤上留下一道道明显的痕迹，她眼里立刻泛起泪光。

"我倒要看看，是不是真的与我无关！"

见面不欢而散，她几乎被他提着扔出了办公室。未等她爬起，身后的大门就重重地关上了。

关明烟提心吊胆地过了几天，见没有任何事情发生，Rex那边也没听说被辞退，她才稍稍地安了心。现在的钟习衡什么没有？钱财、权力对于他而言，只是一根指头勾一勾的事情；而女人，连指头都不用勾，就成群结队地涌上来，他——又怎么会记得自己呢？

"明烟姐，你在想什么啊，那么专注？"和她一起工作的安颖趴到她的后背上，腻腻歪歪。

关明烟好笑地看着这个小丫头。这个小丫头年纪不大，刚从象牙塔里出来，对社会上的钩心斗角一无所知，整天就幻想着天上能掉下一张一百万的支票或者一个帅气的百万富翁砸中她。

"我在想……这个城市变化好大……"都说物是人非最是残忍,可是,当过去的物不复存在,记忆飘散却找不到一个落脚点时,这不是更残忍吗?

"是啊,尤其这几年钟氏集团越来越强大,对城市的贡献也出了很大的力呢。好多公园、商场、游乐场什么的都是他们捐建的。听说钟氏集团的 Boss 很有型呢!"

关明烟瞳孔瞬间放大,然后立马又恢复平静。安颖正沉浸在自己的幻想中,丝毫没有看出她的变化。

"关明烟,主编找你有事。"一个同事突然探头,敲了敲关明烟的办公桌。

关明烟笑笑点点头,安颖对着那个人的背影吐了吐舌头,"那个男的叫沧睿,一天到晚就知道埋头苦干,死板,不会讨主编喜欢,做了两三年了还只是一个小记者。"

关明烟拍拍她的头,"不要在背后乱嚼别人的舌根,这里不比大学了,谁知道隔墙是不是有耳,窗外是不是有人呢?"

安颖似懂非懂地点点头。

"明烟啊,我知道你是知名大学的高才生,对意大利语和英语都相当精通,我们对你这段时间的工作很满意,读者的回馈意见对你评价也很高。"

主编莱斯是一个三十岁出头的青年男子,每每看到关明烟都格外绅士格外殷勤,报社里的流言飞语已经飞满天。此刻听着他对自己的百般赞赏,关明烟反而有些腻歪。

"主编,这是我的工作,尽心尽职地完成才能对读者负责。"

莱斯眉开眼笑,把身体向前倾了点,抓住关明烟的手,"明烟啊,我……"

关明烟眉一皱,立刻起身,收回了手,"主编,请您自重。"

莱斯眯了眯眼,待要发作,却又换了副嘴脸,嘻嘻笑道:"我就知道明烟是一个乖女孩,不玩这套,不玩这套!那什么,你回去准备一下,明天去钟氏采访钟总。"

钟习衡?关明烟的眉头比刚才皱得还要紧,很是不情愿。

"主编,我负责的是翻译国外文摘,采访不在我的工作范围之内。"

莱斯一脸严肃,一只手插在裤袋,慢慢地在办公室里转悠,脸上是少见的愁容。

"但是没有办法啊,本该去采访的记者昨天发生了车祸,现在还躺在医院,腿骨折了……而且……"

听见他的停顿,关明烟的心顿时揪到了嗓子眼。她知道,报社有这么多优秀的记者,即使那位记者住了院,怎么也轮不上她啊!莱斯这样笃定,莫非……

"而且,钟总指名要关——明——烟。"

关明烟坐在钟习衡会议室里的真皮全黑沙发上，冷汗一点点冒出。她竭力在控制着自己不要心慌，不要露出一点恐惧。

对抗钟习衡，最好的办法就是不爱。

她耳边回荡着 Rex 的声音，这还是他第一次如此语重心长地对她说话。

"明烟，你若不爱他了，你还怕什么。在爱情中，恐惧的一方永远都是付出感情的那个人，担心对方不爱自己、担心对方不在乎自己、担心彼此没有未来、担心一切都只是一场游戏，担心自己沦陷对方却可以随时全身而退。如果你真的忘掉了，你怕什么……哪怕他是钟氏集团的 Boss，哪怕他曾经是你的最爱。"

曾经的最爱，真的是曾经吗？真的把爱情搁浅在过去了吗？关明烟欲哭无泪，抚着额头，一脸疲惫。

钟习衡洗完澡出来，一时竟没发现她。他眯起眼睛看了一圈，才看见坐在阴影里的关明烟——双手撑着额头，整个脑袋都埋在臂弯中，瘦弱的身体在空旷冰冷的屋子里更惹人心疼。他看出她累了，是心累。不由得他也感觉到心中有些钝痛。时隔六年，她凭什么还能无端左右他的情绪？

习惯了掌控别人喜怒哀乐的钟习衡有些恼怒，恼怒她，也恼怒自己。他大步走过去，"看样子，关小姐很累？是因为忙完了别人的工作，到了我这里就已经没有精力了吗？"

关明烟被突然出现的声音吓了一跳，看见是他，竟然放松了警惕。这个转变，他看得清清楚楚。

"钟总，我可不敢。因为临时被调过来做采访，为了准备今天的采访，昨晚看资料看得很晚，刚刚不小心打了个盹儿。还请钟总见谅。"她说得不卑不亢，又格外疏离，挠得他的心又痒又疼。

"请我见谅什么？难不成你打个盹儿我还能把你怎么样？"钟习衡口气变软，在她对面的沙发上坐下。

关明烟语气依旧，"钟总想把我怎么样就能把我怎么样，别说打了一个盹儿，钟总若是不喜欢采访你的对象，一个车祸就能让人丧了命，不是吗？何况，那人还没见过钟总呢。"

钟习衡的脸上霎时布满乌云，周围的空气都被他散发的冷气冰冻住。关明烟咬着牙迎上他狂怒的眼眸，那里怒浪滔天，稍有闪失，掉进去，则粉身碎骨。

"关明烟，六年了，变厉害了啊，敢顶嘴了。"

听着他阴冷低沉的声音，关明烟心一酸。当然会变，在那样的打击之后，要么死，要么涅槃重生。

"谢谢钟总的夸奖。"

"你给我闭嘴！"钟习衡手一挥，把桌上的红茶推倒，茶水顺着茶几流到了地板上，发出滴答声，一滴一滴，格外响亮。

关明烟苦笑,这就是他们之间的孽缘吗?隔了六年,她重新回来,见了他两次,惹怒了他两次。

"关明烟,过来。"他居高临下,一手插在口袋,另一只手对着她勾了勾手指,"在我把你拎过来之前,你先过来。"

眼前的人非常危险,关明烟当然不肯过去,倔犟地摇了摇头。

看见她不从,他慢慢放下手指。这样一个简单的动作,却让她浑身一怔,开始发抖。钟习衡生气了。

看见她害怕自己,钟习衡更加怒了。他伸出手,捏住她的细胳膊,然后不顾中间还有个茶几,直接把她搂了过来,将嘴唇印在她的唇上,辗转厮磨。

关明烟回到家,Rex刚挂断电话,看见她回来,赶紧迎上去扶住她,"你的膝盖怎么了?怎么受伤了?"

她不答,只是使劲摇头,垂着的头两侧有发丝落下,看上去被人狠狠欺负过。

"明烟,你到底怎么了?不是去采访吗?怎么感觉是去受刑遭罪了呢?"

关明烟咬着嘴唇笑了笑,可不是吗?不就是去受罪的吗?不就是为过去埋单还债的吗?可是,当初真的不是她的错啊。

"明烟,你说句话好吗?要不要打电话给司佐哥,让司佐哥过来陪着你?如果有他在的话,钟习衡多少会忌讳点。"

关明烟摇头,忌讳?他怎么会忌讳?他只会变本加厉。

她撩起一侧的头发夹在耳后,抬头对他笑笑,"不要叫他过来,我没事。我不想影响他的工作。倒是你,你可是在那个人手下做事的啊,我有没有影响到你?"

Rex摇了摇头,"虽然他为人冷酷,心狠手辣,但是对于真正的人才他还是很看重的,也是一个重情义的人。"

听他这么说,关明烟放心了,她不想因为自己连累了别人,"这么说,你是人才喽?"

Rex胸一挺,"那当然,必须的!"

她点点头,"人才,去帮我做饭吧,我饿了。"

第二天,是难得的周末,关明烟一直睡到了中午才醒来,窗外的太阳早已高高升起,明媚的阳光照射到她的床上,楼下传来不大的男声,听起来很是熟悉。她急急地下了楼。她承认昨天很疲惫,但是也记得很清楚,当时她是拒绝了Rex让松司佐过来的提议。可是,这眼前的男子,不是他,又是谁?

"松司佐……你,你什么时候回来的?"

"在你需要我的时候回来的。"松司佐依旧温柔,耍嘴皮子的功夫也是一点没落下。

关明烟惊呼一声，直接扑向他的怀里。直到沙发上传来不大的咳嗽声。

"Rex！干吗？"

Rex 很无辜地看着他们，"这里好歹还有第三个人存在，你们能不能稍微矜持……。是矜持吧？"

关明烟对着正在狂翻字典的 Rex 翻了一个大大的白眼，"电灯泡！你可以在这个时候适当地选择回避！"

松司佐听她这么一说，嘴边的笑意更甚，将她搂得更紧了些，"明烟，你好像瘦了些啊。Rex 没给你做好吃的吗？"

正在埋头翻字典的 Rex 听他这么一说，手一哆嗦，"这个真不是！我每天买鸡呀、鸭呀、鱼呀的做给她吃，她瘦了真不关我的事！"

瞧见他被吓到的样子，关明烟抽离出自己的身体，双手叉着腰，笑得格外嚣张，"谅你也不敢对关女王怎样！松司佐，你可不知道，Rex 现在可是……"可是什么？可是钟习衡手下的红人？可是钟习衡——这个城市说一不二的人。

松司佐看着她，等着她说完，却没了声音。

"明烟？明烟？可是什么？"他自然明白她心里的疙瘩在哪里，也知道她的别扭在哪里，只是他想让她亲口说出来，说出那个人的名字，把那个人当做一个普通的人，或者把自己当做一个普通的人去看待那个人。"钟习衡——三个字很难说出口？"他终究没忍住，幽幽地问了一句，他看见她眼里一闪而过的惊慌。

六年了，离开了六年，什么样的情没有忘掉？什么样的爱没有淡化？什么样的心不被他无微不至的关怀融化？！她怎么就这样，就这样固执呢？

"别逼我。"关明烟捂着脸，一下子跌坐在地上。在松司佐面前，她什么也藏不住，被戳中的痛处，被翻出来的历史，被毁灭的爱情。

Rex 对于他们的过去一无所知。他只知道，这六年来，关明烟一直念着一个人，恨着一个人。也是直到最近，他才知道，那个人是钟习衡。

"她，她到底怎么了？" Rex 无措地扯了扯松司佐的衣服，有些惊慌。

松司佐食指轻贴在唇边，指了指厨房的门，示意他先离开一下。Rex 看看他，又瞅瞅关明烟，点点头。

"明烟……没有谁逼你……如果你不愿意，就再和我一起回美国，怎么样？"

"谁允许你带她走的？"

大门突然被打开，一群人黑压压地闯了进来。走在最前面的男人面色铁青，笔直挺拔，遮住了照在正半跪在地上的松司佐和明烟身上的所有日光。

"好久不见，钟习衡。"松司佐起身，与他慢慢拉开些距离，不畏惧地和他直视。

"你还敢回来，松——司——佐？"比起松司佐的冷静，钟习衡显得格外暴怒，眼睛猩红，恨不得将眼前的人一口吞噬。

松司佐随意笑笑，一只手插在口袋，"为什么不可以回来？中国没有禁令不让我回来啊。"

钟习衡不答，只是盯着他，仔细地看，认真地瞧，然后以迅雷不及掩耳之势抬起右手，一个漂亮的勾拳，将他击倒在地。

关明烟连忙止住了哭泣，想要跑过去查看他的伤口，却被钟习衡抓住了胳膊。

"哭什么哭！除了装出可怜兮兮的模样哄男人外，你还有没有点新鲜的招数？"他是在生什么气？她哭肿了的双眼？她对他的到来无动于衷？她哭泣的对象不是他？

关明烟擦掉脸上的泪，很努力地把嘴角扯上去一些，"钟总，您能尊重一下别人吗？您能不要想出手时就出手吗？您能在出手前考虑一秒钟您的身份地位吗？"

钟习衡胸膛上下起伏着，周身散发着冰冷的寒气，站在他身后的保镖们都不由得握紧了拳头，喉咙紧张地上下翻滚。

"关——明——烟，你还要装？钟总？你是不是忘记了我姓什么叫什么了？一别六年，你回来后给我的见面礼就是一句'钟总'？你忘记了昨天在钟氏你和我的唇齿纠缠了吗？"

关明烟咬紧牙齿，心口一阵阵疼痛，她感觉到松司佐听到最后一句话时轻微的颤抖。钟习衡这个男人，就这样，毫不留情。

"别逼我恨你……别把我逼得走投无路……钟习衡，何必呢？"关明烟抿抿唇，刚滑落到嘴边的眼泪进入口中，咸涩蔓延开。

钟习衡慢慢勾勒出一丝诡异的笑容，"我喜欢。我就是要逼着你求生不得求死不能，我要让你把这六年欠下的债一点一点还清。"

松司佐捂着嘴，擦掉血迹，"钟习衡，她不欠你什么。别说六年，就是离开你六十年，也不是她欠你的。"

钟习衡看着关明烟不说话，右脚却冲着松司佐横扫过去。这一次，松司佐敏捷地躲开了。

关明烟突然上前抱住钟习衡，头埋在他的胸前大叫，"够了够了！不要打了！你的恨、你的怨，都源于我，不要打他。"

钟习衡被胸前的温暖惊呆了，一时缓不过神，"你……"

"你的要求是什么？说吧，我都答应。"关明烟闭着眼，退出他的怀抱，冷冷地问道。

要求是什么？钟习衡其实也没想好。只要她不再离开，只要她不再和他在一起，只要她回到自己身边……可是，这六年涅槃重生的日子，这六年生不如死的日日夜夜……又怎么能就这样便宜她了呢？

"收拾收拾东西，从今天起，离开这栋别墅，不准住这里。这是我的地方，

没我的允许,谁敢随便入住!你!立刻搬家!"

松司佐刚来,行李箱都没动过。钟习衡一声令下,他耸耸肩拖着箱子出了门。

关明烟皱了皱眉,慢慢地收拾好行李。钟习衡临走前,拉住她的胳膊,"这个城市,容不得你。信不信由你。"

关明烟抬头,不愠不怒。

"六年前你就想赶我走,现在又想赶我走?"她冲着他灿烂地一笑,不过于明媚,也不过于冷漠,宛如百合一般淡雅,"还记得我们打的那个赌吗?你一辈子都不会幸福的。"

钟习衡的脸瞬间冰冻,整个人成了一座随时会爆发的火山,眼里燃烧的火焰似乎能将任何一个人在眨眼间毁灭。

"关明烟,我会让你看见我的幸福。这一次,我不逼,不赶,我让你乖乖地走。"

关明烟本以为他们直接去松司佐之前留下的那间公寓,可是当出租车停在一个宾馆前时,她愣住了。

"松司佐,我们为什么不能去你家,要来住宾馆?"

松司佐有些尴尬,"两年前,去威尼斯之前……我以为你不会再回来了,所以就把那间公寓卖掉了。"

威尼斯……关明烟想起,那次去威尼斯,在船头,他突然单膝跪下向她求婚。那个时候,他肯定以为自己早就忘了钟习衡吧。

"没事,那先将就着,明天我就去租房子。"

松司佐知道她在回避,笑着点头,"就怕钟习衡真的想把我们逼上绝路,没有房子租给我们哦!"

关明烟有些惊讶,"他不是那样的人,他不可能那么绝情的。"况且,他哪有这么大的影响力。

令关明烟没有想到的是,钟习衡真的有这样的影响力。她找遍了整个城市的租房中介,没有一家愿意为她提供租房信息。

是钟习衡搞的鬼!关明烟一边敲着桌子上摊着的采访计划,一边思索着到底怎样解决住房问题。

"明烟姐,你在想什么呢?"安颖从后面勾住她的脖子,笑嘻嘻地问。

关明烟回头一看是她,松了一口气,身体往后仰了仰,"之前的房子不能住了,被房东赶出来了,所以我急着找房子呢。"

"哦?那找到了吗?"安颖拖过来一张椅子,坐在她身边。

"没有。"关明烟双手揉着太阳穴,"找到了我也不用这么着急了。"

安颖嘟着嘴,眨了眨眼睛,歪了歪脑袋,"那你现在住哪儿啊?"

关明烟长叹一口气,"能住哪儿?当然是宾馆啊,总不能露宿街头吧。"

"啊——"安颖瞪圆了双眼,"那多贵啊,明烟姐,你不如先住到我家去吧,我家就我一个人,你住过来还可以给我做伴呢!"

关明烟慢慢地转过头,看着她,"你一个人?那你爸妈呢?"

安颖笑嘻嘻地上前挽住她的胳膊,"我爸妈都在国外,就我一个人住。放心吧,没事的。"

"这不太好吧。"关明烟有些尴尬地抽出胳膊,"我住在你家,怎么方便呢……"

安颖一甩胳膊,"怎么不方便?我又不要你交房租,也不要你交水电费,就是每天帮我做一下饭、打扫一下卫生而已,哪有什么不方便的。"

关明烟看她似乎真动了气,也明白她是真心想帮自己,这几日在宾馆的住宿费一直是松司佐付的,一时间也找不到房子,倒不如,就住在她家吧。

她笑笑,拉过她的手,"我不过跟你客气而已,你还真跟我较上劲了?房租不交,但是水电费我必须交,不要和我争。去,把之前那篇意大利文章的翻译拿过来,我校对一下。"

安颖一边翻出文章递给她,一边不解,"你不是被莱斯派去采访钟总了吗?"

听到安颖的话,关明烟抬头,眼里闪过一道光亮,"嗯,可是什么也没采访到,所以就搁置下来了。"

安颖一听,立即跳脚,"那怎么办?这不是下一期的重头戏吗?你到时候交不出稿子,莱斯还不劈了你?"

"不会的,我会跟他解释的。"关明烟笑笑,没当回事。

安颖耸耸肩,似乎还是不太放心,却见关明烟不愿再往下说,也就闭了嘴。

关明烟想了想,走向莱斯的办公室。

莱斯一见来人,赶紧起身迎接,"请进请进。"

对于莱斯的过分热情,关明烟早已习以为常,只是隐约觉得,今天的他似乎对自己多了些尊重,少了些轻薄。

"明烟啊,你找我有什么事情吗?"

压下心头的疑虑,关明烟笑着说:"我刚回S市,对于这里的人和事都不是很了解,也没有什么人脉,所以对于您上次分派给我的采访任务,我实在无力完成。"

"哦,这样。"出乎她的意料,莱斯竟表示理解地点了点头,"那你的意思是……"

"我的意思是,我可以采访另一位名人。"关明烟笑得更加明媚。

"谁?"

"容我先卖一个关子吧,我也不确定是不是一定可以采访得到。等我今晚确

定了，明天再给您答复，可以吗？"

莱斯虽有些不悦，但看着她信誓旦旦的样子和前来谈判的气势，应该是有七八分的把握，于是也只好点点头。

松司佐刚回到宾馆，打开门，一阵扑鼻的香味迎面而来。

"你回来了？"穿着家居服的关明烟笑着迎过来。

若没有钟习衡，那一瞬间，他真的以为关明烟就是自己明媒正娶的妻子，而她正如每一位贤妻良母，在家里等着丈夫的归来。

"今天的饭菜怎么格外丰盛？"松司佐压下心头的失落，看着满桌子的菜肴，笑着问。

关明烟帮他拉过椅子，纤细的手搭在他的肩头，按着他坐下，并帮他准备好碗筷。

松司佐不动声色地尝了一口，"不要告诉我，今天的菜也是你亲自下厨做的。"

关明烟眼里闪过一丝惊讶，"你怎么知道？尝得出来吗？"

她自己夹了一口菜，"我怎么感觉不到有什么差别啊？"不仅是他，就连钟习衡在时隔六年后，也能一次品尝出饭菜的不同，并且一口咬定就是出自于她之手。

"品尝的人不同吧。"松司佐笑笑，并未多语。

关明烟撇撇嘴，不再多说，"对了松司佐，我找到房子了，明天搬过去，这段时间真的打扰你了。"

松司佐有些惊讶，他知道钟习衡已经暗地里打好了招呼，现在租房中介只要听见松司佐和关明烟两个名字，直接摇头赶人，她哪里找到的租房？

他皱着眉，"你在哪里找的房子？可靠吗？"

关明烟点点头，又给他的碗里夹了一点菜，"尝尝糖醋排骨，好久没做，不知道味道如何。"她看他筷子动都没有动，就无奈地叹了口气，"是我现在的一个同事，也是我的朋友，她一个人住，听说我一直没找到租房，就让我过去住。我答应她了。"

"方便吗？"松司佐脸色缓和了点，"你和她……关系不错？你怕打扰我，就不怕打扰别人吗？"

关明烟笑笑，"没关系，她一个女孩子不十分安全，我正好过去给她做个伴，偶尔给她煮煮饭，打扫一下卫生，也没什么的。"

松司佐想了想，觉得有些不妥，"你不担心钟习衡他……"

关明烟明白他的顾虑，一开始她也担心，自己的入住会不会给安颖带去危险，但是如果她不说，钟习衡应该也不会知道吧。而且她真的不愿意这样一直在宾馆住，吃的是他的，住的也是他的，她给钱，他又不肯要。

"我也担心过，但是我想我们不说他应该不知道，而且如果他真的不想让我待在S市，这几天就会派人过来把我赶走了。"

看她说得有理有据，松司佐也不好多说什么。他也明白，住在这里久了，她心里也会对他越来越有距离。她一向不愿欠别人什么。

"所以今天这顿饭是散伙饭喽？"松司佐举着筷子眼睛扫过一桌佳肴，笑着看着她。

关明烟不好意思地笑着摸摸鼻子，"这几天的住宿费我要给你，你肯定不要，所以我想就给你做一顿晚餐，也算是谢谢这几天你的照顾吧。"

松司佐点点头，吃了一大口菜，支支吾吾地说："那我今天要敞开胃，大吃一顿了，谁都别和我抢！"

关明烟搬家那天，Rex和松司佐都特地请了假过来帮忙。她的东西并不多，只是一些衣物。松司佐特地为她买了些家具，本来空空荡荡的房间，顿时被塞得满满的。

安颖把关明烟拉到一旁，"这个男人是谁啊？对你这么好？又出钱又出力。"

关明烟顺着她的目光看过去，"你说松司佐吗？他是我最好的朋友。认识快有十年了，关系很好。"

安颖点点头，"我从他的眼里看见了男人要征服女人时散发出的野兽般的光芒。"

关明烟哭笑不得地看着她，"拜托，你在瞎说什么，什么野兽什么征服，别瞎想。"

安颖拉过正欲离开的关明烟，"明烟姐，我不骗你，我看男人可准了！"

"你多大？我多大？我看过的男人比你见过的人还要多，我还看不准？"关明烟一巴掌拍在她的脑门上，"快去帮忙打扫卫生。"

"是！"安颖一个立正，对她敬了一个军礼，只是目光又悄然落在正在忙碌的松司佐身上。

一切结束后，关明烟笑着给大家倒茶。

"今天辛苦大家了，等下我请客，一起去吃火锅，想吃什么尽管点，算我谢谢大家。"

安颖第一个拍手叫好，松司佐拍拍身上的灰尘，对着她也笑笑点头，只是Rex有些为难。

"火锅？那东西吃了很容易上火，我的脸上会长痘痘的。那样就不好看了。"

安颖阴笑着靠过去，顺便捏了捏他的脸蛋，"美国来的小帅哥，难道你不知道中国有一种饮料叫做凉茶吗？很降火的。要是你降不下来火，我可以亲自为你灭火哦。"

松司佐刚喝进口中的一口茶被她吓得哗啦啦地喷了出来，关明烟忍着笑上

前把Rex从恶魔手中解救出来。

"安颖,你安分点,人家是有家室的人了。你不能连有妇之夫也想要吧?"

安颖一听,立刻皱了眉,规规矩矩地坐好。"明烟姐,你明知道我现在名花无主,干吗还带个有家室的帅哥过来!"

松司佐眼含深意地在旁边上下打量着她。

"看什么看?!"安颖不悦地吼道。

"我在看,你是不是名花……我在花丛中摸爬滚打这么多年,怎么不知道有你这朵名花呢……"

关明烟实在忍不住,转过脸哈哈大笑。安颖气得脸都绿了,头上冒出滚滚浓烟。

"松——司——佐!我灭了你!"

吃完饭,Rex要去见女朋友就先撤了,难得安颖也说有急事先行离开了,松司佐和关明烟不紧不慢地在街上散步。

"你的朋友很有趣,你和她在一起我很放心。"松司佐摸了摸自己的头,很真诚地感慨。

关明烟看着他"伤痕累累",扑哧一声笑了,"她人很好,对我也很好,只是脾气有些暴躁。"

松司佐立刻点头,"不是一般的暴躁,这样即使家里来了小偷,你也不用怕,有安颖在就可以了。"

关明烟哈哈大笑,灿烂的笑容映着夜晚霓虹灯的光彩,格外地夺目美丽。松司佐放缓了脚步,将这张笑脸慢慢地刻在心里,刻在脑海中。

"对了松司佐,我还有件事要拜托你。"关明烟突然收起笑容,转过脸,正好撞见他在出神地望着自己。

"嗯哼?"松司佐缓过神,笑着问她。

"主编让我去采访钟习衡……你也知道,不太好办。所以我想给你做个专访,这样就可以把那桩重任交给别人。你看行吗?"

松司佐,闻名世界的摄影师,获奖无数,却从来不肯出现在世人的眼里。出道五年,没有接受过一次采访,每次获奖都是由好友代领。如果能采访到他,对于杂志而言,重磅程度绝对不会亚于钟习衡。关明烟知道,关键的不是他有没有时间,而是他愿不愿意从相机的后面,走到相机的前面。

松司佐没有料到她会提出这个要求,先是愣了几秒,随即温和地笑着。薄唇轻轻地动了动,不大的声音却如一颗炸弹轰炸在她的世界里,"明烟,你说,你提的要求我什么时候说过'不'?"

这时她才明白,他在乎的不是愿不愿意,而是让他走出来的那个人是谁。

采访稿很快就交了上去。莱斯拿到采访稿的时候,被松司佐三个字震慑住,足有一分钟都没有缓过神。看着他的表情，关明烟就知道自己成功了，她轻轻地咳了咳。

"主编，您看，满意吗？"

莱斯猛点头，"满意满意！怎么会不满意！大名鼎鼎的松司佐，从来不肯接受采访的松司佐。你居然，居然拿到了他独家采访，而且还有他的家居照片！关明烟，我就知道，你是一个人才啊！"

关明烟看着莱斯激动不已的样子，心里闷闷地笑着，要他的照片还不容易，她一开口，一百张一千张都可以。

"谢谢主编的表扬，我会继续努力的。"

莱斯点点头，"那你快去忙吧，这一期一定会大卖！"

关明烟看着他沉浸在惊喜之中，一时间也顾不上其他，于是点点头，走出去关上了门。等到她离开了，莱斯才从刚才的惊喜中缓过神，这关明烟到底是什么人，不仅是钟习衡钦点的采访记者，还可以拿到神龙见首不见尾的松司佐的采访稿？

果不其然，那期杂志一路畅销，几次重印，几次告罄，销量是这一年其他几个月的销量之和。而关明烟也是一炮打响，成为了S市最意料不到的黑马，在杂志社的地位一跃再跃。

"明烟姐，你太坏了！你怎么不告诉我，这个松司佐就是那个松司佐呢？"安颖抱着最新的杂志抱怨道。封面上的松司佐，嘴角噙着笑手里拿着摄像机，衬衫的衣袖随意卷起，举手投足之间尽是不羁的帅气。

"哪个松司佐就是哪个松司佐？"关明烟装作很不解，故意逗她。

"明烟姐，你知道我在说什么！"安颖急得快要跳脚，"你要把这个消息告诉我，让我去采访他多好，我在这里混了这么久都没混出什么名堂呢。"

瞧着她又羡慕又生气的样子，关明烟凑上前，继续打趣，"你觉得他会接受你的采访？"

"可是……"

"关明烟，主编让你去一趟办公室。"沧睿不知什么时候出现。

"又来了。"安颖不悦地嘀咕道。

关明烟拍拍她的肩膀，走过去。"知道了。"

"主编，您找……你的胳膊怎么了？"关明烟刚进来，就看见莱斯的左胳膊被纱布包裹着，吊在脖子上。

莱斯苦笑着对她指了指面前的沙发，"明烟，你先过来，坐。"

关明烟有些担心，又很不解，走过去，在他的对面坐下，"你是出车祸还是摔下楼了？"

莱斯看着她，表情很是无奈。关明烟突然想到面前的人是她的主编，是她的上司，赶紧闭了嘴，端正坐好。

"明烟，这次松司佐的采访很成功，社长打电话过来说，很满意。"

关明烟笑笑，没有说话，看他的表情，没有了上次的惊喜，反而……有些害怕和担忧。

"鉴于你这次表现很突出，所以我决定，钟总的采访还是委任给你，你去采访吧。"

"为什么？"关明烟一听，激动地站起身，眼里升起小火苗，看着他的伤处，"这是他弄的对不对？他派人来威胁你是不是？"

莱斯苦笑着摇头，"你说到哪里去了？谁威胁我？谁把我弄伤了？是我一不小心摔了一跤，从楼梯上滚下去了……"

关明烟摇头，一口咬定，"你只坐电梯从来不走楼梯，怎么滚下去的？"

莱斯一愣，支吾着，"那天，我去办事……那楼比较旧，没有电梯，我爬楼梯的……"

"可是……"

"没有什么可是。"莱斯前所未有的坚定和强硬，"钟总的采访本来就是你的任务，我当时并没有答应你的要求。松司佐的采访我可以当做你额外的工作，我会给你发奖金的，这件事到此为止，不要再谈了。"

关明烟看着他又怒又气又无奈，如果自己坚持不去，钟习衡就会继续伤害其他人。她看了看莱斯躲闪的目光，深呼吸一口气，心里倒是平静了，"我去，我会去的。"然后，转身离开。

莱斯听到关门声，立刻软了身子，瘫坐在沙发上，许久才缓过神，掏出手机，"她答应了，很快就会去采访的。"

关明烟正坐在位置上发愁，手机传来一阵振动，是松司佐的电话。

"你明天去纽约？"关明烟看着他，不知为何，今天的他尤其英俊，连她都忍不住要心动了。

"嗯。"松司佐抿了口红酒，"获得了一个摄影大奖，我想亲自登台领奖。"

"哇——"关明烟赞叹一声，"好棒！那是不是最厉害的？"

松司佐看着她真心为自己高兴，一股暖流从心尖流遍全身，"嗯，但我领奖不是为了荣誉。"

"那是为什么？"

"因为，那是我妈妈最希望我可以获得的奖项，我想为了妈妈……"他没有说下去，但是关明烟已经明白了。她点点头，笑容渐渐收起。

"那你一路小心。领奖后要记得给我打电话。"

松司佐望着她，柔美的面孔在灯光下将他的心都快融化了，也不知哪里来的冲动，他一下握住她搁在桌子上的手。

"明烟，跟我一起回美国吧。你在这里被他赶，被他欺负，不如和我一起去美国吧，而且……"

关明烟吃了一惊，赶紧抽回自己的手，她看见他脸上毫不掩饰的苦涩，便把语气放得更加柔和，"松司佐，我……这里是我的家，我希望，留在这里，你明白的。"

他懂，他怎么不懂，他就是太懂她了，所以不肯逼她，不肯为难她，可是换来的是什么？

"明烟，你不要让我像钟习衡那样逼着你去做你不喜欢的事情。"

她愣在原地，嘴唇动了动，却半句话也说不出。她只记得临走前，松司佐轻轻地搂过她，在耳边低沉地诉说。

"明烟，我很快就会回来的，就三天。"

明烟站在钟习衡的办公室门前，不停地揉着太阳穴，说好不见他，怎么这会儿又来了？他总是有办法逼着自己不得不去找他。

"关小姐，你在这里站很久了，还不准备进来吗？"门突然打开，身穿黑色西裤白色衬衫的钟习衡出现在她的视线范围之内。

"你怎么……"关明烟瞥到门上的摄像头，一下子明白了。

"钟习衡，你为了逼我过来，真是用尽了手段啊。"关明烟站在门口，环抱着胸，冷冷地望着他。

钟习衡不承认，也不否认，只是笑着为她泡好一杯咖啡，"先喝点咖啡，这是你喜欢的口味。"

关明烟一拳打在棉花上，不重不轻，却没了回应。她走过去端起咖啡品了一口，卡布奇诺，他居然还记得。心里的怒火似乎小了点。

"关小姐，你是来采访我的，这样不客气不太好吧。"钟习衡噙着笑看着她喝着自己调制的咖啡，几日来的阴霾一扫而光。

关明烟不回应。看样子他今天的心情不错，既然这次的采访逃不掉，不如干脆点一次拿下，彻底断了和他的联系，以后有任何事情她都不再出面。

"好吧，那是我的不对，我向你道歉。可是之前我来这里采访，钟总的态度也不算好，我们之间不如一笔勾销，怎么样？"

钟习衡看着她精致的妆容，在心里默默品味，我们之间……一笔勾销？想得真是轻巧。

"那好，关小姐可以开始了。"

关明烟放下手里的杯子，掏出录音笔，放在桌子上。

"录音？"

关明烟耸耸肩，"我不是专业的记者，肯定来不及记下你说的话，所以还是先录下来，回去整理。"

钟习衡把袖子往上卷了几层，空调吹来一阵风，他身上的体味伴着薄荷香一起扑向关明烟。好熟悉的味道，她的心里有些怅然。

"关小姐？"发现她正对着自己失神，钟习衡的心情更好了，嘴角止不住地往上翘。

关明烟调整好状态，开始采访。三个钟头很快过去了，连关明烟自己都没有想到，撇开他们之间的恩怨不谈，她居然可以和他闲聊这么久。听着钟习衡不紧不慢地说话，她一开始的戒备和怒气早已散去。他一点都没变，缜密的思维、谦逊的态度、若隐若现的笑容、成熟男人的风度，一举一动之间都散发着无穷的魅力。

关明烟笑着翻到今天采访稿的最后一页，"最后，我想问一个私人问题，众所周知，钟总是 S 市最具价值和魅力的单身贵族，也是整个 S 市的女人都梦寐以求的对象，那么钟总现在有女朋友吗？"

其实这个问题她并不想问，但是当她把采访稿交给莱斯的时候，他坚持要加上这一条，说什么现在的人都八卦，谁看重前面的奋斗史，大家的关注点和文章的看点就在这里，逼着她不得不添上这一条。她之前也有听说，钟习衡这几年一直都没有女朋友，连绯闻都没有，所以她也只是象征性地问一问。

"有，杨安安，我旗下一个化妆品的代言模特。"

这一句话，犹如晴天霹雳，关明烟怔在那里，动也动不得。

原来他是有女朋友的。难怪他的态度那么诚恳，难怪他对她那么陌生，原来他已经找到了新欢，有了新欢的人谁还记得旧爱？

关明烟不知道自己怎么回的家，一路上浑浑噩噩。

刚打开门，安颖就笑着迎上前，"明烟姐，今天的采访顺利不？你……你的脸色怎么这么难看？"

"没事，挺顺利的。"她挤出一个笑容，脱了鞋，"我先去洗澡，好累啊。"

安颖还想说什么，关明烟已经走进浴室关上了门。

"她是我大学的师妹，长得很漂亮，我和她认识纯粹是因为工作的原因。她的善良活泼我都很喜欢，在我的身边已经很少见到这样单纯的女孩子了……"关明烟一遍一遍地在脑海里播放着他诉说的画面，他温柔地笑着，动情地描述着，仿佛这个人是他的生命，是他生活中的美好，那样深情，那样专注。

哪里还见她的影子？

她想笑，笑不出来。想哭，又流不下泪。她深呼吸一口气，将整个人埋在浴缸里，任由水将自己淹没。

第二章 逝去的爱，现存的恨，何时了

　　Rex 早就说要将女朋友介绍给关明烟认识一下，这几日松司佐去了纽约，钟习衡的采访也结束了，她也实在没有理由拒绝便答应了。关明烟比约定的时间晚到了几分钟，她进去的时候，Rex 正在给一个女孩做鬼脸，努力地想要逗她笑，女孩很给面子，笑得前仰后合。她走进去，Rex 一眼就瞧见了，赶紧起身，为她介绍。

　　"这是我的女朋友，恩茜。这是我跟你说的那个'哥们儿'——关明烟。"

　　关明烟对恩茜笑笑，拉过椅子坐下，冲着他说："谁跟你'哥们儿'，咱们是'姐们儿'。"

　　恩茜听她这么一说，又开始哈哈大笑。关明烟伸出去准备拿水杯的手停在了半空中，恩茜也觉得自己有些失态了，好不容易止住笑，"唔，我只是，只是觉得你很好玩。"

　　关明烟看看 Rex，喝了一口茶，尴尬地笑笑，"谢谢夸奖。"

　　整顿晚餐吃得还算顺利，恩茜很好相处，别人说什么她都可以笑得很开心，餐桌上的气氛也很轻松。Rex 先送恩茜回了家，然后送关明烟回去时，笑着问："怎么样，我这个女朋友很可爱吧？"

　　关明烟想到她的笑就拼命点头，"很可爱，很可爱，我没见过比她更能笑的

人了。不过,我觉得这个女孩……似乎在哪里见过……"

"哦?是吗?你和恩茜认识?"

关明烟眼前总是闪过一些零碎的片段。到底是在哪里见过呢?

Rex看她想不出来,就摆摆手,"那只能说明我和她很有缘分,你不要考虑啦!"

关明烟捶了他一拳,"我看她面熟,和你有什么关系?"

"明明就有,这么大的世界,为什么你就对她眼熟?为什么我偏偏还是她的男朋友?"关明烟不理他。他又开始唧唧喳喳。

最后,关明烟准备下车之前,Rex突然说了一句:"明天松司佐就回来了,你准备好送什么礼物给他了吗?"

明天?明天就回来了吗?这几天忙着做采访,做后期的整理,又因为半路杀出来一个他的女朋友,把自己忙得昏天黑地。一转眼,三天都过去了。

"他给你打电话了?"

"嗯。"

关明烟点点头,然后转身上楼。

接机是关明烟和Rex一起去的。松司佐拖着行李箱从通道出来,在人群中,高大俊朗的他显得鹤立鸡群。

"松司佐!"Rex兴奋地朝着他挥挥手。关明烟也笑着迎上前,松司佐与他们俩一一拥抱。Rex帮他提过行李箱,关明烟站在他身边,看着他。

"几天没见,你好像瘦了。"

松司佐没有否认,只是微笑。他们认识有十年了,关明烟很确定,松司佐生气了,而且生气的对象就是她。

Rex坚持要为松司佐接风洗尘,特地订好了一家高级餐厅,并且祝贺他获奖。席中,Rex接到恩茜的电话,出去了,餐桌上松司佐不说话,埋头吃着餐碟里的牛排。

关明烟对食物一点兴趣都没有,"松司佐,这次去纽约……顺利吗?"

"顺利啊。"他头也没有抬,应付道。

"应该很开心吧,拿到了这个奖?"什么时候和他说话变得这么费力了?

"开心的劲头早就过去了。"

"唔……你拿了奖,怎么没打电话给我?"她问得小心翼翼。

他终于抬了头。

"我在纽约,遇见了杨安安,你还记得吗?杨安安?"

听到这个名字,关明烟的心一抖,表面上却故作镇定,"记得,大学同学,怎么了?"

松司佐点点头,"她现在是模特,也参加了这次的颁奖典礼。我遇见了她,聊了几句。"关明烟等着他接着说下去,他却就此打住。

"可是,你为什么生气不给我打电话了呢?"

松司佐一愣,停了几秒钟,似乎是在等她说些什么。最后,他居然冷笑了一声,"可是,你也没告诉我你去采访了钟习衡啊。"

关明烟肩膀一松,原来他是说这个。可是他怎么知道?转念一想,他遇见了杨安安,怎么会不知道呢。

"我只是……"

"习衡,快看!那不是松司佐吗?我这次去纽约还看见他了!他对面那个人……天啊,是明烟吗?"关明烟的话被一个女声打断,她转过头,看见杨安安携着钟习衡正款款地向他们走来。

刚回来的Rex很不解,他不过离开几分钟的时间,怎么一回来餐桌上就多了两个人呢?而且其中一个还是他的Boss(老板)。他讪讪地对着关明烟笑了笑,"恩茜那边出了点事儿,让我赶紧过去,我得先走了。"关明烟看见他瞅着钟习衡时有些畏惧的目光,也明白他对钟习衡的害怕,点了点头。

Rex和大家告别,匆匆离开。

松司佐移位坐到了关明烟的身边,杨安安和钟习衡坐在对面。餐桌上变得尴尬无比。

杨安安是唯一一个很兴奋的人,她专注地盯着关明烟吃牛排的样子。

"明烟,我们好久没见了,自从你去了美国,就什么消息也没有了,你最近在干什么啊?你知道吗,这次去纽约,我居然碰见了松司佐,他现在好了不起啊!你们在一起了吗?"

关明烟尴尬地看了看他,松司佐也不说话,只是轻轻握住她的手,行动似乎说明了一切。钟习衡给杨安安倒了一杯水,"喝点水吧,说那么多话也不觉得口渴吗?"

关明烟实在不适应这样的气氛,干笑道:"去美国后一切从头开始,忙得不得了,也就疏忽了联系,等到想联系的时候,联系方式又丢了。我刚刚还听松司佐说,你做了模特,很有名。"

杨安安一听更加兴奋,喝了一口水,看看旁边一直冷脸切牛排的钟习衡,鼓起勇气挽住他的胳膊,"这都多亏了习衡,要不是他的帮忙,我哪能像现在这样啊!习衡才是最棒的呢!"

钟习衡抓住她的手,放回原来的位置,指了指她盘里的牛排,"你已经很瘦了,不要什么东西都不吃,多少吃一点,这家牛排的味道不错。"

杨安安看着关明烟呆望着钟习衡,更加娇滴滴地凑到他的身上,"那你帮我切嘛!"

关明烟想喝口水,一挥手,却不小心将水杯打翻在地。

她想俯身，被松司佐一把拉住了，"小心割了手。"

"服务员，"松司佐朝着不远处的小姐挥了挥手，"再拿个杯子来。"

关明烟不敢看钟习衡此刻的表情，只觉得他的目光落在松司佐抓着她胳膊的手上。

杨安安不再说话，钟习衡的脸色比刚进来时更加阴沉，松司佐什么变化也没有，继续吃着自己的牛排。

一桌的气压更低了。

回去时，松司佐一句话不说，一路狂奔到她家楼下。

关明烟颤抖着手开了门，"你，你回家小心点，不要开那么快，又不赶时间。"

松司佐突然抓住她的手，把她的身子拧过来对着自己，表情是少见的凶狠。

"关——明——烟！你到底要我怎么样？你要我怎么做你才会忘掉他？六年了！有什么事情你还忘不掉？那段感情你还有什么放不下的？他都有了杨安安，你干吗还这样惦记着他！你对我有多不公平你知道吗？"

关明烟被他的样子吓到，一句话也不敢多说。过了一会儿，他消了气，放开了她的手，默默地转过脸，对着方向盘。

"我弄疼你了吗？"

她摇摇头。

"你今晚的表现根本就是……就是还爱着他！"

关明烟心里一阵刺痛，她最不愿面对的事实就是她忘不掉钟习衡，她最怕的也是自己费尽了心思却仍旧爱着钟习衡。对他不公平，她怎么会不知道，她怎么会不明白……

"松司佐，你不要等我了好不好？你让我自生自灭好不好？我这一辈子起码经历过爱情的荡气回肠，经历过相爱的甜蜜美好。可是你没有，你把你的一辈子赌在我的身上，你会后悔的。"她说得诚恳，说得动容，这些他又何曾不知道？她爱了钟习衡多久，她爱钟习衡多深，松司佐对她亦然。

"对不起明烟，今天是我失控了，不会再有下次了。你先下车吧，我累了，先回去了。"

看他这样逃避，关明烟不肯下车，想要说个明白。

"下车！"

关明烟咬着下嘴唇，直至它泛白，才强忍住眼泪不落下。过了会儿，她才慢慢打开了车门。车门关上的一瞬间，车子疾驰离去，在她的身后掀起尘土飞扬。

关明烟把稿子交给莱斯的时候，很清楚地看见他脸上的释然，紧接着是随之而来的欣喜。

"明烟啊，你真的是……哎呀，我都不知道要怎么表扬你才好了！"

关明烟已经没有了上一次被夸奖时的兴奋了，只是点点头，很礼貌地道谢。

莱斯似乎也觉得有些尴尬，便让她出去了。关上了门，她终于轻吐一口气。

"明烟姐，明烟姐。"安颖拿着她的手机，急急忙忙地赶过来。

"怎么了？"关明烟看看身后的门，然后上前走几步，把她拉到远一些的地方。

"你的手机一直在响，都快吵死我们了。沧睿刚刚又抱怨了！"

关明烟浅笑着看她朝着沧睿做了一个鬼脸，打开手机一看，确实不少电话，都是来自一个人的，Rex，他找自己能有什么急事？

关明烟顺手拨了过去。

"明烟吗？"电话那边的声音很急促，"你赶快来医院，钟习衡进医院了。"

关明烟心里咯噔一下，但很快恢复了平静，"他进医院与我何干？"

"今天是我做饭，他是吃了我做的菜之后进的医院，你赶快过来吧，我怕我性命不保！"

关明烟挂了电话，拿起包冲向电梯。如果真的是饭菜出的问题，那Rex真的是性命不保了。

这样想着，关明烟感觉自己的手更加冰凉了。

她赶到医院的时候，医院的六楼已经被围住，谁也不让进。之前"绑架"她的黑衣男走过来，认出了她，让她进来，这才让她找到了Rex。

"到底怎么回事？"关明烟走到正蹲在角落里的Rex，急急地问。

Rex抬头，双眼通红，嘴角边还带着血迹，似乎刚被人打过。

"我不知道，我今天做好了饭菜，罗过来把饭菜送过去，没过半个小时，他就打电话过来说，总裁吃了我做的饭菜开始口吐白沫，然后被送进了医院，医生说是中毒了。"

关明烟眯着眼，"罗是谁？"

"是我。"

她赶紧回头，看见黑衣男正站在她的身后，表情不善地看着她。

"我是钟总的秘书，我叫罗。"

关明烟转过头，握住Rex冰冷的双手，"除了你们俩还有谁碰过饭菜？"

Rex摇头。

这时，罗冷冷地开口道："不管是谁，这都是他的错。我们当时规定，钟总的饭菜除了他之外不得任何人触碰。这些饭菜除了他只有我过手，这次出了问题，是他下毒也好，不是他下毒也好，都是他的问题。"

听他这么一说，Rex身体开始颤抖，关明烟有些生气，"你说他下的毒？你怎么证明不是你下的毒？"

罗的表情变得凶神恶煞，朝她慢慢逼近，关明烟心里很是害怕，却不得不

第二章 逝去的爱，现存的恨，何时了

故作镇定地迎上前。

"你口口声声说是他的问题,你又怎么证明不是你的问题?"

罗正准备开口,急救室的门终于打开了,钟习衡被推了出来。所有的人都冲上前。关明烟第一个冲到了前面,一见他惨白的脸色,泪水抑制不住喷涌而出。

"习衡……"

谁的声音这般熟悉?谁的体香这样安抚他的心?那么像明烟,可是明烟怎么会过来?还在昏迷中的钟习衡动了动,关明烟一下握住他的手。柔若无骨的手,真的是明烟?

"习衡,习衡。"关明烟的眼泪像止不住的洪水滚滚落下,烫热地滴在他的脸颊上。

"关小姐,请让开,让钟总回病房休息吧。"罗铁青着脸看着她,想要直接动手把她架走,但又畏惧她对于总裁的不明意义,还是开口相劝为好。

Rex 虽然紧张,但还算冷静,上前搂住关明烟,把她拉到了一边,"让钟总先休息,别哭了。你现在哭他也不知道。"

关明烟终于放了手。

钟习衡又轻哼了一声,她要走了吗?他的手动了动,想要抓住,却扑了一个空。那个人不会是她。这样想着,钟习衡在昏迷与清醒中徘徊,慢慢地又睡了过去。

等到他醒来的时候,已经过去两天了。

所有的新闻和报纸头条都是钟氏集团总裁疑似被下毒,在医院抢救。钟氏集团的股票也在两日之内急剧下滑。

关明烟提着午餐过去的时候,没有看见 Rex。正在她疑惑的时候,Rex 打开门,两日内脸上第一次露出笑容。

"明烟,快进来。钟总醒了。"

关明烟暗自松了一口气,赶紧进去。钟习衡脸色依旧苍白,但是扫过来的目光依然犀利睿智。看样子,是没有什么大碍了。

"你怎么来了?"看见关明烟,他的眼里闪过惊讶、喜悦、疑惑和不安。

关明烟把这些一一记在心中。"Rex 是我的朋友,他出了事,我不帮他谁帮他。"

听她这么一说,钟习衡立刻收起了微笑。那天做完手术,他梦见了她,梦见她在他床边哭,叫着他的名字,那声音令他心碎。刚看见她的一瞬间,他差点就相信了那天为他哭、握着他的手的人就是关明烟,现在才明白,只是为了不让自己为难 Rex。

"你觉得我会放过谋杀我的人吗?"钟习衡冷眼扫过 Rex。

关明烟握了握 Rex 的手,钟习衡扫来一眼。她感到一阵刺痛,却不忍放手。

"我不相信他会做出这样的事情。他与你无冤无仇，而且还是住着你的房，拿着你发的钱，他有什么理由加害于你？"

钟习衡一直盯着那双紧握的手，"我怎么知道？你该问他。"

"不用问我也知道，他不会做出这样的事。"

他冷笑，"哦？是吗？"

"我和他认识五年。我信任他。"关明烟说得响亮，意有所指。

钟习衡心里一震，目光猛地落在她的脸庞上，然后慢慢地笑起来。她还在怪他，她在怪他当初的不信任。

"难道这件事就这样算了吗？"钟习衡已经没有了刚才的怒气。

关明烟看了看Rex，他正向她投来求助的目光，朋友不在这个时候出现还要等到什么时候呢？

"我也不知道我能帮得上你什么忙，但是只要你说，我能做到的，一定会做。至于这件事……你给我几天时间，我会查清楚的。"

钟习衡一时没有答话，所有的人都屏住了呼吸等待他的发落。从来没有人在钟习衡的面前得到过赦免。钟习衡与她对视了近一分钟的时间，Rex的脸颊上滚落滴滴汗珠，他握着她的手也浸满了汗水。

"好，既然你要帮，我还真的有一件事你可以帮忙。"钟习衡终于说话了。

一直咬紧牙关做最后一搏的关明烟总算松了一口气。

"你说，什么事？"

"过几天我会带安安去参加阿玛尼在S市举办的时装周，她不懂意大利语，你不是精通意大利语和英语吗？那正好去给她做翻译。"

关明烟愣住了，给杨安安做翻译？她想过为了折磨自己，钟习衡可能会有的主意，哪怕是就此逼着她回到他的身边，她也考虑过这个可能。可是结果，结果怎么会这么简单？她居然有点儿失望了。

"难住你了吗？"看着她犹豫，钟习衡貌似很关心地询问，关明烟看看旁边的Rex，摇摇头。

"可以，我答应你。"

接到电话，松司佐赶到Rex家，听完他的诉说后，内心怒火燃烧起来，指着正平静地坐在沙发上削着苹果的关明烟大骂，"关明烟，你就是一个傻子！"

关明烟抬头，冲着他笑笑，"除了这样，你还能有什么更好的办法吗？"

"不管我有没有办法，现在一点意义都没有了！你怎么就不能在危急的时刻想到我？你怎么就不知道向我求助？我对你而言，到底算什么！"松司佐一激动，挥手将摆着的花瓶打落到地上，砰的一声巨响后，花瓶碎成一块块瓷片。

她永远都不会把他放到第一位，她永远都不会在自己需要帮助的时候想到他，这么久了她还是学不会依赖。他无法控制自己不去想，若是钟习衡，若今天在

她身边的那个人不是他而是钟习衡,她会不会依旧这般独立?

"松司佐!"Rex已经被接二连三的事情打击得一个头两个大,现在一点声响对他来说都是惊天动地的。

关明烟握着刀子的手停顿了一秒钟,又面不改色地继续削苹果。

"吃吧。"她把削好的苹果递给松司佐,然后转过脸对Rex说:"你先上去吧,我和他谈谈。"

Rex担忧地看看她,又看看把苹果放到一边坐下的松司佐,小声地对她说:"不要再发火了,要不然这里的东西我可赔不起啊!"

"嗯,知道。"关明烟笑着点头。

Rex不放心地又看看松司佐,想了想还是上了楼,关上了门,给他们留下一片安静。

"不吃吗?味道还不错。"关明烟一脸轻松,指了指苹果。

"我来不是为了吃苹果的。"松司佐怒火未息,别过脸不看她。

她点点头,"我知道,可是苹果可以降火啊,你这样我怎么跟你说话?"

松司佐被她的话噎住,别扭了半晌,还是不情不愿地拿起苹果咬了一口,"说吧,你到底要怎么解释!"

他看着她慢条斯理地脱掉外套,搭在一边,迎上他的目光。他终于看清了她的眼睛,里面有坦然、有镇定、有自信、有感激。就在他打量她的时候,她突然露出了愁容。

"松司佐,我以为那天你已经明白了。"

他不说话,耳边的嗡嗡声愈来愈响,震得他耳膜生疼,快要撕裂开了。

"即使作为朋友,我也可以帮你的。"不知道她有什么魔力,不管他多么的理直气壮,不管他一开始有多大的怒气,她一句话、一个微笑、一个拥抱,就能将这一切化为乌有。他何止是想做朋友。

听他这么一说,关明烟开心地笑了笑,"就因为是朋友,所以后来不是告诉你了嘛!"

"可是事后说还有意义吗?"

她拼命点头,"当然有意义,那天的时装周,我想你陪我一起去,好吗?"

时装周那日,S市人头攒动,平日里并不熙攘的大道挤满了来自四面八方的模特、设计师、记者和各界知名人士。

出发前,关明烟在镜子前紧张地做最后的准备。安颖帮她挑选衣服,来来回回已经忙活了好半天,还是没选出一件合适的礼服。要么,嫌露得太多;要么,嫌颜色太艳;要么,嫌样式太繁琐,就是没有一件称心如意。最后,安颖实在无力,整个人仰头倒在床上,看着天花板,绝望地吼道:"明烟姐啊……明烟阿姨啊……你到底要什么样的衣服啊……小女的资本有限啊！"

关明烟听见她哭丧的声音，顿时被逗乐了，一巴掌拍到她大腿上。

"小丫头，才几件衣服就见底了？我就不信，你就这几件礼服，快点，再去拿几件过来。"

安颖不情愿地起身又拿出一件单斜肩的紫色短裙，"这一件还是新的，买来我还没穿呢……姐，要不然你今天让我去吧，你把票给我吧，好不好？"

关明烟一把抢过衣服，开始试穿，"我把票给你了，我怎么办？你替我去吗？你会意大利语？今天杨安安要是没翻译，到时候钟习衡怪罪下来，你顶着？"

"苍天啊，我在大学里怎么就没有先见之明学意大利语呢……"

看着安颖抱怨连天、痛苦扭捏的样子，关明烟很满意地点了点头，对着镜子转了转身，"很好，我就要这件了。"

钟习衡携着亚洲名模杨安安款款而来，黑色轿车刚刚停稳，就被一群蜂拥而上的记者团团围住。钟习衡扫视一圈，没有看见心里一直念着的那个人，一团无名火在胸膛间越烧越旺。越是看不见那个人，她的身影越是清晰地在眼前闪现。

"罗。"

罗赶紧下了车，和紧跟其后的保镖们将记者们拦住，与主办方的保安们一起为钟习衡开出一条道路。

"她还没来吗？"钟习衡面色不悦，偏头问最先迎上来的那个半秃头男人。

"关小姐已经来了，在里面候着呢。"

听说她已经来了，他的脸上顿时显露出一丝愉悦，刚才的烦躁随之抛到脑后。

这一切，都被挽着他胳膊的杨安安看在眼里，她心里渐起醋火，表面上却依旧不动声色。

钟习衡加快了步伐，走进会场。殿堂内金碧辉煌，洁净的大理石地面隐约倒映出人的影像。

里面已经有些人了，高脚杯与高脚杯碰触的声音，人们交谈的声音，混杂着背景的音乐声，在钟习衡听来都是蚊子嗡嗡作响。他仔仔细细巡视一圈，终于在自助水果桌前看见关明烟。

"安安，你先过去和他们打声招呼，我马上过来。"钟习衡拍拍她的手，抽出自己的胳膊，朝关明烟走去。

杨安安的笑容终于落幕，阴着脸不悦地看着他越走越远的身影。

"关小姐来得挺及时的啊。"钟习衡走到她的旁边，食指和大拇指并用，优雅地夹起一片哈密瓜，细细品尝。

"钟总吩咐的任务，肯定要好好完成。"看见是他，关明烟似是松了一口气。

从她刚到这里到现在，已经有不下五位男士上前搭讪了，有一位甚至过分

地想要揩油，她也不是什么善女，直接将手中的红酒倒翻在他的衣服上。看着她表情淡然，钟习衡心里越是高兴，他就是铁了心不让她开心。

"能这样想最好。我女朋友已经来了，你也该放下手里的东西过去好好工作了。"钟习衡瞥了一眼她拿着的西瓜，六年过去了还是没变，一大桌的水果她只挑西瓜。

关明烟不理会他话语里的揶揄，啃完最后一片，拿纸巾擦了擦手，露出标准的工作笑容。

"好，我这就来。"

杨安安看着她款款走来，并没有多么雀跃，上前赶紧依附在钟习衡身上，看着她，眼神里充满了挑衅。

钟习衡也不劝阻，很有趣地看着她的反应。而关明烟很不给面子，一张僵硬的脸愣是挤不出一丝嫉妒。她强忍住翻白眼的冲动，心里默念，这对情侣怎么这么幼稚……

这时候，一位设计师走了过来，对杨安安说了一大堆意大利语。关明烟适时上前，对着那位设计师指了指杨安安，又指了指钟习衡。

"这位是著名设计师 Vicoy（维科伊），他对你的广告很有兴趣，他觉得你很符合他作品所需要的青春和靓丽。"

Vicoy 又是一阵叽里呱啦，关明烟边听着他快速的话语，边对着钟习衡和杨安安翻译。

杨安安得意地挑起了眉，趁机故意炫耀，"告诉他，我只接受最有名的设计师的邀请，他们这些无名之辈我不稀罕。否则，也对不起钟习衡女朋友的称号啊。你说对不对，习衡？"

钟习衡不言，犀利的目光只是注视着 Vicoy。他从 Vicoy 的眼神里看出来，他并不是对杨安安有意，而是对关明烟有好奇心。

关明烟脸色变了变，小声提醒她，"Vicoy 也是很有名的设计师，你这样说不太好……"

"你管我！我爱怎么说就怎么说！你不过是一个翻译，做好分内的事情就好了，不要多管闲事！"

关明烟的脸色比刚才更难看，Vicoy 在一旁看着却不知道到底发生了什么事。刚才他只是远远地看见一位身着紫色服装的女孩走过，美得不可方物，他便一路跟了过来。

令他没想到的是，这个女孩居然认识杨安安，这给了他一个机会上前。他品着这个女孩的一颦一笑，心被挠得越来越痒，却突然感到一阵寒气。

站在关明烟身后的钟习衡一手搭在杨安安的腰间，一手插在口袋里，眼睛却紧紧盯住 Vicoy，似乎要将他整个儿吞噬入腹。关明烟硬着头皮把杨安安的话翻译了一遍给Vicoy听，却只瞧见他愣愣地、出神地望着自己的身后。关明烟不解，回头看看钟习衡，他恰在她回头的前一秒移走了视线。

"对不起，你说什么？"Vicoy缓过神，看着关明烟抱歉地说。

关明烟再回过头看看他，好像真的没有什么。她摇头，把刚才的话又说了一遍。

这一次，她清楚地看见Vicoy的脸色瞬间苍白。她不忍心想要瞥开眼神，她明白，这些话对于一位设计师来说是莫大的侮辱。

就在这个时候，不知道从哪里突然跑出来一条狗，似乎很有目的地冲着关明烟直奔而来。从小遇见狗就躲的她顿时忘了身在何处，手忙脚乱地又蹦又跳，同时失声尖叫，无措间拉着Vicoy转了一个圈。小狗追着她跑，边跑边吼，关明烟惊慌失措地又跑向了钟习衡，不顾他的身边还有杨安安，不顾这是时装周，不顾周围有多少双眼睛在注视着她，她做了六年前做过无数次的动作。

她一跳，迎面扑向他，胳膊吊在他的脖子上，双腿环住他的腰部，泪眼汪汪地扭头看着那条狗。

"习衡，我怕。"

关明烟软绵绵的话语钻进钟习衡的耳朵里，刺激他的神经，融进他的血液，流入了心脏，让他又是疼痛，又是心痒。

杨安安故作镇定地站在一旁，美丽动人，她咬着牙用只有三个人才能听见的声音说："关明烟，你给我下来！"

关明烟摇摇头，贝齿咬着泛青的唇，她怕，她不要下来。她又转过脸，可怜巴巴地看着钟习衡。他应该明白，自己对于狗有多恐惧。钟习衡盯着她的眼睛看了几秒，一直托着她的手突然一松，关明烟失去了支撑，掉了下来。

眼里有生气，有难过，有痛苦，有决绝。

六年，真的不是一眨眼的时光，一个脚步的距离。

"关小姐，公共场合，请你注意分寸。"

明明距离这么近，她却感觉这一辈子都触摸不到他了。他眼神冷漠，甚至带着些嘲讽，肆无忌惮地上下打量她的着装。

她穿着裙子，确实不适合做那样的动作。

关明烟望着钟习衡有多久，那条小狗就在她身边就吠了多久，直到闻声赶来的松司佐拨开人群。

"明烟，怎么了？"

关明烟恍惚地感觉到自己被拥入一个温暖的怀抱，然后她听见松司佐带着怒气的声音。

"这是谁家的狗？这里是可以带宠物的地方吗？还懂不懂点规矩！"

关明烟没看见是谁带走了那条狗，她记得自己随着那个拥抱，转了身，垂下了头，默然地离开了被人群包围的地方。

然后，她哭了。

"你说，世界上怎么会有这么狠心的人呢？六年的时间，就六年的时间，他就把曾经的十六年抹得一干二净！松司佐，你说他到底还是不是人？就是一块石头都比他有良心！"吼完，关明烟又往嘴里灌了一大口酒，手指摇摇晃晃地指着前方，眼神迷离中闪着泪光。

松司佐轻叹一声，欲夺下她手里的酒杯，"明烟，你喝醉了。"

"醉？我喝醉了？我清醒着呢！我清醒地认识到我和他——钟习衡没有以后了！没有了！连过去也没有了！"

关明烟跌跌撞撞地使劲儿挥舞着胳膊，橘黄的光晕下，钟习衡好像一步步朝她走来。

关明烟哭着冲上去，对着空气一团乱挥，却扑了个空，跌倒在地上，一头秀发就着泪水黏在她的脸上。

她痛苦地闭上眼。此刻，若能让我死，便好。

松司佐锁着眉，眉间流露出痛苦与憎恨，他将明烟抱起，慢慢走出酒吧。一阵冷风袭来，怀里的人本能地缩了缩，即使在梦中，她也不是快乐的。

他知道，停在路边的兰博基尼是钟习衡的，此刻他正坐在里面凝视着他们。松司佐的脚步变得更加坚定了。

那天过后，关明烟决口不提钟习衡。这三个字已经自动被 Rex 和松司佐屏蔽了。偶尔 Rex 会关心地问起下毒的那件事，也只是说"那个人"。

就在她平静地过了三天之后，"那个人"突然出现在她的报社楼下。

"下来。"关明烟正在写那次的采访稿，突然接到一个未知号码的电话。刚按下接听键，就听到那个熟悉的冷漠的声音。她惊讶地打开窗户，朝下面望了望，一辆帅气逼人的兰博基尼停在他们的楼下。周围的女同事已经指指点点地朝下看了。

"你什么时候可以不这么招摇？"关明烟一边说，一边下楼。

钟习衡似乎心情不错，"我为人是低调的，只是骨子里高调，与生俱来的贵族气，掩藏不了。"

关明烟不屑地撇了撇嘴，"我下来了。你把车子开远一点。"

那边似乎传来低低的笑声。他在笑什么？

"那你到街角的咖啡厅等我。"说完，他便按掉了电话。

"嘿！怎么不懂礼貌啊？"关明烟看着手机，一股怒气冲上来，把高跟鞋踩得啪嗒啪嗒响。

关明烟走到咖啡厅的时候，钟习衡已经不紧不慢地端着一杯咖啡，正在慢慢地品尝。他就像一个磁场，将周围女性的目光紧紧吸附。

关明烟撅着嘴巴慢吞吞地走过去。不就喝杯咖啡吗？需要把袖子卷起来、扣子解开吗？又不是和别人打架！

"钟总找我有事？"关明烟挑着眉在他的对面坐下。

"我帮你点了杯卡布奇诺，我记得你很喜欢。先尝一下吧，不急。"钟习衡意外地对她笑了笑，推了推她面前的杯子。

他在搞什么鬼？关明烟狐疑地看着他，他到底想怎么样？一会儿凶怒，一会儿温柔，让她越来越捉摸不透了。

"钟总的记忆力还真独特，总是能在不该发挥作用的时候发挥作用，在该发挥作用的时候不发挥作用。"

听着关明烟的话句句夹刺，钟习衡不生气也不反驳，只是浅笑着看她。关明烟被他的眼神注视得越来越不舒服，端起面前的卡布奇诺，一口猛喝。

"好烫——"关明烟捂着嘴巴，钟习衡含笑地从旁边一杯子的冰块里拿出一块，递进她的嘴里。

顿时，关明烟感觉脸颊火烧火燎，滚烫得可以烤番薯了。

"关小姐，我郑重地向你道歉，那天我不该把你放下不管不顾，于情于理，都不应该，是我错了。"

钟习衡道歉的态度诚恳得让人怀疑这个人到底是不是真正的钟习衡了，他愧疚的眼神让人看着心疼，一向冰冷的面容写满了对不起，他甚至还微微低下平时高昂的头颅。

关明烟怔住，一时无言。

这，这还是钟习衡吗？这还是那日冷面对她的钟习衡吗？这还是那日对她见死不救的钟习衡吗？

"你……你这是怎么了？"关明烟连语气都变得温柔了，她有些不太习惯这样的他。

钟习衡眼里一闪而过一道亮光，倏地就消失不见。

"明烟，你是我带去的翻译，我也知道你从小害怕狗，但是我为了自己和女朋友的形象，把你故意扔在那里，是我的不对，也是我不该。我是真心想要道歉说声对不起的，希望你能接受。"

关明烟的心在听到"女朋友"三个字的时候，就开始一路下沉，似坠入了无底洞，永远到不了最深处。

他明知自己那么害怕狗，他明知当日自己前去是为了他，他明知一切由他而起，却可以为了杨安安，就舍弃一切于不顾，把自己撂下，哪怕下一秒自己可能就会被那只狗咬。

她感觉自己的心一点点变得冰冷。

"钟习衡，谁稀罕你的道歉。"关明烟一字一字地蹦出来，语气冰冷至极。

关明烟铁青着脸，起身，拉开座椅，巴不得下一秒就回到办公室，离开这个鬼地方。

钟习衡拉住她的手，轻轻一带，将她身体扭过来，拥入怀里。熟悉的味道再次扑鼻而来。

"明烟，你有多生气，我当初就有多恨你。"

关明烟心理上最后一道防线彻底崩溃，她在他怀里转过身，举起手，攥成拳，对着他的胸口一拳又一拳地砸下去。

钟习衡不再反抗，嘴角勾着笑，任由她打骂。

时光倒退回大学时代。

"钟习衡！我要杀了你！"刚得知钟习衡因为要参加国内大学生演讲比赛而推迟回家日期的关明烟，站在宿舍的阳台，手里握着手机悲愤地仰头大吼。

"哟？美女关明烟也有被人抛下的时候啊？"正在啃着苹果的杨安安一脸幸灾乐祸的样子看着发飙的关明烟。

室友顾婉上前把她手里的苹果打掉，"杨安安，够了。不要没事找事，最近我可正缺个练手的……"说完，她捏了捏自己的手，骨头发出咯吱咯吱的声音。杨安安敢怒不敢言。

"明烟，你也知道，钟习衡一直是院里老师最偏爱的学生，何况他又得过省级演讲比赛的第一名，被派去参加国内演讲大赛也是情理之中啊。这不是他的错。"顾婉上前勾住关明烟的肩膀，把她拉进了宿舍，递给她一杯水，"和他生气，吃亏的永远都是你。"

本就不快的关明烟，听她这么一说，更是火冒三丈，"凭什么每次吃亏的都是我？"

顾婉吧唧吧唧地吃着零食，顺带瞄了她几眼，"就凭你喜欢他喜欢得无可救药，神也救不了你。"

对，从小到大，关明烟只爱着一个人，就是钟习衡。

可是爱他，就给了他伤害自己的权利吗？别人爱你，你不是应该好好待她吗？

可钟习衡偏不。从小学二年级他们认识开始，他便没少欺负她。往她的白裙子上洒墨水，擅自改掉她作业本的名字，故意让老师误会她没交作业，冒充他人给她写情书，看着她当众出丑，在她的书包里放毛毛虫，明知她害怕狗却故意放狼狗追着她跑。

长大些，钟习衡变得寡言，经常把她耍得团团转。他就像她的守门员，把上前搭讪的追求者一个一个踢开。一学期下来，学校里所有的男生似乎都默认了关明烟是钟习衡的女朋友。而她每每质问他的时候，他只站在一旁手插裤袋，眼望天空，装作什么都不知道的淡然模样。

这样坏的钟习衡，关明烟偏偏爱得死去活来。

真的没有给他权利伤害她吗？答案连关明烟自己都不好意思否定了。

关明烟坐在回家的火车上，思考着他们之间的关系，比朋友……多一些，比恋人……少太多了。到站了，她收起万千思绪，急急提着行李下了车。人多拥挤，她的斜挎包已经从身前移到了身后，被人群推拥着，她也顾不上这些了。好不容易走出了火车站，她放下行李箱，扶着腰直起身，大口大口地喘着气。

就在她休整的时候，一个身影悄悄贴近她的身后，悄悄解开包带的纽扣。关明烟感到有点不对劲儿，还未来得及转身，那个人就抢过她的包，夺包而逃。

"喂！喂！你给我回来！有人抢劫了！有人抢劫了！"

包里有她的身份证、钱包、化妆品和一些简单的必备物品，还有，还有钟习衡送给她的一个姓名挂件。

关明烟立刻追上去，眼看着就要追上了，那个女孩儿瞬间掏出一把刀，对着她刺过去。关明烟一惊，及时收脚，本能地抬起手臂，拨开那把刀。那瞬间，她听见皮肉绽开的声音。周围有人上前将抢劫的女孩儿抓住，牢牢地把头按在地上。关明烟捂着血流不止的胳膊，头皮发麻。

这时，民警赶过来，揪住那个女孩儿的头发，逼迫着她把头抬起来。

"又是你，惯犯！带走！"

直到这时，关明烟才觉得后怕，哆嗦着手拨通了钟习衡的电话。过了许久，电话终于通了，那边的嘈杂声几乎盖过了他的声音。

"喂？"听到熟悉的声音，关明烟突然忍不住了，哇的一声放声大哭。

钟习衡赶过来的时候，关明烟很狼狈地坐在医院的走廊上，胳膊像木乃伊一样包裹着一层层纱布。

钟习衡紧紧地把她搂住，任她用另一只手在他身上又打又挠又抓，最后她踮起脚尖，一口咬在他裸露的脖子上。钟习衡倒抽一口冷气，语气淡定坚决，"关明烟，做我女朋友，你没得选择。"

想到这儿，关明烟眼睛一亮，猛然推开钟习衡，尖声叫道："我知道了！我知道她是谁了！也许她就是……我明白了！"

抿嘴笑着品味怀里的柔软的钟习衡有些不悦，她想起什么了这么兴奋？

"你什么……"钟习衡未来得及问，她便推开他奔出了咖啡厅，留下钟习衡一个人，注视着她的背影，眼睛渐渐眯起。

关明烟返回办公室，让安颖帮自己请假，连理由都没来得及说，就又奔进了电梯。关明烟盯着电梯里的数字，摸着狂跳的心脏，激动不已。刚刚在咖啡厅，钟习衡抱着她让她打骂的那一幕太熟悉了，她忽然就想起那个抢她包的女孩儿。

那一刻，她终于明白为什么自己一直看 Rex 的女朋友恩茜那么眼熟了，因

为她就是那个抢她背包的人!

关明烟拦住一辆出租车,急急地朝 Rex 家驶去。她抚住狂跳不止的心脏,平息了一会儿,还是忍不住给 Rex 打了个电话。过了十几秒电话才接通,关明烟还未来得及说话,那边传来了粗重的喘气声。

"谁?"耳边传来 Rex 欲求不满的粗哑声音。

"是我,明烟。你……你现在……"听着那边激情的声音,关明烟面红耳赤,语无伦次起来。那边突然没了话音,直接挂断了电话。关明烟将手机渐渐攥紧,手心溢出的汗渍模糊了屏幕。半晌,她缓缓对司机说:"司机,我们直接去警察局吧。"

警察局坐落在城市的一环边缘,大门旁边有两棵参天大树,遮住炎炎烈日。关明烟下了车,心里反复地问着自己,该不该,要不要,能不能,行不行……他是她的朋友,毋庸置疑,她是希望他幸福的。可若这个人是恩茜,一切就都变了样。

关明烟权衡再三,还是走进了警察局。

"明烟?"她尚未理清楚第一步到底要怎么做,就看见迎面走来一个身着衬衫休闲裤的美女,望着她满脸惊喜。

关明烟走上前,脑海中从前的影像慢慢与眼前的人合为一体,"顾婉?"

"啊啊啊——对对对,就是我就是我!明烟?"顾婉听到自己的名字,刚才还仅存的一点疑虑顿时烟消云散,扑上去,搂住关明烟的脖子,激动地抱着她打圈。

"停停停停停!我头晕。"被她勒住了脖子的关明烟没转几圈就投降了。

关明烟抱住她,哽咽着。千言万语,到了此时此刻,却成了无言。

"你什么时候回来的?"顾婉把她拉进自己的办公室,替她倒了一杯水,在她身边坐下。

关明烟接过水杯,放到了旁边,拉住她的手,"有一段时间了。我丢了你们所有的联系方式,一直想要找你。真没想到,今天居然会在这里遇见你。"

顾婉平稳了自己的气息,笑着答:"有缘千里来相会。对了明烟,你今天过来干什么?出了什么事吗?"

笑容从关明烟的脸上散去,关明烟稍稍松开顾婉的手,却瞬间被她抓得牢牢。看着顾婉的目光,关明烟突然明白,她是在给自己一点勇气,一如当初。关明烟一小口一小口地喝尽杯子里的水,将整件事情娓娓道来。

顾婉的脸色有些凝重,关明烟的心开始下沉,比刚才更加难受,握住杯子的手指也一点点攥紧,企图扣住仅存的温度。

"你确定要这样做吗?"顾婉松了松她的手,改换一个姿势,变得温柔,暖意直达人心。

关明烟的嘴角边挂上一抹苦笑,"比起看着他最后痛苦地沉沦,以至人财两空,我宁可他现在痛极一时。"

顾婉长叹一口气,往后靠了靠,阳光透过窗帘照亮了整个房间,她迎着这份光,徐徐开口。

"明烟,六年了,你怎么一点都没变……"

一场鱼水之欢过后,Rex心满意足地把怀里的可人儿搂紧。鼻翼间盈满了她秀发的香气,修长的手指穿插进她的发丝之间,缓缓向下。

"恩茜,你的头发好香啊……你怎么可以让我这么喜欢你呢?"

胸口间突然传来咯咯的笑声,随即一个小脑袋探出来,"我就是要你为我神魂颠倒!"

恩茜时而妩媚,时而清纯,时而坏,时而乖,让Rex如痴如醉,恨不得能立刻死在这温柔之乡。他垂下头吻了吻她的眉宇,轻言,"听说吻在这里是承诺。"然后向下,又吻了吻她的双眸,"吻在这里,是占有。以后你的眼里只能有我。"

恩茜咬住他乱动的手指,"Rex,你有没有觉得这里少了什么?"

她拉住他的手指,滑过她平滑细腻的胸前,眼神挑逗暧昧。

"我家的恩茜眼光那么高,看上了哪条项链啊?"Rex兴致很高,任由她胡作非为。

"很贵的一条……"

"买呗……等等,我的电话,可能是明烟的。"Rex翻了一个身,拿起手机。

"喂,明烟?是我啊……现在?对啊,恩茜在我家……"他伸手又把她揽进自己的怀里,笑得格外灿烂,"可以,我们这就来。"

"怎么了?"恩茜抬头。

"她说要有礼物送给我们,叫我们去吃饭。"

"送礼物?"恩茜迷糊地看着他起身穿衣。

Rex捏捏她的鼻头,"凭着我和她的交情,早该送礼物给嫂子了。"

恩茜听他这么一说,笑嘻嘻地起身找衣服穿上。

夕阳映红了远处的天空,染得连阳光都变了色。关明烟坐在落地窗边,看着窗外宁静祥和的林荫小道,表面的静与她内心的躁衬出了强烈的对比。

关明烟啊关明烟,你怎么忍心亲手葬送Rex的幸福呢?难道你忘了当初在美国发生的那些事情吗?是谁半夜三更驱车近百公里去接一个心血来潮看海的人?是谁不顾自己的结业答辩冲进公寓把昏倒在笔记本前的你送进医院?是谁在迪吧为你挺身而出却被人揍得鼻青脸肿?是谁愿意听你的满腹牢骚陪你喝酒至天明?

关明烟,你怎么舍得呢?

顾婉目不转睛地盯着对面的人,她们从大学第一天进宿舍开始就同进同出,无话不说,成为了最好的朋友,即使关明烟不说,她也明白此刻她的内心有多么难受。

"明烟,如果你不愿意,你可以先避一避,这里交给我们就可以了。"顾婉的目光扫过周围几个便衣警察,他们分布在她们的周围,随时待命,上前抓捕恩茜。

关明烟扭过头,散漫的目光过了几秒钟才聚焦在她的脸上。

"不用了,我……他需要一个发泄的对象。"

顾婉心一痛,抿紧了唇不再言语。整个餐厅的气压瞬间降低,静待暴风雨的侵袭。

伴随着一阵风铃声,Rex拉着一个染着酒红色头发的美女笑嘻嘻地走了进来。

"明烟,你是不是等很久了?对不起啊,路上有点儿堵车。"

他刚落了座,坐在关明烟对面外表温柔美丽的女人就猛然起身,指着依旧挽着Rex胳膊的恩茜大声吼了一句,"快点抓住她!"

几个男人直接把恩茜按在桌子上,Rex一时反应不过来这到底是怎么回事,恩茜就被一双手铐铐住,被带上了警车。

关明烟走了过来,满脸内疚,"Rex,对不起,是我报的警。恩茜是一个小偷和抢劫犯,她曾经抢劫过我的包。更重要的是,我怀疑是她下的毒。那天,只有她去过你家。在饭菜里下毒于她而言,简直是易如反掌。"

听完她的话,Rex回想起那天被自己忽略的一个细节。

那天,他做好了饭菜,然后恩茜走过来,笑得好灿烂好美,软软的胳膊圈住他的脖子,送上一记热吻。在荷尔蒙的作用下,他忍不住……事毕,恩茜推着他进了浴室。Rex的头轰一声炸开,木讷的目光渐渐露出痛苦和不敢置信的纠缠。

关明烟明白,她的推测对了。

"所以你去报了警,把她送进监狱了?"出乎她的意料,他开口就是冷冰冰的话语。

"Rex?"

"谁让你多管闲事的?就算是她投的毒,就算我替她背黑锅,那也都是我的事情,关你屁事!谁给你权利这么做的?你还有没有把我当朋友?恩茜是我的女朋友,你知不知道!"

Rex的怒气早在她预料之中,虽然心里有了准备,在听到这样冰冷戳心的话时,她的身体还是猛地一僵。

有没有权利,知不知道,该不该……这些都是在她的脑袋中盘旋了许久,难以判定的问题。不是没有思量过，不是一时冲动，借此泄愤，而是为了他，是为了对得起"朋友"这二字做出的选择。

关明烟品味着嘴里的苦涩，"Rex，她不是一个好人，你和她在一起，她纯粹就是为了骗你的钱，我现在这样做是为了你好……"

"为了我好？你口口声声假慈悲地说为了谁谁好，但真正伤的根本就是你千方百计所谓的想要保护的人！"

他的话宛如一个晴天霹雳，关明烟愣在原地。这辈子她最不信的就是谁对她说怎样做是为了她好的话，而今天，当一切都失去解释的意义，当所有的理由都变得苍白和徒劳，原来她也只能无力地说出这番话。

"我真的……"关明烟扶着桌子，口干舌燥，眼眶干涩，整个人快要虚脱。

Rex 一挥手，"够了，关明烟，从今天起你不是我的朋友了，我没那个福气求你对我好。你让我恶心透了。"

说完，他一刻也不肯多待，转身就冲出了饭店。

顾婉与他碰了一个正面，看着他匆忙离开。而偌大的地方只留下关明烟单薄的身影。

"明烟，怎么了？"顾婉上前，搂住她。撩开散落到前面的长发，一滴冰凉的泪水砸在顾婉的手背上，顾婉心一惊，踌躇了一秒，用手指轻抚她的脸庞。

指尖到达的地方一片湿润，弥漫着刺骨寒意。

关明烟迷迷糊糊地被顾婉送回了家，安颖早已经在楼下等着她了。

安颖接到一个陌生女人的电话时就紧张得不行，对方又是警察，更是要命地来回走着打转。看到表情木然的关明烟，她的心顿时仿若坠入万丈深渊。

"明烟姐怎么了？"

"你是她的室友安颖？我是她大学同学，我叫顾婉。"顾婉顾不得和安颖多说，"赶快送她上去吧，她今天受到的打击太大了。"

把关明烟扶到沙发上坐定，顾婉已经累得直不起腰，她接过安颖递过来的饮料，一口气喝了大半瓶。

"一直以为明烟瘦瘦的，怎么架起来那么重啊！"

安颖没有心思听她抱怨，赶紧问道："顾警官，明烟姐到底出了什么事啊？"

正在给自己灌饮料的顾婉听到"顾警官"三个字，被呛了一下，"叫我顾婉姐就好。"

"哦哦，顾婉姐——古玩街？"安颖默默地喝了一口牛奶。

等到顾婉喘过了气，她将整件事情娓娓道来。听完事情的前前后后，安颖吃惊地张大了嘴巴，合都合不拢了，"恩茜是女土匪？"

顾婉没咽下的饮料以抛物线的运动路线喷了出来，想了半天她点点头，"你也可以这样形容她。"

安颖长长地"啊"了一声,"明烟姐的人生太丰富多彩了。"

顾婉理了理贴在额头上的碎发,又甩了甩自己的短发,"你没见证她的大学生活,那叫一个狗血,什么事情不靠谱,她就遇到什么事儿。"

"呃——顾婉姐,您这算夸她吗?"安颖小心翼翼地咬准了音。

顾婉果断地摇了摇头,"我从来不夸比自己优秀的女人,关明烟也不例外。"

安颖扑哧笑了笑,拉起关明烟的手,"明烟姐,我好想听你说你大学的事情哦——等你有空了,给我讲讲好不好?"

关明烟没有反应,脸色苍白,红润的嘴唇也失去了往日的色彩。

安颖求救地看了看顾婉,谁料,她却直接起身了。

"恩茜已经抓捕成功了,但是还有审问之类的后续工作在等着我,我就先回局里了,明烟就交给你照顾了,有什么事情你就打我的电话,她的手机里有。"

"哎!你别走哇,你走了我怎么办……"安颖扑腾了两下,没抓住她的手。

看着眼前表情僵硬,没有丝毫人气的关明烟,安颖咬了咬嘴唇,霍地起身,双手握拳,"好吧!我决定了!"

说完,她拿出家里所有明着摆放着的或者暗地里藏匿着的酒,摆放在茶几上,哗啦啦全部打开了。

"明烟姐,我知道你现在心里很不好受,肯定什么都不愿意说,那咱们就不说,来喝酒。"

关明烟看了看摆在眼前的瓶瓶罐罐,二话不说,拿起一瓶啤酒就往嘴里灌。

安颖目瞪口呆,一种很不好的预感袭上她的心头。

"明烟姐,你,你不能这样猛灌酒啊……"安颖扑上去想要夺回酒瓶。

正想借酒消愁的关明烟怎么可能就此罢休,手臂一抬,便让她扑了个空,然后举起酒瓶又往嘴里灌了几口。

"我喝的是啤酒,不碍事不碍事。"

安颖小心翼翼地问道:"那要不咱们出去喝?去迪吧好好放纵一次,不醉不休?"

关明烟把最后一滴啤酒饮尽,缓缓地转过头看着她,又似望着窗外的夜空,喃喃道:"不醉……不……休……"

第三章 为谁憔悴损芳姿

她们去的是 S 市有名的迪吧——你在人间。

去的路上出租车一路狂奔,关明烟将头一半侧在窗外,冷风已经吹去了她大半的酒气,头脑也逐渐清醒了。

"你确定我们要去这里?"关明烟看着红红绿绿不停闪耀的招牌,有些想退缩。

安颖在后面推了她一下,"确定、一定以及肯定。拜托,明烟姐,我们都已经站在门口了,你还犹豫什么啊?刚才在家里要不醉不休的人是谁啊?你总不能让我白白出了这打车费,就让你兜个圈再回家吧!既来之,则安之嘛。"

关明烟苦着脸,上前求饶一样地拉着她的手晃啊晃,"安颖,这种地方不是好女孩应该来的,我们两个……"

"我们两个算不上好女孩!"安颖已经下了决心要进去,瞅也不瞅她一眼,拖着她就往里走。

打开门,拐过几个弯,里面的音乐声愈来愈近。推开厚厚的一扇门,耳边顿时响起震耳欲聋的劲爆音乐。

"安颖——"关明烟立刻软了身子,像个树熊般附在安颖的身上,"我

们离开这里吧。"

安颖不耐烦地拖着她往里走,"我们先歇会儿,然后我带你去舞厅中央好好发泄一番,咱们再回去怎么样?既然出来了,不玩够本不划算啊!"

关明烟不习惯里面憋闷的空气,胸口仿佛受到了什么物体的压制,快要窒息。她看着舞厅里摇头晃脑的男男女女,再瞧瞧旁边安颖一脸兴奋的表情,此时真是悔青了肠子。平日里看上去善良可爱、乖巧活泼的安颖怎么会有这么癫狂的一面啊……

"明烟姐,你要喝什么?"安颖终于肯将目光从舞池移向身旁的人。

关明烟讷讷地说:"我喝饮料就好了。"

"来这里喝饮料?"安颖眉一扬,眼一瞪,不等关明烟说话,又掏出手机,"明烟姐,你先点东西,我出去打个电话。"

关明烟点点头,看着她彻底消失在人群中,转了转椅子,手指蜷曲点着桌面,笑眯眯地对酒保说:"给我来杯饮料。"

安颖回来,自是不满意,便点了好几杯芝华士,配上冰绿茶。很少饮酒的关明烟很快就被这一股茶香迷醉,不知不觉中已全部喝尽。她被安颖搀扶着走进了舞池,拿掉束缚着自己头发的头绳,随着音乐尽情扭动自己的身体,努力地甩着自己的长发。

安颖完全顾不上跳舞,被酒熏得又犯迷糊的关明烟身躯本就妖娆,又在大众场合之下搔首弄姿,而且这大众还是一群饥渴"禽兽",光是帮关明烟驱除上前揩油的人就把她累了个半死。

关明烟感觉自己身体轻得快要飘起来了。前一秒还被人挤着推搡着,艰难地喘息着,下一秒周围就变得空荡荡的,所有的人都离她有几米之远。

"唔——怎么——怎么回事?"她终于放下高举的手臂,眯着眼睛转过身。一张布满怒容的脸出现在她的面前,这厮,长得真不错,居然和钟习衡有得一拼了!也不知道从哪里偷来的胆子,关明烟踉跄了两步,笑眯眯地上前,伸出手去摸那个人的脸。

"小白脸,哪里来的啊?给姐姐看看,哎哟喂,长得真不错——像!太像了!你和那个没良心的欠扁的该遭天谴的钟习衡长得太像了!"

瞬间,音乐声停止了,呼吸声都听不见了。关明烟有些奇怪,但是脑袋已经不听使唤了,想要叫它思考,可它就是不运转。

关明烟慢动作般地眨了一下眼睛,闭上,睁开,身体一软,向下倒去,便没了知觉。

钟习衡黑着脸及时搂住她的娇躯,牙齿磨得吱吱响。过了近半分钟,他的牙缝里才蹦出一个字——"走!"

关明烟躺在钟习衡近两米宽的大床上,舒适得哼哼唧唧。翻了一个身,她又进入了梦里。

她梦见小时候，钟习衡往她的衣服里塞了一大团雪，冻得她在整个操场乱窜，最后还是她哀求着他把雪球拿出来；她梦见上初中时，她穿过一条小巷，被几个地痞流氓拦下来，她还没来得及自救，就有一双大手用力地把她向后拉去。那一次钟习衡的下巴被缝了四针，紧接着那一年暑假他就去学了跆拳道；她梦见高中时，自己穿着白裙飘飘然，路过男生身边，他们都会阵阵尖叫，唯独钟习衡不给面子，见了她就指着她的大腿说："比巧克力还黑！"她还梦见六年前，他表情狰狞，大手把她白嫩的颈项掐出一条痕迹，"你给我滚！有多远滚多远！我看见你就恶心！"

"钟磊——钟磊——过来，我好想你……"睡得迷糊的关明烟突然大声喊道，把正在品酒欣赏着"黑白美人图"的钟习衡吓了一跳。

钟磊？这又是哪里冒出来的毛头小子？钟习衡眯起眼，捏着酒杯的手指渐渐收紧。

"罗，带她去醒酒。"钟习衡拿起电话，微带着怒气说道。

一分钟后，罗带着两个保镖走进来，把关明烟架起，拖进了浴室。浴池里放满了水，罗扣住她的后脑勺，将她按进水里。关明烟一时没反应过来，咕咚咕咚地喝了好几口水，头皮突然一阵刺痛，她抬起头，大口大口地呼吸着空气，酒意退了大半。

"关小姐，酒醒了吗？"

头很疼，关明烟只是机械地点头。

她听见罗对拎着她的两个人说："带她进去。"

关明烟走进去，钟习衡翘着腿整个身子都陷在了沙发里，此刻，正居高临下地看着她。她理好自己的衣服和头发，酒意全无。

"钟习衡，你到底什么态度？在咖啡厅，你暧昧的样子让我错以为你还爱着我，可是刚刚我明白了，你不仅不爱，还有恨，浓浓的恨。钟习衡，我越来越不懂了，到底是你有双重性格，还是我对你影响太大，让你乱了分寸？"

钟习衡没料到她会说得这么明了，这么突然。看着她挑衅的目光，听着她尖锐的话语，他突然很想逗逗这个"小刺猬"了。

"我们在一起那么久你还不了解我吗？还是，你现在已经没有那个自信了？"

关明烟被他漂亮的回击说得无力反驳，她突然懊恼刚才自己怎么那么冲动，居然妄想用自己的气场压制住他。

看着她不说话，钟习衡心情很愉快，"你刚才睡觉时叫的钟磊……是谁？"

关明烟心猛地一怔，双手下意识地握紧。钟习衡的眼睛死死盯着她惊

慌的脸，好心情又烟消云散了。

"说啊——"

她忍不住后退了一步。

钟习衡怒了，起身大步流星地走到她的面前，捏住她细小的胳膊，劈头就问："怎么不敢说了？是不是你养的小白脸啊？"

"扑哧——"

钟习衡又一愣，她，她怎么居然笑了？

关明烟知道自己惹火了他，但是有些事情是打死都不能说的。任凭钟习衡怎样软硬兼施，她就是咬紧牙关不肯开口。

天空渐渐泛白，远处的上空宛如被泼洒了染料，一片猩红。光照在屋内人的脸上，关明烟很欢快地看着钟习衡因愤怒而涨红的脸。

"你——是——不——是——找——死？"

关明烟笑得更欢快了，"钟习衡，七年前你就拿这句话威胁我，可我到现在不是还活得好好的吗？"

她无奈地耸肩，丝毫不受他的恐吓。

钟习衡抿紧嘴巴，站在关明烟身后的罗，腿开始微微哆嗦。唯独这一切的始作俑者不以为然，丝毫没有察觉到暴风雨来临之前的不同寻常。

正在这时，管家突然敲门进来，"少爷，Rex 正在门外恭候。"

关明烟惊讶地看着管家，心里掀起一阵阵热浪，徐伯伯！是徐伯伯！徐管家冲她点了点头，嘴角微微向上扬了扬。她明白，钟习衡在这里，他不能做得太明显。

钟习衡看见她眼里闪耀着的欣喜光芒，本就因被她耍得团团转而升起的熊熊怒火，此刻更是火上浇油。

"让他进来。"

Rex 走进来，面色憔悴，双眼下有浓浓的黑眼圈，头发凌乱，一副几夜未眠的模样。他那无神的双眼在看见关明烟的一刹那突然有了神色，从惊讶到痛恨到复杂到鄙视，还夹杂着微微的看不起。

关明烟心一沉，他是误会了，在这个节骨眼上，任凭她怎么解释，估计他都不会相信了。

"怎么回事？"钟习衡一眼就读懂了他们眉眼间无言的交流，加上他得来的消息，事实已经猜得八九不离十了。

"钟总，很抱歉这么早来打扰了您，这几天我也思考了很久。不论那天下毒的人是谁，饭菜都是从我这里拿过去的，我总归有逃脱不了的责任。我想也许，我并不适合这份工作。"

关明烟眉一挑，心一惊，他要离开吗？

钟习衡很清楚地感觉到身边人的反应，他没动声色，只是为自己倒了杯水，然后在沙发上坐下。

"你要辞职？多少人挤破了头想进钟氏，你却想放下香饽饽辞职？而且还是在我不打算继续追究下去的时候？"

钟习衡平静地说完，看着Rex。Rex一直没有反应，直到听到最后一句话，他的眼里闪过一道光线。

"不追究了？那……"Rex的目光掠过关明烟，迟疑片刻，接着说，"那恩茜是不是也可以不追究了？"

"她并不完全是因为下毒才被抓的，她犯了盗窃罪和抢劫罪，这些都与我无关，不是我说不追究就可以不追究的。"

他的话似乎意有所指，Rex却猜不透那层迷雾背后的真相。他说自己无权释放恩茜，但是在S市，有谁说的话会比他更有力量呢？即使他的语气那么平稳，Rex也依旧能感觉到，对于恩茜，他钟习衡有恨。可是，他会恨恩茜什么呢？

Rex刚燃起的一点小希望又被一盆凉水浇灭了，他垂下眼。若不是关明烟报了警，恩茜根本就不会被抓起来，他们可以享受比蜜饯还要甜的日子。虽然关明烟是为了消除他的嫌疑，可是怎么可以是这样的代价呢？他有些恨她。更何况大清早，她衣冠不整地出现在钟习衡的家里……难道她忘了松司佐吗？

越想，他越讨厌她。

"我可以给你一个假期，让你好好想想离开到底有没有必要，值不值得。若你真心想辞职，假期过后递交申请书，我会批准的。"

钟习衡知道他动摇了，他不肯往前走一步，自己便上前推他一下。

Rex离开后，关明烟才从难过中缓过来，努力想要做最后一次解释，但是转眼间人已经不见了。

"人呢？"她气急地问钟习衡。

钟习衡瞄了她一眼，"走了。"

"走了？你让他……走了？"

"那怎么？还要留他吃饭？大鱼大肉山珍海味地款待他？"

关明烟被他不咸不淡的话噎住，一口气赌在胸口处，上不去下不来。她立刻行动起来，穿好衣服。

"我也要走了。"

钟习衡点点头，嘴角边似乎还隐着笑，"不送。"

关明烟慌慌张张地奔向大门，忽听见身后阴阴地飘来一句，"明烟，要知道，他只是第一个哦。"

关明烟握住把手，身体猛地一颤，哆嗦了下嘴唇，不说话，夺门而逃。

Rex已经收拾好自己的行李，第一站——去爱琴海吧。他和恩茜约好要一起去的地方。

松司佐走进来，一眼看见放在客厅里的箱子，有些诧异。

"你要去哪儿？出差？你听说了吗？给钟习衡下毒的人已经被抓住了，而且那个女警察还是明烟的同学，她叫……"

"我知道。"Rex有些粗鲁地打断他的话，"下毒的人是恩茜，被抓的人也是恩茜。而且是关明烟报的警。"

松司佐随即愣在原地，"明烟是怎么发现的？"

"我怎么知道！而且貌似她知道的还不少！"

"这话怎么说？"

"恩茜被指控的罪名不仅仅是谋杀罪，还有抢劫罪、盗窃罪！"一想起恩茜被抓走时头发凌乱、脸色惨白的邋遢样，他就气不打一处来。

"抢劫？盗窃？"松司佐摸了摸有些胡茬的下巴，陷入了沉思，"那你这是去干什么？"

"我想要离开一段时间。"Rex终于平视着他的眼睛，喘了一口气。

"离开？去哪儿？为什么？就因为明烟举报了恩茜？恩茜她没有否认这一切，证明她真的就是罪魁祸首啊！"

Rex看着松司佐布满正义的脸庞，欲言而又止。

松司佐好笑地看着他，"你要说什么就直说，不要用这副表情看着我，OK？"

他似乎做了很大的决定，才艰难地开了口，"早上我去找钟习衡想要辞职的时候，我在他家看见了衣衫不整的关明烟。很明显，她昨晚睡在那里。"

Rex和松司佐来到一家餐厅。关明烟早已等候多时，她看见松司佐的时候，脸上露出一丝惊讶，她没料到他会出现在这里。Rex看上去没有早上那般盛怒，表情反而有些说不清楚的尴尬，关明烟虽疑惑，但还是笑着为他们点了餐。

"Rex，恩茜的事情我真的很抱歉，但是我别无选择。我在报警之前犹豫了很久才下的决心，不仅仅是为了你，也为了其他人，让其他人免受伤害。"

关明烟双手握紧了茶杯，内心的紧张溢于言表。Rex也有些纠结，心里是明白她是对的，但是从另一面说，他多么不希望恩茜入狱，更不希望送她入狱的是明烟，他连恨都做不到彻底。

"明烟，我懂，我明白。理智上我承认你做得对。但是，我也是个人，我也有感情，我们相处得那么好，真心相爱……不管她做了什么，在我的世界里，她就是我的女朋友，我没有办法接受，也没办法这么快就原谅你。"

关明烟蹙着眉，苦着脸，知道让他此刻原谅是太过强求了，便往后退了一步，"你……理解我吗？相信我，也有苦衷，也有无可奈何吗？"

Rex 心酸地看着关明烟祈求的神情，心尖像有千万只蚂蚁在啃噬，一点点穿透他的心。

只有在在乎的人面前，关明烟才会这样放下尊严，放下骄傲，仅为了乞讨一点点的谅解与信任。

Rex 狠不下心，偏过头看着窗外，半晌才小幅度地点点头。

关明烟释然一笑，品了一口茶，抬眸欲与松司佐说话，却听见他突兀的一句话。

"你昨晚在钟习衡的家里？你们又在一起了？"

关明烟先是一愣，看见 Rex 不自在地看着他们，立刻明白过来了。她用舌尖润湿了自己的嘴唇，努力让自己的声音听上去很镇定。

"嗯，昨天晚上我和安颖去泡吧，不小心喝醉了，被几个人纠缠住，正好他路过，就出手相助了。"

松司佐面无表情地喝完面前杯里的茶，放在碟盘中，瓷器碰撞的声音听得她心惊肉跳。

"以后你还是小心点吧，钟习衡身份特殊，很容易被记者跟踪，一旦你的身份被曝光，会惹来很多麻烦事。"

他的话不轻不重，语速不紧不慢，却宛如重锤一下一下敲打着她的心。

"嗯，明白。"关明烟情不自禁地捏紧上衣的衣角。正好，包内传出一阵铃声。

"喂？"

"明烟啊，你现在在哪儿呢？我们定了这期杂志的封面是钟总，你赶快过来，和沧睿一起去摄影棚，给他照几张相。"

"为什么要我去？我又不是摄影师……"

"我知道，但是不是你做的采访嘛！我们需要放一张你们俩在一起的照片。"

"可是，你答应过我……"

"快点过来，我们已经到楼下了，别让钟总等你啊！"

"但我没同……"关明烟瞪大眼睛好笑地看着手机，他居然不让她辩解，直接把电话挂了？

"要走？"松司佐微微蹙起了眉。

"嗯，之前的采访被编辑作为这一期的重点栏目，需要拍几张照，我现在得赶过去。"关明烟愧疚地看着他们，拿起包，将外套搭在臂弯间，急急地起了身。

"钟总，我已经打了电话给明烟了，她很快就会过来的。"莱斯看了看手表，紧张地拿着已经被自己揪得不成样子的纸巾擦了擦额头。同时又小声地对旁边的安颖说，"打个电话问一下，明烟怎么还没来？"

　　安颖拿着手机走了出去，莱斯看着钟习衡完美的侧脸松了口气，没料到钟习衡突然转过头对着自己，莱斯的心猛地跳了一下。

　　过了一分钟，安颖匆忙地冲了进来，"主编，出事了！沧睿开车去接关明烟，他们在来的路上出了车祸。"

　　"怎么会出事呢？沧睿开车稳是出了名的，怎么不小心就……"莱斯跟在钟习衡的身后大汗淋漓，嘴里还在不停地嘀咕。

　　钟习衡全身冰冷，没有一个人敢说话，罗对莱斯不停地使眼色。保镖们已经握紧了拳头，随时做好准备。

　　"车祸怎么没有伤到她？"杨安安一边享受着按摩，一边面露不快地问道。一位浓妆艳抹的女人站在她身边，这个女人就是在她背后为她出谋划策的经纪人琳达。

　　琳达对她高高在上的态度有些不满。对于这个女人，她从心底里是不太瞧得起的。若不是有钟习衡给她做靠山，公司早就放弃这个女人了，而钟习衡的心到底在不在她这里，现在，谁都说不准。

　　做模特，没有头脑没关系，你得有高挑的身材、靓丽的脸庞，若连你的资本都是假的，你就得学会尊敬别人、讨好别人，建立良好的人际关系。琳达看着杨安安眯眼享受的样子，心里是说不出的恼火。

　　"我们千算万算，没有想到还有个男人居然愿意为她挺身而出。"

　　听见她的话，杨安安倏地睁开眼，精致的脸庞因为嫉妒扭曲到一起，"这个狐狸精，到哪里都有男人护着！我倒要看看，这世上到底有多少男人能为了她不要命！"

　　"与其在这里想方设法对她赶尽杀绝，不如先看好身边的男人。只要你确保了钟习衡的心里有你，一个关明烟算得了什么？"

　　做完手术，杨安安在医生办公室的沙发上坐着，无聊地四处张望。她起身，对着镜子照了照自己二次完美发育的胸部，再秀了秀傲人的身材，脸上不禁露出得意的微笑。

　　自我欣赏结束后，她又绕到医生的办公桌前，上面有一些前来做整容手术的人的资料。她勾起唇角，似是嘲讽似是鄙视似是得意，翻着翻着，她猛地收住了手，照片上的人……

　　她赶紧打开资料袋，脸上布满了错愕。过了半晌，她才缓过了神，表情渐渐显得狰狞而又诡异。

不管这个人是为了什么整容，这都是她报复关明烟最好的机会。她最擅长做的就是把握机会。

松司佐在第一时间接到的电话，赶到了医院。庆幸的是，关明烟伤得并不是很严重。

他们是在十字路口遇到一个右边左拐的卡车，本来坐在副驾驶位置的关明烟是首当其冲受到伤害的，好在沧睿提前注意到不对劲，并立即旋转方向盘，车子几乎旋转了一百八十度，卡车直直地朝着沧睿撞了过去。

"他还在抢救室……"关明烟左边的胳膊受了伤，打了绷带，脸上还残留着没有洗净的污渍，披头散发地靠在抢救室前面的走廊窗边，看见松司佐走过来的时候，踉跄着扑上来，眼泪夺眶而出。

"没事的，没事的，不会有事的。"松司佐一把搂过她，非常小心地将她按进自己的怀里，想要给她一点安全感。

"都怪我，怪我。如果我不打电话让他去接我，如果我不贪图那点方便，就不会这样子了，里面流血被抢救的人应该是我！"

关明烟一发不可收拾，彻底号啕大哭起来，鼻涕和眼泪交汇在一起全部擦在他的西服上。

松司佐的眉挤成好一堆，小声地在她耳边说着安慰的话，眼睛紧紧地盯住那扇门。

"护士出来了！"

关明烟终于止住了哭泣，抬起头，松司佐先走过去，护士面色匆匆。

"有谁是Rh阴性血吗？病人现在大量出血，血库里的血不够，你们有谁是Rh阴性血型？"

关明烟吞了吞唾液，沙哑着嗓子上前拉住护士，"里面的人怎么样？"

护士看上去很焦虑，态度也很差，"不好！很不好！如果找不到人给他输血，他就会因为大量出血而死亡！"

"死……死亡……"瞬间，她的脸煞白，连续倒退了好几步，小腿肚撞到了走廊上的座椅，身体猛地一晃，眼前一黑，整个人就软了身子，缓缓地滑下去。

死亡，在这一刻，变得触手可及。

关明烟醒来的时候，第一眼看见的人不是松司佐，她以为自己又产生了幻觉，又闭上眼，再睁开。这一次真的不是幻觉了。

"钟总，你怎么来了？"

钟习衡不说话，上前一手抱住她，一手帮她把枕头竖起，再小心地让

她靠过去。

"医生说，你是连续受了刺激，加上本就贫血，所以身体虚弱，这几天要好好休养。"

"那沧睿呢？他有没有脱离危险？"关明烟脑袋里盘旋着的就是护士说的那句话。

"没有生命危险了，已经转到重症监护室了。"钟习衡看了她一眼，又补充道，"很巧，安颖是 Rh 阴性血，她及时输了血。"

关明烟总算松了一口气。她打量了一下他的脸色，不经意地问道："松司佐呢？他怎么不在这儿？"

钟习衡甩来冷冷的目光，冻得她直打哆嗦，立刻噤了声。

她看着钟习衡拿过来一个很像保温饭盒的东西，盯着他一层层揭开，每揭开一层，她的眼睛就瞪大了点。

"你……你需要这样给我补吗？鲍鱼？燕窝？这下面是什么？这又是什么？这样补下去，我会肥腻死的！"

钟习衡不理她，拉过椅子坐下，拿起汤匙。关明烟更吃惊了，他该不会是想要喂自己吧？

"来——"

关明烟面色难看，"这样不大好吧……"她看着围绕着床头站了一圈的保镖，个个面露尴尬，却不敢说一句话。

"那我亲口喂好不好？"钟习衡凑到她的耳边，说了一句让她脸红心跳的话。

关明烟红着脸，一口喝掉汤匙里的汤。钟习衡看着她，不急不慢地露出一点点笑容。

被钟习衡用着各种办法解决了饭盒里的食物后，关明烟躺在床上一动也不能动，摸着凸出的肚子，暗暗叹气，照这个速度发展下去，等她病好出院后就该直接去健身中心减肥了。

"要出去走走？"

更让她无可奈何的是，本来以为自己吃完饭后，他便离开。谁知道，他却以一副主人的姿态留了下来，并且把所有的文件都拿到了这里，直接将病房当成了他的办公室并开始办公。

"唔——"关明烟在肚子上画着圈圈，不置可否。

钟习衡浅笑，合上面前的文件夹，"起来，饭后该散散步了。"

关明烟掀开被子下了床，今天的他笑得似乎有点多了……

"你似乎对这里很熟啊？"

关明烟跟着钟习衡，他熟门熟路地转到了医院的花园里。

"以前有人住过这里,那段时间天天来。"钟习衡意味深长地看了她一眼。

关明烟被旁边的花花草草吸引了,并没有太注意他的话,也没有听到他轻微的一声叹息。

"这是薰衣草吗?好漂亮!"她忍不住感叹道。

看着她兴奋的样子,钟习衡硬把到了嘴边的话吞回肚里,然后弯下腰给她摘了一朵。

"你喜欢这玩意儿?"

关明烟冲着他翻了个白眼,"这是花,什么叫这玩意儿……我还喜欢动物呢!"

"动物……"钟习衡沉默了几秒钟,"来,跟我来个地方。"

他二话不说,拉起关明烟就往前走。

成群的和平鸽聚集在一个喷水广场上,广场的周围都是身穿和关明烟一模一样病服的人。

"你……你居然……怎么会……"关明烟吃惊得合拢不上嘴巴了,一步一步地挪上前,一只和平鸽扑扇了几下翅膀,落在了她的手腕上。

"你有食物吗?"关明烟回头。

罗走上前,递给她一包。关明烟拿了一些在手心,递给停在另一只手臂上的和平鸽。

钟习衡温柔地看着她,脸上是六年来都不曾出现过的深情。阳光下,他甚至看见她全身都被一圈金黄色的光圈笼罩着,宛如从天而降的少女,这个世界的肮脏丝毫不能玷污她的纯洁。

罗看着他,小心地移步上前,"钟总,关小姐的这场车祸并不是一场意外。"

"嗯?"一个冷漠的眼神甩过来。

"有摄像头拍下来了,根据车牌号,我找到了那名司机,然后顺藤摸瓜找到了一个人……"

"习衡!"关明烟言笑晏晏地转过头。

钟习衡正盯着罗手机上那张图片皱眉沉思,听见熟悉的呼唤,他骤然感觉到心底的某一处塌陷了,连抬头把目光投过去都演变成了慢动作。

钟习衡就在那个时刻明白,他这一辈子真有一个劫,这个劫让他又爱又恨,又痛又痒,任凭他怎么走、怎么躲都逃不掉。

顾婉听说关明烟出了车祸,一下班就急急忙忙地赶过来。她刚走出电梯,就看见 Rex 提着一篮水果在一间病房门口徘徊,脸上露出了进退两难的表情。

她想起在审讯室昏暗的灯光下，恩茜狼狈不堪的模样，唯有在听见这个人的名字时，一直无神的眼睛才会闪过一道亮光。

"你好，来看明烟的吗？怎么不进去？"顾婉走上前，在他转身离开之前眼疾手快地抓住他的手腕。

Rex认出她就是那天带着一群警察扑向恩茜的头头，立刻变了脸色，"放开我。怎么，想要逮捕我？"

他甩甩头发，一副要杀要剐随你便的态度。顾婉好笑，"你来看明烟我抓你干吗？我又不是见谁都逮捕。"

"可是你逮捕了恩茜。"他表情凶狠。

"那是因为她触犯了法律，我们作为警察，也不会随便抓人的。"顾婉像在教育小朋友一样，细言细语。

Rex比她高，也比她壮，朝着她逼近两步，就将她完全笼罩在自己的阴影下。

"要不是关明烟通风报信，你怎么可能抓得到恩茜？！嗯？警察？不过一群没用的废物……"

"你！"顾婉美目圆瞪，对上他略微有些挑衅的目光，使出浑身力气压下心头的怒火。

"你还在怪明烟吗？"

"哼……"

"既然你现在不肯进去，明烟……好像也不在，不如，不如我们找个地方……我们谈谈？"

顾婉找了一个小亭子，虽然从表面上看是有些破败，但也正是因为不起眼，这里才很是清静，不会被其他人打扰。她看着Rex走上亭子，先是用一根手指画过石凳，然后手指搓了搓，再掏出一张纸巾，在上面擦了擦，等到他确认干净了才不慌不忙地坐下。顾婉不太适应这样的男人，捂住嘴巴轻声咳了咳。

Rex挑起浓眉，扫了她一眼。顾婉心稍稍寒了一下，赶紧端正地坐好。场面有些尴尬。

顾婉舔了舔嘴唇，明明是她提出来要谈谈，怎么现在的场面反而被他控制了？

"你和恩茜认识的时间并不长啊。"顾婉看了他一眼，干巴巴地找了一个话题。

"你审问她了？"

"唔……唔，这个是不可避免的。"

"知道了还问。怎么，担心她说的不是实话，找我对证？"

"其实，在整个审讯过程中，恩茜基本都是一言不发，对我们给她定的罪都用沉默来表示默认，除了你。"

"我？"

"我问她，下毒到底是为了谋财还是为了害命，你猜她说什么？"

"不……知道……"

"她被审讯了那么久，第一次她的情绪有了波动，脸上出现近似狰狞的表情，看着我的眼神也充满了恨不得活吞了我的仇恨。她死死咬着牙，说，'我精心算好了剂量，就是为了不让他死！你懂吗？你明白吗？'"

"你……你的意思是说……"

"是，她是没良心，她抢劫，她偷窃，她甚至为了钱可以不把人命放在眼里，你觉得这样的人会乖乖地束手就擒吗？你以为那天她真的没有办法逃走吗？

"因为她想即使在最后，也不要损坏她在你心中美美的形象，她宁可漂亮潇洒地上警车，也不愿狼狈丑陋地逃走。

"她在用她的方式爱你。尽管她爱财，但这些无关钱财。

"其实，整件事情明烟都可以不参与的。在你来的前一分钟，我还问过她是否要回避，但是她说不，因为她明白被朋友背叛的滋味。这样的滋味她也尝过。"

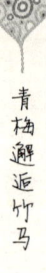

第四章　长相思，摧心肝

"顾婉，我看这几天安安心情很不好，我们要不要想个什么办法，帮帮她啊？"关明烟端着从饭堂打来的饭菜递给顾婉，又抬头看一眼已经在床上躺了三四天的杨安安，眉宇间写满了担忧。

"被男朋友甩了，脾气不好是正常的，我们能怎么办？"顾婉一向心直口快，早已看不惯杨安安做作的样子。

关明烟有些不安地一直打量着那张床铺，"可是好几天了都没有动静，这样下去会不会出什么事情啊？要是闹出人命就不好了，而且安安对我们还不错，我们不能这样坐着不管啊？"

"是对你不错。"顾婉敌不过关明烟，万般不情愿地起身，"对我……不怎么样。"

虽这么说，她还是走到杨安安的床头，敲了敲她的床，"喂喂喂，睡够了没？都三四天了，你别没被那臭男人气死倒是自己把自己给饿死了啊！"

关明烟无奈，呼出一口气，对她做了一个鬼脸——这个时候，说话还要这么难听吗？

杨安安的床上依旧没有动静。关明烟上前准备把顾婉拉走，却看见床上的人直起了身，"明天是不是周日？"

"是啊！你几天没起来了，要不要……"

"我要去郊游。"

关明烟和顾婉面面相觑，只好答应。

第二天，顾婉骑着自行车已经上路，却还是满脸的疑惑。她靠向关明烟，压低了嗓音说："真没想到啊，我居然和她一起出来郊游！更没想到，你居然会放了钟习衡的鸽子，过来陪这个女人郊游！"

关明烟看着一直冲在前面的杨安安一眼，"她没什么朋友，我算是她最亲近的人了，在这个时候我不帮她谁帮她？不能任由她自生自灭吧？"

顾婉撇撇嘴，不再多言。

杨安安从一条小道骑下，岔开了大路，再过了几个弯，出现在她们眼前的居然是一片空旷的草地。

"哇，真不错！"关明烟一个急刹车将车停下，把自行车放倒在一边。"安安，你是怎么找到这片空地的，这里太美了！"

杨安安往前走了几步，听见她的话，身影顿了顿，缓缓转身，声音重重的、沉沉的、闷闷的。

"不是我，是他找到的。"

关明烟和顾婉一时不知道说什么好。

"明烟，你把这些肉串烤了吧，我先进去休息会儿。"杨安安脸色很不好看，将一把羊肉串递给关明烟，便钻进了帐篷里。

"切，这女人根本就是借着失恋的幌子来让我们给她干活儿的！明烟，别帮她烤，让她饿着肚子去！她不是几天都不用吃饭吗？还怕耽误这么会儿工夫？"

顾婉看不惯杨安安摆谱的样儿，更不能接受别人把明烟当做佣人使唤，向前一倾，夺过她手里的羊肉串，扔到一边的袋子里。

"别这样，顾婉。安安现在心情不好，我不过是帮她烤点肉，没什么的。"

顾婉瞧着她还要拿回那把肉串，干脆横手抓住她的手腕，把她从火堆边拖走。

爬过一个小山坡，展现在眼前的是一片绿油油的草地，斜坡下面是一弯清澈的河水，水面波光粼粼。关明烟随即被美景吸引，弯着腰向下小跑着，冲到了河水边，躺下身，脸上惬意的表情很是满足的样子。

"明烟，你不要和杨安安走得那么近，那女人不是什么好东西。"顾婉在她身边就势躺下，脸上有着少见的严肃。

"顾婉，你好啰唆哦！"

"关明烟！我跟你说正事！请你端正你的态度！你离她远点儿，难道你没听说吗？她就是小三专业户！你对她好，但难保有一天她就把钟习衡抢走了！"

"果真是人言可畏啊!"

"嗯——顾婉,你有没有闻到什么味道?"顾婉正要反驳,关明烟突然问道。

"好像是什么东西烧焦了……"

"然后呢?你们把肉串烤焦了?"Rex 听得入了迷,赶紧追问。

顾婉白了他一眼,很不满,"你觉得我们就这点本事?烤个肉串都能焦了?"

Rex 撇撇嘴,微微蹙着眉,"是你这么说的啊,你说闻到东西烧焦的味道啊……"

他有些惊讶,在阳光下,他似乎看见顾婉的脸上居然露出一点微笑。

"是帐篷烧着了。"

"什么?"Rex 几乎跳起来,两只胳膊挥舞着,努力想要找到一个宣泄点,无奈中文学得太不到位,等他平息了会儿,才咬文嚼字地说,"那个,杨安安不是在帐篷里吗?"

"对啊!"顾婉答道。

"那——"Rex 更激动,但旋即又冷静下来,重重地安抚着自己的心脏,"肯定没死,要是死了,就不会有现在的杨安安了。对对对,肯定没死!"

顾婉对着自言自语的 Rex 翻了一个大大的白眼,扭了扭脖子,看似不经意地说了一个大秘密。

"是啊,是没死,就是没来得及救出来而毁了容。"

"毁容?"Rex 眼睛瞪得比酒杯还要大。

"对啊,因为毁了容,所以才去整了容。正因为整了容,所以现在才长得那么妖里妖气的,要不然杨安安哪能当什么模特啊!"

"那她看不惯明烟就是因为这件事?"

顾婉眉宇间突然多了凝重,"杨安安一直羡慕明烟,这一次更是觉得明烟是故意纵火,害得自己毁容。这件事我们本身也有错,明烟也不辩解,就把一切都承担了。从此,杨安安宣誓要和她势不两立。"

听完顾婉的话,Rex 心里像有只小虫子在爬,挠得他痒痒的,很想马上、立刻、恨不得现在就能见到明烟;可是另一面 Rex 又忍不住责怪自己,明烟是什么样的人,自己会不明白吗?这件事孰对孰错,Rex 内心深处会分不清吗?为什么要把这份苦推给她,让她独自承担呢?

"Rex,你不用走那么快吧,明烟又不会消失,又不会变成蝴蝶飞走了,你怪罪都怪罪了,要道歉也不急于这一时吧?"向来自认体力不错、步履矫健的顾婉跟着他后面哼哧哼哧,走得气喘吁吁。

Rex 抿着嘴不说话,反而加快了步伐。顾婉立刻放弃了跟在他后面的打算,停下来,双手支着膝盖,大口喘气。

等她最后赶到的时候，病房里已经密密麻麻地站满了人。她拉了拉 Rex 的衣袖，小声问：“不是要道歉吗？在这儿搞什么？”

Rex 不言，只是对着里面努了努嘴，一个小孩突然探出了脑袋，看看顾婉，再瞅瞅她旁边的 Rex，欣喜异常。

"蛋蛋叔叔，你来了！"

顾婉用诧异万分的目光看向 Rex，脸部因为努力忍着笑而被扭曲，"蛋蛋——叔叔？你？"

Rex 在众人的瞩目下脸色由白变红变紫，精彩无限。

"松司佐，你回来了啊。"他很不自在地想要绕过小孩，和松司佐打招呼。

谁料到，小孩小肥腿一伸，在他昂贵的西裤上印上自己小小的脚印，"蛋蛋叔叔，你怎么不理我？叫你不理我叫你不理我！"

钟习衡最先打破沉默，他面色阴沉地扫过还不及他腰部的小人，又将目光转移到松司佐的脸上，最后落在关明烟的身上。

"真是幸福的一家子啊！"不带任何感情色彩的一句话从钟习衡嘴里吐出，立刻化作冰锥戳进关明烟的心脏。

她把嘴唇咬得泛白，白色之间仅存的一点血红看上去更加触目惊心，

"习衡——"她轻轻唤出声，不大的声音在这寂静的房间里变得响亮。

松司佐不明显地蹙了蹙眉，顾婉好奇地盯着小孩看，小孩拉着松司佐的手，但却一直盯着钟习衡看。

钟习衡一脸反感，甚至刻意与她拉开了些距离。

"关小姐，我和你不太熟，用不着这样拉拢我。"

一直咬紧片唇的贝齿瞬间松了，眼里雾气氤氲。

"钟习衡，你——"

拉拢？他们之间的亲近，竟然因他的一句话就演变成了她刻意的拉拢。

关明烟在心里冷笑，钟习衡啊钟习衡，你还有什么办法能让我心如刀绞，都拿出来吧，有什么绝招都使出来。心死，也就这一次。

"爸爸？"小孩突然走到钟习衡身边，拽了拽他的衣角，好奇地说。

钟习衡把眉头锁紧，语气强硬冰冷，他连腰都懒得弯，只是淡淡地扫了那孩子一眼。

"我不是你爸爸，你爸爸是站在你旁边的人。"

小孩歪着头，"可是我不跟他姓哦。我不姓松，我和你一个姓哦，我也姓钟！"

小孩格外地骄傲，昂首挺胸，小胸脯突突的，肉嘟嘟的脸蛋泛着粉红，两只大眼睛滴溜溜地转着，仿佛万物在他眼里都是令人愉悦的。

钟习衡看着他，突然心念一动，这个小孩和他看过的自己小时候照片里的人长得是一模一样，难道他真的……

"你……你叫什么？"他开口才听出自己的声音居然有些颤抖，都变得不太自然了，是因为紧张，还是有所期待？

"钟磊！"钟磊笑眯眯地看着他，说话声抑扬顿挫。

钟习衡用古怪的目光扫视着关明烟，似乎在质问她这一切到底是怎么回事。

关明烟被他的那句"拉拢"刺伤，嘴角边扯起一丝冷笑，她拉过钟磊，护在身边。

"钟习衡，你有没有觉得他和你长得很像？钟习衡，你说我要说他是你的儿子，大家会有几个不相信？"

所有的人都不明白关明烟的意思，目光只得茫然地在他们两个人之间打转，站在她身边的松司佐反而垂下了眼帘。

"你这话什么意思？"钟习衡问。

"我的意思就是，假设这个孩子是你的，那么你死后，你的财产不就是他的了吗？"

钟习衡的表情由好奇变成错愕，变成震怒，变成冷漠，最后一切化为乌有。

"哼，我就知道，一个不入流的女人怎么可能生出我的孩子！"

"你！"关明烟一直隐忍的泪水终于憋不住，决了堤。

松司佐动作比房间里的任何一个人都要快，他迅速冲上前，在钟习衡的保镖未反应过来之前，揪住他的衣领，另一只手握成铁拳，对准他的脸，狠狠地挥了一拳。

众人好不容易才把钟习衡和松司佐拉开，钟习衡被他的保镖们前呼后拥地围了起来，挡在他前面的是罗。他虎视眈眈地盯着松司佐看，用嗜血的眼神警告他。

关明烟红着眼眶，深深地看着钟习衡。最后一次，最后一次机会，只要你道歉，我就原谅。她不知道钟习衡到底有没有读懂她眼睛说的话，但是她清楚地看见他的眼里有恨。也许不仅仅是眼，整张脸，整个身体都在控诉着她。

"关明烟，你让我恶心。"

要有多讨厌，才能说出"恶心"；要有多憎恨，才能有那般寒冷而悲怆的目光。

电光石火的一瞬间，关明烟体会到了心死的感觉，可能这一生他们也就这样了。她搂紧钟磊，不理会钟习衡那句话，只是平静地一下下捋顺钟磊的头发。

"我的小石头，刚才有没有吓到你？"

钟磊瞪圆大眼睛看看松司佐，再转过头看看钟习衡，表情很纠结。他揣酌了半天，才说："小石头不怕，妈妈怕不怕？"

关明烟鼻尖一酸，她马上弯下腰将钟磊搂得紧紧的，深怕下一秒他就不见了，消失了。曾经那个男人给了她一个肩膀，让她把毕生的眼泪都流在那里，可是现在，那个男人站在她的对面说她"恶心"。

幸好，幸好他把小石头给了自己。

钟习衡沉默地看着这一幕，关明烟隐忍的哭泣，颤抖的肩膀，快把孩子搂得窒息的绝望，让他的心一再下坠。他迎上松司佐的目光，心里又是咯噔一下，刚才他把拳头挥向自己的时候，眼神那么愤怒，愤怒得有些似曾相识，似乎在哪里见过。可是此刻，他看着自己，表情变得捉摸不透了，连眼神都有些古怪，看上去有什么难言之隐。

钟习衡越看越混乱，嘴角边传来依稀的疼痛，口腔里还有血腥味，这些混淆着他的思维，让他烦躁不堪。

"我们走。"

松司佐看着钟习衡离开，深邃的眼眸变得有些迷离，整个人像失去了灵魂，恍恍惚惚。

"松司佐，你没事吧？"关明烟努力说服自己收回目光，轻轻握住他的下巴把他的脸转过来对着自己。

"你何必要这样呢？你明知道习衡……钟习衡不好惹的。"

"看不惯。"他简短有力地回答。

关明烟手停顿片刻，苦苦地一笑，"有钱有势的人有几个是能让人看得顺眼的。"

松司佐盯着她，正欲开口说话，突然闻到一阵香奈儿的香水味，一位身着纯白色吊带衫和蕾丝直筒裤的女人走进来。

是杨安安。

她一眼就看见了脸上挂彩的松司佐，不同于往日，她朝他露出灿烂的笑容。

关明烟不解地看了看松司佐，却只瞧见他皱着眉，注视着眼前突然出现的尤物。她骤然有些难过，僵硬的手臂慢慢放下，连眼眸都垂下，整个神态只能用黯然形容。

杨安安满意地看着关明烟挫败的样子，表情更是得意，"松司佐，我想和你谈谈。"

松司佐忍不住想要去看明烟的表情，但她的青丝遮住了她的脸庞，什么也没让他看到。

"在这里不能说吗？"

杨安安一扬眉，话有玄机，"我想我接下来要说的话你不会愿意让所有的人都听见。"

她很开心地看见关明烟的身体微微地一颤。她就是要让关明烟知道，自己和她的男人们之间有着不为她所知的秘密。

"你要说什么？"松司佐靠在栏杆上，鼻翼上端的碎发被微风吹起，露出饱满的额头，只是表情很不耐烦。

杨安安审视着这张俊脸，她不得不感叹，能被关明烟看上的男人长得真是不错啊，个个都是实力派加偶像派的。

"你是不是认识一个李医生？"杨安安红唇轻启，诡异魅惑地冲他施展着自己的妖艳美丽。

松司佐的心狠狠地惊了惊，似有电流击遍全身，但又同时将外表的故作镇定伪装得无懈可击。

"李医生？我认识很多李医生，我怎么……"

"某个整容医院的李医生。"她轻快地打断他的话，笑得更加愉悦。

她清楚地看见他表情的变化，她甚至在他的脸上看见胜利在向她招手。

"你想怎么样？"

松司佐咬牙切齿地望着这个女人——靓丽的外表下藏着一颗蛇蝎般的心。

钟习衡啊钟习衡，你怎么会选择这样的女人？这种女人对明烟会是多大的威胁！

"你爱关明烟，我要钟习衡，我想我们是处于同一战线的，何不联盟呢？"

松司佐不悦地蹙着眉，"这是我的事情，与你何干？"

"难道你不想早点得到关明烟吗？"杨安安踩着高跟鞋一步步朝他逼近，笑容像罂粟，让人欲罢不能。"她的唇，她的胸，她的腰，她的腿，乃至……她的心都是你的，没有人——会和你争，没有人——再有资格从你身边抢走她。难道——你不想这样吗？"

"杨安安！"

"一向孤傲示人的关明烟从此只对你一个人好，对你唯命是从，将你视为她生命中的全部，你会变成她的天，她的神，她的全部。松司佐，难道你不想这样吗？"

松司佐英俊的脸庞因为克制住自己内心的澎湃而稍稍有些抽搐，杨安安误以为这是他发火前的征兆，立刻见好就收，往后退了一大步，刻意与他拉开了距离。

"看来，我是看错人了。"她的语气瞬间变得慵懒，像小猫一样挠人心痒。

松司佐内心还在挣扎，可是眼看着她就要转身离开，他连想都来不及多想，赶紧上前一步拉住她的手，迎上她鬼魅的双眼。

"妈妈，我想和你一起去上班，我可以保护你。"关明烟出院后，钟磊就甩开小粗腿一直跟在她的后面，屁颠屁颠地跑个不停。

关明烟抚着额头，有气无力地转身，第一百二十二次地说："不行。绝对不行。"

钟磊顿住，可怜巴巴地把手握成拳，放在肥嘟嘟的脸蛋旁边，"难道妈妈就放心我一个人在家吗？不怕开水烫伤了我吗？不怕煤气泄漏再也看不到我吗？不怕强盗破门而入带走我吗？不怕我偷偷溜出去再也回不来了吗？不怕……"

"去去去！你可以去！行不行？"

看着关明烟气急败坏地撩起头发打扫屋子，钟磊终于放下手，笑眯眯地露出一个只能用"奸诈"二字形容的笑容。

明烟没有办法，只好把钟磊带到了办公室。

"哇，明烟，这是你的儿子吗？长得好可爱啊！"

"这个小正太长得好标致啊！让姐姐亲一下好不好？"

"明烟，你居然把孩子带到报社来了？小心社长批评你哦！"

"我也没有办法，孩子太小，一个人在家不放心。"关明烟愧疚地笑笑，刚想伸手摸摸他的头，一转身他就不见了。

"钟磊？钟磊？"

"妈妈，妈妈——"童稚的声音从女人堆里传来，关明烟看过去，实在是忍不住哈哈大笑起来。

钟磊使出九牛二虎之力才从那堆大姐姐中挤出来，溜到妈妈的身边，双手叉着腰很不满地看着她大笑的样子。

"你笑什么，妈妈？你怎么可以见死不救？"

关明烟努力克制住笑，弯下腰，掏出纸巾在他的脸上擦擦，"你脸上印满了各种颜色的口红，好像个花脸猫。"

小小年纪的钟磊已经很懂得什么叫颜面尽失，他狂吼了一声，在原地转了一个圈圈，朝洗手间狂奔而去。剩下一群哥哥姐姐在后面狂笑不止。

正在这时，桌上的电话响了起来，"明烟，你到我的办公室来一下。"

关明烟放下电话，揉揉已经犯着痛的太阳穴，拉过钟磊，亲亲他的额头，"你在这里别乱跑，我马上回来。"

"嗯嗯。"正吃着各路姐姐送的零食的钟磊吃得不亦乐乎，大脑袋点得如捣蒜般。

关明烟微微安了心，走进莱斯的办公室，"主编。"

"嗯，坐。"莱斯从电脑屏幕后面探出一个头，摘下眼镜，语气和蔼中带着些严厉。

"听说，你今天把孩子也带到报社来了？"

关明烟心微微一沉，不卑不亢地点头承认，"家里没人照顾，不放心。"

莱斯善解人意地点点头，目光却不时地掠过窗外，"你也知道我们报社是

有规定的,不能带小孩上班,这样会影响工作的。"

"我明白,仅此一次,绝不会有下次了。"

看见她主动承认错误,莱斯的表情骤然放晴,甚至有了欣慰的笑容。

"那行,你回去吧。"

关明烟心里一直悬着的石头算是着了地,她回到座位上,喝了一口茶,接着翻译文章。

不一会儿,肚子一阵闹腾,她蹙着眉,不舒服地按压了几下,一阵咕噜咕噜的叫声,她急匆匆地冲进洗手间。

出来的时候,她觉得有些奇怪,但又不太清楚哪里出了问题。

"钟磊,钟磊?"她环顾整个办公室,都不见那抹娇小的身影。一阵冷风袭来,她禁不住打了一个哆嗦,心开始降温。

关明烟不知所措,连忙将电话打给了松司佐,"松司佐,钟磊不见了。"

接到关明烟的电话,松司佐还在房间里作画。放下电话,他连衣服都来不及换,就急急忙忙地冲到她上班的地方。

他赶到的时候,正值烈日炎炎的中午,灼热的温度包裹着皮肤,都会感到一阵阵的刺痛,关明烟就这样跌坐在报社门口的阶梯上,失魂落魄,脸上还清晰可见泪水滑过的痕迹。

她一看见他就失了镇定,只知道抓住他的手,反复重复着一句话,"不见了不见了,钟磊不见了。"

松司佐听见自己的心崩裂的声音。

松司佐面色严峻,一遍遍地查看着报社里所有的电子摄像头拍下的录像,没有任何可疑的身影,没有钟磊出入的影像。

毋庸置疑,这是精心布置的局。

在关明烟的茶杯里下了泻药,在她离开之际,带走了钟磊。

可是,是谁会对一个孩子感兴趣呢?又是谁,能带走钟磊却不被所有的人发觉呢?

他第一个想到的人就是杨安安。为了报复,为了威胁明烟?他被突然响起的铃声惊醒,转身,看着明烟紧张地接起了电话,她的表情变得释然,又有些愤怒。

"是谁?"他听见她的语气明显松懈了,甚至微微掺杂着庆幸。

"钟习衡,钟磊在他那里。我现在过去。"

关明烟杀气腾腾地冲到位于半山腰的钟习衡别墅前,说是别墅,更似城堡。充满欧美气息的建筑物前,有一个标准大小的足球场,足球场的周围被高高的围墙圈起,两道围墙之间有一扇铁门,铁门到城堡之间是一条不算宽的柏油路。

关明烟曾经来过这里,门卫也算是有眼力的人,不需她多说,就放她进去。

她一路快走，忽视了在城堡的二楼某扇窗户边，有一抹目光从她走进来起，便一直追随着她，直到她走进城堡。

"钟习衡呢？钟磊在哪里？我已经过来了，快点把钟磊交出来！"

关明烟站在富丽堂皇的客厅，像个无头苍蝇般打着转转，偌大的屋子连佣人都不曾见到，她敏锐地感觉到不同寻常。

徐管家听见她的话，慌忙地从里面出来，看见她，对着她恭敬地作揖。

"徐伯伯，钟磊在哪里？"

徐管家没有说话，用眼睛朝楼上使了一个眼色。关明烟立刻会意，气汹汹地奔上了楼。

"钟习衡！"她杀到主卧室，砰的一声撞开了门，却意外地被里面的场景惊住了。

钟磊仰面朝天地占据了钟习衡的大床，口水顺着他鼓鼓的脸蛋留下来，在阳光下还能追寻到一条痕迹。

有着轻微洁癖的钟习衡对此情景居然没有阻止，只是拿着报纸在床头的沙发上坐着看，看见关明烟走进去，也只是举起食指放在嘴边，示意她安静。

关明烟顾不得那么多，也不容再多考虑这是谁的家，谁的地盘，谁是主谁是客，几步就来到他的面前，揪起他手中的报纸，怒目以示，压低嗓音说："跟我下来。"

钟习衡看看床上的小人儿，理了理衬衫，跟着她走出房间关上门。他刚转身，关明烟就迎面给了他一个响亮的耳光。

"少爷！"徐管家在楼下看到这一幕不禁惊呼。

其实连一贯清冷高傲的钟习衡都没有想到，一个女人，一个母亲，在失去孩子的时候，会变得这么疯狂，疯狂得不顾一切，疯狂得想要毁掉一切。

"钟习衡！你到底知不知道你在做什么？你怎么可以……你凭什么一声不响地就把钟磊带走！你到底……你想怎么样？"

钟习衡被歇斯底里的关明烟吓到了，记忆中温婉的她在此刻像头狮子，挥乱了头发，衣衫不整，眼睛充血，破口大骂。

他定神了好一会儿，才找到了平日的自己。

"是我想怎么样还是你想怎么样？既然是我的孩子，为什么不告诉我？"

关明烟万万没想到他会提起这件事，完全没有心理准备，说话都变得磕磕巴巴。

"你……你什么意思？谁……谁是你……什么孩子……"

钟习衡看着她紧张了，心里更加笃定，转身大跨步地走进卧室。关明烟正踌躇接下来要怎么办的时候，他又走了出来，只是手里多了一张纸。

"如果不是,那这是什么?"

关明烟接过他递来的那张纸,看着他满面春风的样子,她已然猜到那张纸是什么了。

DNA检测报告。

"你……你背着我……做亲子鉴定?"关明烟的手指都在轻微地颤抖着。

"不行吗?难不成你想让我的儿子叫别人爸爸?你觉得我会答应吗?"

"这……这与你无关……当初是你……"

"当初是我无知,是我不好,是我浑蛋,我现在不是回来了吗?"

看着钟习衡讨好的模样,关明烟气不打一处来,六年来忍受的折磨与痛苦此刻一股脑地全部奉还给他。

"回来?你要回来?谁要你回来了?谁恳求你回来了?你回来了不起吗?你回来了我们就要吗?我们就得欢迎吗?自作多情!"

钟习衡很想捂住耳朵,保护自己的耳膜不受伤害,但是瞧着她正在怒火中烧之时,深怕又火上浇油,硬是挺直了腰杆让她大骂。

关明烟吼完后,大口喘着气,正准备从头再来的时候,卧室的门开了一条小缝,一个圆滚滚的脑袋探出来,"妈妈,你怎么了?"

任何一位盛怒的母亲都无法在纯真的孩子面前发飙失态,向来温和的关明烟更是如此。钟习衡很满意地看见她收起了怒容,上前赞扬地将钟磊的头发揉得乱糟糟的。

"爸爸,怎么了?"钟磊东倒西歪,努力躲过钟习衡袭来的大手。

"爸爸?"关明烟尖声反问道,"钟磊,谁告诉你他是你爸爸的?你不记得妈妈的话了吗?妈妈怎么对你说的?"

"不要和陌生人说话……"钟磊小心翼翼地瞄了一眼旁边的"大山",以一秒钟一厘米的速度靠过去。

"那他是谁?"关明烟气场强大,震得钟磊瞪着眼,不敢接话。

这时,钟习衡不紧不慢地走过来,悠悠然地说:"我是他爸,你手上的那张纸充分证明了这一点。"

"狗屁!"关明烟气得跳脚,上下乱窜,完全失去了往日的温柔。

"妈妈。"钟磊躲到钟习衡身后,怯生生地看着她,"电视上说,现在要建设和谐社会,说话要文明……你说脏话,不和谐。"

看着关明烟白嫩嫩的脸蛋因为被噎住而涨得通红,钟习衡再也绷不住脸,爽朗地大笑起来。

钟磊被徐管家带到健身房玩耍,钟习衡将气得不能说话的关明烟打横抱起,走进了书房。关明烟双脚刚着地,立刻张牙舞爪地扑上来,钟习衡一时没有注意,裸露在外的脖子被她挠出三条抓痕。

钟习衡痛苦地捂住抓痕,"你真下得了手啊?"

"对待敌人要像冬天般冷酷无情!"关明烟不解气,依旧恶狠狠地望着他,做好随时战斗的准备。

钟习衡不理她,走到红木桌前,用钥匙捣鼓了几下,拉开最中间的抽屉,从里面掏出一叠文件,放在桌子上,然后对着她努努嘴。

"你先看看这些,我去涂点药水,嘶——我马上还要去公司开会呢,你让我怎么见人……"

钟习衡嘴里嘟嘟囔囔地从关明烟旁边走过,没有注意到她的脸变得柔和,眼睛弯弯地似乎在浅笑。

直到关门声传来,关明烟才走到红木桌前,拿起那叠文件,看了几行。她的手猛地抖了抖,文件悉数从手里滑落,紧跟着,一滴眼泪夺眶而出,映着窗外的光线,坠入地面,溅成一粒粒小水珠。

他将他们曾经发过的邮件一封封打印了出来,在最上面一页的顶端有两行字,是她熟悉的笔迹,刚劲有力,潦草锋利,一如落笔人凌厉的作风。

天长地远魂飞苦,梦魂不到关山难。

长相思,摧心肝。

看到这里,关明烟一下子又回到了从前。

钟习衡在两个人最甜蜜的时候被学校派去参加国际大学生交流会,一去便是两周的时间。临走前的晚上,关明烟半天舍不得放手。钟习衡还在念着要回去收拾行李,无奈她怎么也不肯松手,就是扣住他的腰不放。

想不到,平日对人最冷淡的钟习衡偏偏最吃她这套,连忙上前安抚。

"我去美国后,天天给你写信好不好?别生气了?"

"天天写信?"

看着她满眼放光的样子,钟习衡暗自轻叹一声,他认栽了。

钟习衡离开的第一天,关明烟在床上躺了四十多分钟,去超市逛了一个多小时,在图书馆看书两个小时,然后实在耐不住,奔回了宿舍,打开笔记本,打开邮箱,开始写第一封信。

钟习衡?太陌生,太拘谨,太别扭了!

习衡?又不是他爸爸,这样称呼太奇怪了!

亲爱的?哎哟喂,他看到了肯定鸡皮疙瘩掉一地,然后嘲笑讽刺自己,才不要!

到底叫什么好呢?关明烟一时想不起,随手拿过旁边的书翻了几页,心又静不下来,最后还是蹭到电脑前。

郑重地,害羞地,小心翼翼地敲下几行字:蒲苇韧如丝,磐石无转移。

一周过去,关明烟还没有收到他的回信,情绪也由一开始的满心期待,变

成失落,到最后已是无言的愤怒和掩埋着的几乎快要消失的希望。

一周,七天,七封信,如石沉大海,没了一丝回应。

关明烟忽然起身,拿过背包甩在肩上,冷冷淡淡地对顾婉留了一句话,"我出去买苹果,一会儿回来。"

走在林荫小道,关明烟想起了过去,想到了未来,想着这几日自己为等一封邮件而做出的疯狂举动。

以前的她,对于迷失在爱情中的女人是嗤之以鼻的,她认为并坚信,只有独立的女孩才可以赢得尊严,才可以活得精彩,来时高贵,去时潇洒。

不为情所困,是她一直以来引以为傲的。可这样的骄傲随着钟习衡紧紧的拥抱烟消云散,她似乎在那一晚找到了支撑,找到了依靠,也为自己找到了不用再坚强下去的理由。

这些日子,她在不知不觉中养成一种习惯,习惯围绕着他安排自己的生活,她的足迹永远在他百米范围之内,原来她已经在不经意间失去了自我。

没有他,日子就真的不能过了吗?

关明烟挠乱了自己的头发,越想越心烦。可是和他在一起的时光真的很美好,好得让她心慌,好得让她失去安全感。

他宽厚温暖的手掌穿插过她的发丝,细细摩擦;他深邃的眸光将她牢牢锁住,宛如一个铁笼,困得她无处可逃;他薄情的唇瓣擦过她的脸颊,带着湿热的温度,滑落到她的唇瓣,唇齿交加,比毒药还能麻痹她的神经。

正在她苦苦纠结的时候,手机铃声拉回她的思绪。

"顾婉,什么事?……他回信了?"

刚才还在脑袋里打架的两个小人,此刻已经被她踢到九霄云外了,关明烟连苹果都懒得买了,满载着兴奋,加快脚下的步伐,向宿舍走去。

"哎哟喂,不就是一封邮件吗,居然让关大美女恨不得踩着跟斗云赶回来,陷入爱河的女人真是忙啊!"杨安安酸溜溜地看着关明烟一脸春光地坐在笔记本前,一字一字浏览着屏幕,忍不住嘲笑道。

关明烟拉着顾婉的手,欣喜之情溢于言表。

杨安安一边在跑步机上跑步,一边回想着当年在大学时代,关明烟和钟习衡的幸福是她的心头刺、眼中钉。

她嫉妒,她愤恨,她仇视。她要的所有东西,关明烟不费吹灰之力就可以得到,而她费尽心思争取,最后也只能成为别人饭后的谈资,口中的笑柄。越想越不甘心,这些年她用尽了手段,耍尽了花样,才走到钟习衡的身边,现在也是各大报刊笔下冉冉升起的模特新星,幸福似乎已经在向她招手了。

可是为什么,为什么关明烟要在这个时候回来?钟习衡已经有些日子没有找她了,意料之中的情况,但又是意料之外的疼痛。看来,她必须得拿出点行动,就算她拴不住钟习衡,也不能让关明烟得到他。

"安安,有一个好消息,你先休息一下。"琳达突然出现在她的跑步机前,手中拿着一份厚厚的文件。

"什么?"她微喘,接过琳达递来的毛巾,拭去额头上的汗珠。

"有人出巨资,要拍一部古装电影,指定要你出演女一号。这是剧本,你先看看。"

杨安安难得看见琳达的脸上出现这么兴奋这么激动的神情,连带着她都有些不敢置信了。

"女一号?这么快我就可以出演女一号了?真的假的?"

"当然是真的,你把剧本看一下,如果可以,马上就可以签合同了。"

琳达晃了晃另一只手里的文件,眼睛闪闪发亮,杨安安被她乐观的情绪所感染,心也扑通扑通地跳得无法平静了。

"给的价位高吗?导演是谁?男一号是谁?"

琳达笑眯眯地一巴掌拍在她的屁股上,"你问那么多干吗?我是你的经纪人,谈价格是我的工作。导演是名导,你放心,这次机会难得,你要好好把握,拍电影的钱可比模特走秀来得快多了!多少女明星挤破了头想当女一号都没那个机会,这次人家就是看中你,说你很有古典美女的气质,你别再挑三拣四的了!好好背台词!好好表现!"

"Yes,Madam!(好,女士!)那我先去休息室看剧本了。"

"嗯。"琳达噙着笑,目送着杨安安婀娜多姿地走进休息室,门一关上,脸上的笑容瞬间消失。她看了看周围,掏出手机,走到楼梯的拐弯处,小心翼翼地拨通一个号码。

"喂?是我……对,鱼儿已经上钩了。"

罗凝视着钟习衡的黑色背影,心头有些不解,这笔钱不是一个小数目,哪怕是对钟氏集团而言,也不是眨眨眼睛的事情。罗忍不住问道:"钟总,你不是一直很讨厌杨安安吗?为什么还要斥巨资投资她拍电影?"

钟习衡没有立刻回答他的话,而是侧身,望着更远的地方,缓慢开口。

"导演联系好了吗?男一号呢?"

"都准备好了,只剩下她签合约了。"

钟习衡嘴角上提,这时才终于转身正视罗。黑不见底的眼睛闪耀着蛊惑人心的魅惑,那是他志在必得时才会有的光芒。

"我给她金钱是要她变本加厉还回来的,没有人可以从我这里不求回报地索取什么。"

罗微微思索,略带警惕地询问道:"包括关明烟吗?"

钟习衡没好气地白了他一眼,"当然,只不过对于她嘛,我要的更多了。"

罗不再多语,他预感到也许在不久的将来,钟氏集团就会有钟夫人了。

关明烟全心投入到曾经一字一字敲出来的信件当中,连徐管家走进来都没有发觉。

"明烟……"徐管家轻轻唤了声。

关明烟一惊,连忙放下那叠信件,回头看见是他,心里的惊讶慢慢抚平。

"徐伯伯。"

徐管家一眼就看出来她手里拿着的是什么东西,笑而不语,走到窗子边,拉开窗帘,暖暖的阳光射进房屋,最后的一点湿冷都被驱散。

"少爷已经很久没有像今天这样开心了,"他转身,看着明烟,语气柔和,"自从你去了美国。"

关明烟嘴巴张了张,却什么话都说不出来。

"你应该不会相信吧?你不会认为少爷真的喜欢杨安安吧?"徐管家把书桌上的东西摆放好,将那些信件放进抽屉。

关明烟注视着他的每一个动作,思索了片刻,缓缓地回答:"杨安安是我的……同学,曾经是朋友。"

她注意到徐管家的手顿了顿,她的心瞬间也随之停止跳动了。

"少爷一直很思念你,但是你什么也没有留下。其实,有的时候,人也可以成为怀念过去的一种方式。"徐管家冲着关明烟和蔼地笑着,意味深长地说完那段话,这才走到门前,欲离开之前,又添了一句,"如果老爷还在,他一定很喜欢钟磊。"

这一次,关明烟笑了,对着他点了点头。

关明烟从小就和钟习衡相识,去他家串门儿的时间几乎不少于待在自己家的时间,这间书房于她而言,充满了过去的回忆,处处都是熟悉的温馨感。

阳光太温暖,想着想着,关明烟坐在躺椅上昏昏睡了过去。

直至楼下传来一阵吵闹声,关明烟才猛然惊醒,来不及整理揉乱的头发,就匆匆地下了楼。

"安安?"

"关明烟,是你?"杨安安踩着红色的高跟鞋,身上携带着一股风雨欲来的杀气,生气地看着本不该出现的人。

"你怎么会在这里?这是习衡的家!"杨安安居高临下,不满地看着她。

关明烟不知道要怎么面对这位曾经的好友,就慌张地四处张望,"习衡呢?他不在……啊——"

她偏过头,正好给杨安安一个机会,上前揪住她的长发,稍稍一使劲,把她拉到自己的面前。

"习衡……早就不是你有资格叫的!"

"你这个坏阿姨!放开我妈妈!妈妈疼!妈妈疼!"钟磊不知从哪里蹿了出来,对着杨安安拳打脚踢起来。

他的声音引来了徐管家和一些佣人,杨安安毫不心虚,在众人的注目下,坦坦荡荡地放开关明烟的头发。

关明烟捂着头,头皮传来阵阵酥麻的疼痛,片刻雾气遮住了她的双眼。钟磊抱着妈妈,用一种孩子固有的敌视目光看着杨安安。

杨安安不以为然,在客厅转了一圈,又绕到徐管家的面前。

"徐管家,习衡在家吗?我来找他的。"

徐管家强忍住内心的愤怒和不满,垂着头,语气冷漠,"少爷不在家,你请回吧。"

"不在家?那这个女人怎么进来的?"杨安安指着关明烟,挑眉问道。

"这是少爷带来的客人。杨小姐,这里不是你的家,谁来谁去,还轮不到你说话。"

"你——"杨安安脸色大变,脚一跺,胸口起伏着,望着徐管家爬满皱纹的脸,恶狠狠地道:"我会让你知道,这个家的女主人到底是关明烟还是我!"

杨安安的高跟鞋砸在木板上咚咚作响,整个客厅无人敢说话,徐管家明亮的眼眸燃烧着火焰,一直注视着她离开。

"明烟,你没事吧?"

关明烟在别人的搀扶下,噙着泪摇了摇头,"没想到,她变得这么狠。"

徐管家帮不上忙只能心疼地摸了摸她的头发,"少爷刚刚出去了,要不然……"

他的话没说完,就看见关明烟摇着头,便不再说下去,噤了声。

过了片刻,头皮传来的疼痛得到了丝丝缓解,关明烟习惯地往旁边伸了伸手,不想落了空。

"徐伯伯,钟磊呢?"

"咦?刚才还在这里呢!"徐管家看了看周围,刚才还在眼前晃悠的小小身影此刻已经不知去向,连忙拨通钟习衡的电话。

"钟总,徐管家的电话。"罗掏出兜里的手机,递给他。

"喂?"钟习衡接过电话,"杨安安?她去搞什么?我马上回来。"

"钟总?"

"去车库取车,我现在回去。"

"需要司机?"

"不用,司机开车太慢了。"

罗愣了片刻,说道:"起码开车稳妥啊……"

钟习衡从来都不需要稳妥的事物。他可以为了和旗鼓相当的对手玩一场惊心动魄的游戏砸下十几亿,他可以为了寻求刺激精彩的生活抛下公司事务几个月独自周游世界一圈,他可以为了更好地在社会独立生存徘徊在黑与白的边缘,他愿意测算生与死的距离,他愿意品尝爱与恨的滋味。

而他独独需要稳妥却无法稳妥的便是关明烟。

杨安安对关明烟施暴?钟习衡握着方向盘的手攥紧,暴露出青筋,西装里面衬衫的纽扣已经被他解开至胸口处。他把车开得飞快,外面的冷风灌进他的肺部,可他依然感觉怒火中烧。

这个女人越来越不知好歹了。

"坏阿姨,不准走!"

钟磊趁着大家不注意的时候,拿着小弹弓,拣起草坪地里的石子,拉开弹弓,对着杨安安的小腿肚射过去。虽然人小,但是加上弹弓的弹力,石子砸在她的腿上竟然划破了她的皮肤。

"不许你欺负我妈妈!"钟磊一脸正气地怒视着她,那模样简直就是迷你版的钟习衡。

"你妈妈欺负我的时候,你还不知道在哪儿呢!"杨安安恼火地掏出纸巾擦擦腿上的血,低声怒吼。

钟磊上前踹了她一脚,然后迅速退到原地,大声说道:"我妈妈才不会欺负别人!我妈妈是世界上最善良、最善良的人!"

杨安安对着那张天使般的面孔恨得牙痒痒,她大步走上前,捏住他的肩膀,凶神恶煞。

"你妈妈是带着天使假面具的恶魔!你妈妈最擅长做的事情就是毁掉别人的幸福和人生!你应该以这样的妈妈为耻!"

"不许你这样侮辱我妈妈!不许!不许!你才是坏人!"

钟磊气急败坏地推搡着她,杨安安眯着眼睛瞪着他,环视了一下周围,没有人,干脆把他打横抱起,往草坪边的游泳池走过去,然后往里面一扔。

"谁是坏人,你在里面好好洗洗脑子,想清楚吧!"说完,杨安安趾高气扬地转身离开了。

杨安安一脸泄愤的样子从游泳池边走过,恰恰被徐管家看见。徐管家连忙赶了过去,看见钟磊在水里痛苦地挣扎,大声喊道:"明烟,钟磊在这里!"

关明烟踢掉高跟鞋向游泳池跑去,想也没想就往下跳。可是,她并不会游泳,水渐渐漫过她的鼻子。

水波不停地朝她扑来,她远远地看着钟磊的双手在挥舞,她能听见钟磊在叫着她,一声声"妈妈"让她撕心裂肺。她努力踮起脚尖想要走过去,可是她够不着,为了呼吸她不停地喝水。冰冷的水将她团团包围。

正在这时,更大的水波向她扑来,然后一个坚实的手臂从后面圈住她,让她露出水面。

一众佣人把关明烟拉上岸,刚恢复了神智,她便急急忙忙地问道:"习衡——钟磊呢?"

"妈妈,妈妈,我在这里——"钟磊带着呜咽声从钟习衡的怀里钻出来,一下子扑倒在关明烟的怀里。

"幸好你没事,幸好你没事,我的亲亲,小宝贝,幸好你没事……"

关明烟不知道还能说什么,唯一能做的就是把他更紧地拥在胸口,只有这样才能让她安心,才能让她感觉这是真实的。

"少爷,钟磊掉进游泳池之前,我看见杨安安从这里走出去。我怀疑,这件事是她做的。"徐管家趁乱在钟习衡耳边私语,钟习衡的脸色瞬息万变。

关明烟洗完澡,衣服已经被佣人烘干,正准穿好离开的时候,钟习衡很紧张地冲了进来。

"明烟,钟磊发烧了。"

关明烟晃了一下,钟习衡眼疾手快上前将她揽在怀里,在白炽灯下,关明烟清清楚楚地读到他眼里的焦虑和心疼。那一刻,她呆住了。他还会心疼,为了她心疼,为了她焦虑,就像失去了一件宝贝,茶不思饭不想,乱了分寸,不知该做些什么,没了念头。更关键的是,这个人是钟习衡啊!

"习衡——"明烟哽咽起来。她五指抓紧他的衣袖,像是深陷沼泽的人用力抓住最后一根稻草。

钟习衡突然安静了,静静地看着她,六年没有见面,这是六年来他第一次如此仔细地观察她。岁月并没有在她的脸上留下太多痕迹。都说恋爱是女人最好的化妆品,而这六年你又是为谁梳妆画眉呢?想到这儿,脑海突然出现了松司佐的身影,他的心里划过一道细小的伤痕,再开口,口气已经平静很多。

"放心吧,钟磊不会有事的,只是低烧。"

关明烟看着他高大的背影渐行渐远,低眼看着自己被挣脱开的五指,心如坠落无底洞。过了半晌,关明烟才收拾好情绪,走进屋的时候,医生已经诊断结束了。

"少爷,这个孩子只是受了寒,不大碍事,休息几天,吃点药,多喝热水,很快就能好的。孩子身体的抵抗力还是比较强的。"

钟习衡看见她进来,便往旁边挪了挪,给她留点空间。关明烟会意,走到床边,撩起钟磊的头发,凝视着他略显苍白的脸颊。

医生看见关明烟很是惊讶,"这不是……"

"陈医生，以后每天都过来给他测下体温，我要确保他健健康康的。"钟习衡打断他的话，用命令的口吻吩咐道，"还有，他不是'这个孩子'，他是钟家小少爷。"

听到这句话，关明烟贴在钟磊脸上的手抖了抖，一直垂着的睫毛颤了颤。

一阵风吹来，窗外的树枝上坠落片片树叶。世间的万物都在昭示着，秋天来了。

"你先休息一会儿吧。"不一会儿，钟习衡端着感冒冲剂走进来，拍拍关明烟的肩膀，示意让她去旁边的沙发上躺一会儿。

关明烟怎么肯，她又瞧瞧钟磊，摇摇头，声音有丝沙哑，"我没事，钟磊怎么样了？退烧了吗？"

她看着钟习衡把碗放在茶几上，优雅地俯身，用额头贴着钟磊的额头，然后重重地吁了一口气，脸上露出释然的笑容。

"已经退烧了。"

恍然间，关明烟好像回到了几年前的某日。

那天是关明烟和钟习衡在一起后，关明烟的第一个生日。三个月前开始，关明烟就一直不停地在他耳边灌输，我的生日要到了！我要最好的礼物！你必须要送我一件独一无二且充满爱意的礼物！

那时，钟习衡还不是今天的钟习衡，关明烟也不是今天的关明烟。他虽冰冷，却会对她展露难得一见的笑容；而她纯真，相信世上有着"携子之手，与子偕老"的爱情。

每次，钟习衡都会翻白眼，"离你的生日还有很多天呢，小姐！我会给你一个惊天地泣鬼神的礼物，好不好……"

可是上帝就是不会轻易如了你的心愿。关明烟盼星星盼月亮，终于盼来了自己的生日，却不想在生日前一天发起了高烧。

顾婉忍不住打趣她，"明烟啊明烟，你真是聪明一世糊涂一时，为什么要在生日前一天吃两碗那么大的冰激凌呢？"

关明烟的额头上覆着一块湿毛巾，双颊由于发烧透着诱人的红晕，鼻子被塞住，难以呼吸，吞吐间都是火热的空气，就连说话声都是嗡嗡的。

"谁让那家冰激凌店买一送一呢……"

正在这时，传来了敲门声。顾婉对着关明烟挤眉弄眼，"一定是你的白马王子骑着白龙马来找你了！"

打开门，关明烟没有如意料之中的听见顾婉的嘻笑声，便问道："习衡，你怎么不进来啊？"

"明烟，现在感觉怎么样？额头还烫吗？"松司佐闻声走过来，浓眉大眼，英俊的脸庞带着深深的焦虑。

关明烟的脸甚红，窘迫地想要向顾婉求救，可是顾婉已经躲到角落里捧着水杯喝着水了。

"唔——没事，挺好的……"

"你是不是不想见到我？"松司佐一脸真挚地凝视着她。

关明烟本想用开玩笑的口气打哈哈过去，可是对上他认真的眼神，她忽然没了辙。

"不是，我只是没想到……你会过来……"

"今天你过生日，又发烧，我会不过来吗？"他似乎生气了。

"怎么回事？"钟习衡万年不变的如死水般平静的声音突然响起。

关明烟不知道他们在彼此凝视的时候发生了什么，抑或在彼此的眼神中读懂了什么，松司佐不言一语，直接走出了宿舍，在她的桌子上留下了一个礼物。

钟习衡看都不看一眼，将自己的礼物放到了旁边，然后坐在床沿边。他柔情似水，低沉磁性的声音萦绕在耳边，让她幸福得快要死去，"还在发烧？"

"嗯——嗯嗯——"先是发嗲地应和，随即又反应过来什么，一个降调一个升调地否认掉。

钟习衡一眼就看穿她的小九九，嗓子发出几声笑声，听得她快要醉晕过去。

"让我看看，是不是还发烧……"

关明烟满怀期待地盯着他的手，以为他会用手背贴过来，可是半天没动静，却瞧见他戏谑的目光。

又在逗我！她懊恼地扭过头，不理他。

钟习衡捏住她的下巴，把她的脑袋扭转过来，然后把自己的额头贴在她的额头上，片刻。

"嗯，温度降了。"

谁说温度降了，明明就是升温了！

第四章 长相思，摧心肝

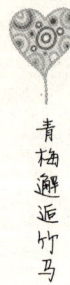

第五章　为谁风露立中宵

　　杨安安从钟习衡的家里出来后，往事历历在目，想起自己曾经的身份与地位，想起曾经被称为"金童玉女"的钟习衡与关明烟……越想越恼怒。她双臂环胸抱紧，靠着墙壁慢慢地蹲下去。一阵秋风吹来，她禁不住瑟瑟发抖，她有种感觉，如果她再不做些什么，幸福就要离她远去。

　　"安安吗？你现在在哪儿？"她听到电话里琳达的声音，突然有了一个念头。

　　"怎么了？我刚从习衡家出来。"

　　"哦，这样的，有个商家邀请你出席剪彩活动，就是走一下场，给的酬劳不错，我帮你接下了，你明天上午九点钟过来就行了。"

　　杨安安挂了电话，一个想法悄然成形。

　　整场活动进行得很顺利，杨安安与商家合作得也很愉快。在活动结束后，一些记者挤上来，将话筒对准杨安安，话题无非是围绕着她与 S 市首席钻石王老五钟习衡之间的旖旎情事。

　　杨安安笑得得体大方，脸庞对准其中一个单反相机，双眸明亮美好。她心里清楚，这家是 S 市最大的报刊，更重要的是关明烟就在这家报社工作。

　　"接下来我可能会计划往影视圈进军，目前手头上有一个剧本，导演、搭档各方面都已经谈好了，这是一部大手笔大制作的电影，我将在里面出演女一号，这也是我的荧屏处女作。对此,我很期待。"

"真的吗?你能透露一下导演和制片人方面的消息吗?"

"这部戏什么时候开始拍?"

"请问你在剧中会出演一个什么样的角色?"

"你是怎么想到要往影视圈发展的?"

"那么以后你还会出台走秀吗?"

杨安安听着众人几乎吵架般向她抛来的各种问题,却一概不予应答,只是摆着最美的姿势,露出最迷人的笑容。

关明烟,我会成为唯一一个有资本与钟习衡并肩的女人,你要如何与我斗?

"杨安安!谁允许你那么快就把这个消息透漏出去的?"琳达气急败坏地赶过来,她万万没想到,杨安安不打招呼就径自向媒体公布这件事情。

"你知不知道演艺圈的规则!谁允许你这样胡闹的!"

杨安安不以为然,耸耸肩,故作高姿态,"这有什么的?反正马上要签合同了,这都是板上钉钉的事情,早说晚说有什么区别?"

"你!你最好给我规矩点儿!我能把你捧上天堂,就能把你踹下地狱!"琳达气得直打哆嗦。

杨安安有些鄙夷地打量了她一番,"说都说了,你让我怎么办?下次我会注意点的,我去健身了。"不等琳达回答,她拿着外套,摆摆手,转身便离去了。

琳达看着杨安安的身影消失在走廊尽头,这才收起脸上的怒容,掏出手机,迅速敲出一条短信:任务完成。随后,发送出去。

又是一夜。

关明烟醒来的时候发觉自己睡在一张柔软干净还带着百合香味的床上,她舒服地伸展了一下四肢,然后猛然反应过来。

"钟磊……"她跳下床,光着脚跑到钟磊的房间。

钟磊还熟睡着,苍白的脸蛋总算有了血色,钟习衡衣衫不整地躺在旁边的沙发上。

关明烟蹑手蹑脚地走过去,看着他狭长的眼下多了一些青色,往昔还有点孩子气的面孔,此刻则已拥有完完全全的男人的棱角,双颊消瘦甚多,不变的则是那薄情的双唇。说过爱我,亦言过恨我。她有些心疼,忍不住抚摸他。手指刚触及他的唇瓣,一双大手迅速握住她的纤纤细腕。

六年来,他已经学会随时随地保持警惕,即使在睡眠中也是如此。

"是你啊……"钟习衡骤然放开手,眉头也松开,顿时松懈不少。

关明烟心里犯疼,但依旧努力调笑,"怎么?是我你就不怕了?保不齐某天我就从你背后捅你一刀。"

钟习衡眯着眼靠在沙发上,面色疲惫,语气慵懒,"你何止在背后捅我一刀,

你还能对着我的心窝捅一刀。"

她猛惊,霎时无言。

"不过如果你真的想,我肯定不会阻止。"

"为什么?"她口舌干涩。

"你要出得了手,就一定有你的理由。如果能帮到你,让你捅一下又如何呢?"

关明烟呆在那里。

我翻越千山万水,我等候千千日夜,只盼最初的人与我一样,守着彼此最初的爱。我曾以为物是人非,可直到现在我才明白,原来在颠沛流离的生活里,我们都抱有对最美好的事物那永远的执著。

睡了一夜,钟磊好了许多,看到关明烟没在身边,便问道:"妈妈呢?"

钟习衡温情地端进来一碗白米粥,"妈妈上班去了,等一会儿爸爸也要去上班了,今天你和徐爷爷在家,怎么样?"

钟磊迷糊地睁着大眼睛,似是没睡醒,半响才说话,"我想要妈妈。"

"妈妈晚上会来看你。"钟习衡上前,将他乱糟糟的头发理顺,然后亲亲他的小脸蛋,"乖,先去刷牙洗脸。"

钟磊下床,赤脚跑到洗手间。钟习衡看着蹙起眉,捡起两只拖鞋,扶着他站到小板凳上,帮他挤好牙膏,看着他胡乱地在嘴巴里瞎捣。

"在家记着要穿鞋。"钟习衡蹲下身,将他的脚放在自己手掌心,然后轻轻塞进鞋子里。原来这就是做爸爸的感觉,他莞尔。

"钟总,这是今天的报纸。"钟习衡抱着钟磊下了楼,罗已经站在客厅旁等着他。他将钟磊交给徐管家,接过报纸,迅速地扫了一眼。

"很好!通知他们,立刻撤资。"

关明烟赶到报社的时候,已近九点。她刚坐下,对面的安颖对她吐了吐舌头,然后扔来一份报纸。

"什么?"她接过来,发现是自家的报刊。她做的一直都是杂志,报纸方面的工作从未触及过,她不禁有些好奇,翻开来一看,斗大的字体映入眼帘:人气模特杨安安涉足影视圈。

"我看这个杨安安不过就是靠着男朋友往上爬,整个人就是一绣花枕头,她还敢接戏?不怕拍出来被人骂死!"安颖看得出明烟的神色并不兴奋,以为是因为报纸上的内容不悦。

关明烟面色不变,将报纸折好,放在桌子一边,"但是起码有人愿意为她投资,不是吗?"便埋头开始工作。

关明烟正在忙着工作,突然接到一个陌生来电,她盯着屏幕犹豫了片刻,然后按下接听键。

"妈妈——"熟悉的声音从耳边传来,她立刻展开笑颜,"宝贝,感觉怎么样?"

"好无聊哦——"钟磊慵懒的声音夹杂着浓浓的孩子气。

"那怎么办呢?妈妈现在在工作,没有办法陪你。你今天在那里好好休息一天,晚上去接你,怎么样?"

他不说话,但关明烟知道,他不乐意。

"过几天妈妈带你去见外婆怎么样?还有外公?你不是一直吵着闹着要见他们吗?妈妈带你去好不好?"

"好啊好啊!什么时候?"

"周六吧。过几天等你感冒全好了,身体康复了,咱们就去见外公外婆。"

"好的,好的,妈妈再见。"

"嗯,再见。"

挂了电话,一阵疲惫感袭及她的全身各处,于是重重地靠到椅背上。

她在手机的相册里找到一张被密码封住的照片,她按下"Family(家庭)"几个字母,一张全家照出现在屏幕上。爸爸妈妈站在两侧,手搭在她的肩膀上,眉眼嘴角处都含着暖暖的笑意,相片中央,她笑得格外的甜。

就在杨安安沉浸于所有的人对她羡慕恭维的时候,琳达带来的消息给了她当头一棒。

"什么叫换角色?他们怎么可以换角色?我都对外公布了我要做女一号的消息,他们怎么可以说换就换呢?"

琳达看上去也非常生气,"你还好意思说?我跟你说了多少次,在公共场合要管住你那张嘴巴!你这次提前公布消息让投资方很不满!他们重新审视你之后,觉得你并不符合他们的要求,决定换人。"

"我们,我们不是已经签了合约了吗?"

"谁跟你说我们签了合约,我不是跟你说合约正在谈吗?签个屁啊签!"琳达横眉冷眼地瞧着她,恨不得立刻把她从七楼上扔下去。

"可是所有人都知道……都明白……"突如其来的消息对于杨安安来说宛如当头棒喝,好几秒钟脑子都是空白的,"不行,不行。我要演女一号,我要演女主角。琳达,你能不能帮我想点法子?你有没有什么主意?我不能退出,要不然,要不然……"

琳达看着她着急,自己也着急,"我能有什么办法?投资方今天怒火中烧,我在电话这边都听见他把什么东西摔碎了,砰的一声,听得我心惊肉跳。让你安分,你就不安分,这会儿吃亏了吧?"

"可是……"杨安安急得快要哭出来了,"我不能,我不能啊——"琳达的眼里闪过几道光芒,脸上竟露出一丝丝微笑。也就是眨眼的工夫,她又将这一

切隐藏起来。

"要不然,你找找钟习衡?你是他女朋友,而且只要他出面,什么样的人搞不定?"

杨安安无神的目光慢慢地收缩回来,找到一点点神采。

"习衡——可以吗?"

下班后,关明烟急急忙忙地想要去看钟磊,却被安颖堵在电梯口处。

"安颖,我有急事,有什么事情以后再说好吗?"

安颖誓死力争,一步也不肯退,"明烟姐,你昨晚又没有回去,你知不知道松司佐在家门口等了多久?"

"松司佐……啊——"有那么一瞬间,这个人似乎从她的脑海里完全消失,她甚至有些怀疑他是不是出现过在自己的生活中,连身影模样都失去了记忆。

"他去你家等我?"

安颖重重点头,目光略带责备,"明烟姐,你若不喜欢他,是不是应该跟他说清楚,这样拖着,合适吗?"

关明烟的神情恍惚了一下,马上又恢复了平静。她笑着拍拍安颖的肩膀,想要掩饰什么。

"没想到你小小年纪,挺懂事的。"

"明烟姐——"

"我改天再和你聊,今天真的很急,松司佐那边我会跟他说清楚的。放心好了。就这样,我先走了。"关明烟几乎用逃跑的方式离开了,进了电梯,电梯门关上,她的心还在扑通扑通地跳个不停。她静下心来,慢慢回味着安颖的话,那一句句,都落在她心尖上。她真的自私,很自私,关明烟啊关明烟,你还要霸着他多少年才能放他自由,还要多久你才不需要别人用青春为你的寂寞埋单。

关明烟浑浑噩噩地下了电梯,刚走出大楼,就与人撞了满怀。抬头一瞧,心里不禁一叹。

"明烟,你昨天去哪儿了?我去你家找你……"

"我在习衡家。"关明烟不知道出于什么动机,但是她下定决心这么做了。

松司佐愣了一会儿,然后努力挤出一丝笑,"你……你说什么?我……我没听……"

"我在习衡家。钟磊是他的孩子,我带他去见爸爸也没什么错吧。"

关明烟故作轻松,再加上明媚的笑容,她看见松司佐脸色变了变。

"他知道了?"

关明烟似是无奈又似是松了一口气,"他做了亲子鉴定,一切都真相大白了。"

"所以——你们和好了?"他字字吐得艰难。

"为何不呢?"她反问。

"呵呵——"松司佐像一个得不到奖状的小孩,难过地垂下脑袋,落日的余晖洒在他身上,将他的身影拉得斜长,落寞已不足以形容此刻的他。

"要真相大白,还早着呢……"

"你在说什么?"关明烟低下头,想要看看他,却被他一别头躲开了去。

"没什么,这样,挺好的,你的等待……总归,终于花开结果了。"松司佐舔着自己干裂的双唇,一步步后退。

关明烟想要上前拉住他,语气带着哀求,"松司佐……"

"我晚上约了 Rex,你要一起过来吗?"

看着他干净清澈的眼睛里有些水雾,她的心里真不好受,可是又万般无奈。

"对不起松司佐,对不起,我今晚不能去,我要去看看钟磊,我已经一天没有见到他了,对不起,我真的很想去。"

"很好,小心点。"松司佐再也掩饰不了内心的澎湃,他只想立刻、马上就消失在关明烟的眼前,消失在她的世界,不仅仅是这一刻,最好是这辈子都消失,永远永远都不要再见到她。

关明烟上前追了几步,收住了脚,默默地看着他上车。那离去的身影,在夕阳下渐渐写成了永恒。

转过身,她才惊觉自己早已泪流满面。

报社已经人走楼空,莱斯收拾好自己的办公桌,正欲离开,一个人从拐角处走进他的办公室,悄悄地关上门。

"谁?"莱斯一惊,转身看清来人,长吁出一口气,"原来是你啊,吓死我了,你怎么还没走?"

来人款款走上前,暮色降临,华灯初上,幽暗的房屋内,看着面前的人,莱斯无端生出一丝恐慌。

"我是来传达一句话的。"来人含着笑,从上向下慢慢压向他,一只手把他办公桌上的东西一甩,推到了一边。

莱斯身体一抖,看着她一手撑着桌面,身体轻盈一跳,下一秒已经坐在了他的办公桌上,悬着的高跟鞋一前一后晃悠地不亦乐乎。

"什么话?"

"杨安安遭临时换角,要报刊头条。"

徐管家透过窗户看见关明烟身穿黑色小西装,精神地走过来,连忙汇报道:"少爷,明烟来了。"

钟习衡放下被举在半空中呵呵笑的钟磊,目露柔情蜜意,"钟磊,想不想

妈妈?"

钟磊听到妈妈来了,按捺不住喜悦向门口看去,听见爸爸这样问,圆滚滚的脑袋立刻拼命点着。

钟习衡一手插在口袋,将另一只手搭在他的头顶,"那就让你妈妈留下来陪你好不好?"

"可以吗?可以吗?我想让妈妈留下来!"钟磊拍着自己肥嘟嘟的小手,可是很快小脸又出现纠结的表情,"我们住在这里,松司佐叔叔知道吗?他还可以来看我们吗?"

徐管家紧张地看了一眼钟习衡,捂着嘴巴干咳几声,不留意地往后退几步。

"你很喜欢松司佐叔叔?"钟习衡眯着眼睛看他。

"是啊,每次松司佐叔叔都会给我带好多吃的,还有好多新的玩具,他还会带我去兜风。"

钟习衡眯眼看着他过于兴奋的表情,心中大大不悦,要不是关明烟,他的儿子怎么会放着自己伟大的老爸于不顾,大肆崇拜另一个男人呢,而且这个男人还是松司佐!

"我也可以带你去兜风,我可以给你买更多的玩具和吃的。"钟习衡使出自己的杀手锏,蛊惑着小孩,"你要什么,我给你什么,你还要松司佐叔叔吗?"

钟磊墙头草两边倒,立刻把头摇得堪比拨浪鼓,"不要了,不要了……"

钟习衡还没来得及窃笑,钟磊脸上又出现了些许的愁容。

"又怎么了?"

"爸爸,你……会骑单车?"

"单车?"

钟习衡与他身后的徐管家交换了一个意义深刻的眼神。

"对啊,松司佐叔叔都是骑单车带我兜风的!好刺激!"

"……会,这有什么不会的……"钟习衡面色铁青,还得强挤出笑容。

钟磊喜滋滋地不再说话,紧牵住爸爸的手,站在门口等妈妈。

"我来接钟磊回家的。"

和钟磊亲热过后,关明烟抱起钟磊让坐在自己的腿上,钟习衡坐在另一边的沙发上,正在品尝新品月饼。

"家?钟磊,你的家在哪儿?"

"在这儿!"钟磊毫不犹豫,扯开嗓子宣布立场。

钟习衡对着他递了一个赞许的眼色,关明烟看着爷儿俩一唱一和,感觉有些不太对劲,她抱紧钟磊。

"妈妈,你把我抱得太紧了,我喘不过气。"

钟习衡意味深长地看了她一眼,别有深意地说:"血缘亲情不是你能阻断的,不要做徒劳的事情。对不对，钟磊？"

"对！"钟磊哪懂这些，但是爸爸说会给他买最新的玩具，最好吃的零食，给他所有他想要的，因此他就无条件站在爸爸这一边。

"钟习衡，我不知道你对钟磊说了什么，下了什么迷魂药，但是……"

"钟磊，你妈妈不让你住在家里，企图离间我们的关系。"钟习衡眯起眼，端着咖啡抿了一口。

关明烟看着他眯起的小眼睛，身体忍不住一抖，语气也软了，"你不要瞎说……"

"妈妈，我要在这里，我不要走我不要走！"

钟磊接到爸爸传来的信号，立刻在妈妈的怀里扭啊扭，使劲儿地撒娇。

"钟磊……"关明烟的战斗力被大大削弱，只能无力地瞪着对面优哉游哉喝咖啡的人。

"我就不，我就不，我就不！"钟磊越发来劲。

"好吧，我们，暂且住在这儿。"关明烟的手已经没了力气，一松劲，钟磊就顺势滑下，跑到爸爸那边，蹭啊蹭。

"但是我们周六要回去看看外公外婆，这个你是答应妈妈的。"

钟磊捏着爸爸的大手，数着他的手指头，心不在焉地点头应和。

钟习衡目光淡淡，瞥过她的脸，掠过徐管家，投向了窗外。许久，才问："要我陪你去吗？"

"不用。"关明烟斩钉截铁。

他也不再说什么，屋内突然寂静且尴尬。

明星与媒体之间的关系如同水与舟，媒体就是汩汩流淌着的河流，亦能载舟，亦能覆舟。S市的人这几天仿佛在看着一场闹剧。前天的报纸头条是杨安安踏足影视圈担当女一号，而今天的报纸头条已经变成杨安安个性张狂惹怒投资方，惨遭换角。

杨安安看见报纸的一瞬间怒不可遏，捏着报纸气势汹汹地杀到了琳达的办公室。

"这到底是怎么回事？这个消息是谁泄露出去的？你说过会帮我想办法的！"

琳达对于杨安安进来不叩门的行为很不满，语气也是出奇地冷漠，"怎么回事？自作孽不可活！就是这么回事！你能擅自发布消息，投资方就不可以吗？你也太小看他们了！"

听到这话，杨安安顿时如瘪下去的气球，没了嚣张的气焰，"现在整个城市都知道我被换角了，我就是一个笑话了！"

"那能怎么办？现在想要亡羊补牢，未免晚了。"

"可是……你说过会想办法的……"杨安安水灵灵的大眼睛透着闪闪的亮光。

"你去问了钟习衡吗？"

"还没。"

"那你还不去？你准备拖到什么时候？别人就要开拍了。"琳达被她气得七窍生烟。

"我知道了。"

被训斥的杨安安早已不见之前的趾高气扬，耷拉着脑袋，怏怏地回到健身房，跑了几步，没了心情，考虑再三，才掏出手机给钟习衡发了条短信：习衡，我们能见面谈谈吗？

初秋刚至，夏日的余温还未散去，秋天的凉风已悄然潜入。关明烟趁着早晨难得的凉爽，带着钟磊踏上了回家之路。

她的手上拎着两盒月饼，是早晨临出发前徐管家递给她的。月饼之间夹着一张纸条，是熟悉的刚劲潦草的字体：父母需要的不仅仅是钟磊。

在火车上，关明烟一手托着腮看着窗外发呆，这句话一直萦绕在她的心头，散不去离不开。当年她遍体鳞伤，千疮百孔，毅然决然要出国，爸爸妈妈特地赶到 S 市，用尽各种方式，眼泪哭干了，威逼说尽了，她死也不肯留下。那时的她，以为钟习衡是她的天和地，在他那里受到的伤，远不是父母能够治愈的。可当她独自漂洋过海，才渐渐恍悟，无论这个世界上谁伤害了你，家永远是你的避风港。

"妈妈，我们还有多久才能到啊？"钟磊把带来的零食全部吃完了，鼻子、脸蛋都沾满了零食的碎屑。

"快了，很快就要到了。"关明烟笑着，亲昵地蹭着他的鼻头，脸上满是归家的兴奋和感慨。

下了火车，关明烟牵着钟磊，顺着人流走到阳光下，尘埃在橘橙色的光线里飞舞旋转，将回归的故人团团包围。明烟不由得捏紧钟磊的手，自言自语道："终于回来了。"

这条多次出现在她梦中的道路并没有被时间改变多少，道路边依旧是参天大树，密密麻麻的树枝交错在一起，遮盖住太阳的光芒，在不宽的柏油路上投下斑驳点点。

关明烟有些激动，她已为人母，牵着自己的孩子走在自己少女时常走的路上，总是会莫名地感慨。感慨时间，感慨岁月，感慨人生，感慨已逝的过去和未知的未来。

她在一道铁门处停下，不高的围墙顶端用铁丝围了一圈，偶尔还有几株小草冒出头。铁门也锈迹斑斑，透过栏杆望向里面，一尘不染的地面告诉来者，这里依旧有人居住着。

"妈妈，妈妈，我回来了。"

时光倒转，十几年前，关明烟背着书包踩着夕阳回到家，回回都这样边叩着铁门，边高呼"我回来了。"

不一会儿，里屋走出来一位老妇人，关明烟立刻忍不住哽咽，声音弱了下去，"妈妈——"

老妇人不敢相信自己的眼睛，铁门外站着一个美丽女人，手里还牵着一个可爱极了的小男孩，不是她的女儿明烟是谁？

"明烟？"明明心里已经笃定，说出来的话还带着些微的不确定。等了六年，盼了六年，当初的希冀一次次落空，她已经难以再去相信什么了，哪怕是眼睛看到的。

"是我，妈妈，我是明烟。"一句话，关明烟却早已泣不成声。

关妈妈迫不及待地拉着明烟和小男孩走进家。

看着坐在关明烟膝头的钟磊，有些不敢置信，"这是，你的孩子？"

关明烟品了一口茶，听见她这么问，赶紧放下茶杯，"是，他是我和习衡的孩子，叫钟磊。磊磊，快叫外婆。"

钟磊还在东张西望，听见妈妈的话，立刻乖巧地说："外婆好。"

甜甜腻腻的童声传来，关妈妈又红了眼圈，"哎！磊磊真乖！磊磊几岁了？"她把钟磊拉到自己的身边，又亲又抱。

"六岁了！"钟磊伸出手比划。

"原来磊磊都六岁了啊！"关妈妈溺爱地捏了捏他的脸蛋。她抬头看着关明烟消瘦的脸颊，鼻头一酸，多了些鼻水。

"明烟，你要是早回来，早回来两年就好了！"

关明烟心生不祥之感。

"爸爸——怎么了？"看着已哭成泪人的妈妈，她心里已悄然生了答案，慌了心神。

"两年前，脑梗死……"关妈妈再也说不下去，捂住嘴巴低声啜泣。"你要是早回来两年，你爸爸就能看见外孙了，你不知道……他……天天都在念着……天天都说……明烟不知道……不知道什么时候能回来……"

关明烟张着嘴巴，眼泪在不知不觉中滚滚落下。钟磊虽年少无知，但是外婆和妈妈都哭了，他也不敢再放肆，安安静静地靠在外婆身边，睁着大眼睛看着妈妈。

"妈——"她嘴巴努力张大，却只吐出一个字，剩余的话化成了呜咽声，多年的伪装终于卸下，她哭倒在母亲的脚边，一遍遍以泪洗面。

哭了许久，关妈妈好不容易止住了泪水，声音沙哑地和明烟说起两年前的往事。

那是关明烟离开的第四个年头。在关明烟生日的那天，关爸爸坚持要买一个关明烟最喜欢吃的巧克力蛋糕。他说，即使女儿不在身边，他也要为远方的她庆生。关妈妈拗不过他，只好去蛋糕店订购了一份巧克力蛋糕。

回来时，家里静悄悄的，一开始，关妈妈还以为他出去散步了。这几年盼不到女儿回家，关爸爸的心遽然老了许多，午后总爱一个人慢慢地在那条林荫道上散步，一走便是好几个来回。开始关妈妈没在意，路过书房的时候，随意瞥了一眼，看见地上躺着一个人。她脚一软，立刻扑上去。

她很无助，在拨打120的同时，也拨给了钟习衡。钟习衡匆匆而来，身上的西装有些褶皱，无法堪比往日整洁的他。

关妈妈不知道这几年他过得到底如何，也不想知道。没有他，女儿不会离开；没有他，女儿不会伤心欲绝。但此刻，除了他，关妈妈也没有其他人可以求救。医生的诊断结果出乎所有人的意料。关爸爸患上了脑梗死。那段日子是关妈妈这辈子最难熬的时段，失去了女儿，又面临着即将失去丈夫，如果明烟不回来，她就要孤独终老一辈子。

怪谁？唯有钟习衡。

可是看着他为关爸爸的事忙前忙后，间隙中还要顾着自己的公司，整日整夜几天不眠，面色愈来愈憔悴，她怎么也狠不下心恨。也许更多的原因，在于他是自己女儿深爱的男人。

关爸爸是在某一个清晨离开人世间的。

关明烟现在终于知道钟习衡为什么对于医院那么熟悉，也终于明白那天在医院他为什么搪塞这个问题。

在异乡他国，她天真地以为，父母会一直在家乡等候着她回家。只要她愿意，无论何时，回到家都有妈妈亲手熬的鸡汤，都有爸爸热情的支持鼓励。

可是，她怎么忘了，父母是凡人，亦有生老病死。在她忙于生计的时候，在她忙着毕业论文的时候，在她忙着给钟磊买零食的时候，在她择菜烧饭的时候，在她逛街买新衣的时候，在她熟睡的时候，远在家乡的父母却在死亡边缘挣扎，挣扎至无力时，便被死神带走了。

关明烟搂紧钟磊，红红的眼睛一直看着他，看着他的眉、他的眼、他的鼻、他的唇、他的脸。

最后，她忍不住轻喃，"磊磊，妈妈好爱你。"

钟习衡答应与杨安安见面了。

杨安安握着手机，手心已溢出细细的汗水，模糊了屏幕。她手里拎着购物袋，里面是她今天的砝码。

"杨小姐。"徐管家毕恭毕敬,却更凸显他的生疏远离。

杨安安故作高姿态,"习衡呢?"

徐管家用眼神示意,"少爷在楼上的书房等着。"

她知道现在S市所有的人都在看她的笑话,她不在乎那些佣人的目光,他们只是嫉妒她是钟习衡的女朋友。可是她在乎关明烟,她清楚地知道,那篇报道便出自她所在的报社。

"习衡,是我。"在钟习衡面前,她不得不装得乖巧一些。

"哦?你是谁?"

杨安安完全没料到钟习衡会这么回答。这一刻,她似乎看到楼下的人在捂嘴窃笑,她捏紧拳头逼着自己镇定。

"我是杨安安。"

"哦,进来。"

她推开门,扑鼻的烟味把她呛得不轻。云雾缭绕的尽头是邪笑着的钟习衡,他很满意地看着她皱眉,"不舒服?"

杨安安忍住涌上来的反胃,强笑着摇头。

"找我什么事?"

杨安安望着他,他就像天神,让她敬仰。只是,他那俊俏的容颜在烟雾下,平添了几分邪气。他慵懒的姿态是最好的催情剂,她忍不住又为他动了情。手中的购物袋轻轻落地,她走着猫步,用鬼魅的眼神勾引着他。

"习衡,我是你的人,对吗?"

钟习衡挑起了眉,似是很惊讶,"哦?什么时候的事?"

杨安安被噎住,有些急,"前些日子不是你说的吗?"

"哦——"钟习衡好像这才记起,然后重重点头,"这句话好像是我说的,现在你不是我的人了,这句话也是我说的。"

"习衡——"杨安安心里惊了又惊,但事已至此,她不能退缩,唯有向前。

钟习衡攥住她伸过来的手臂,伸出食指,对着她摆了摆,"这两个字可不是你能叫的。"

杨安安看着他,下定最后的决心。

钟习衡也饶有兴趣地看着她被修饰过的眼睛,等待着她最后的杀手锏,完全忽略了桌子上屏幕一闪一闪发亮的手机。

刚出火车站的关明烟和钟磊被一场大雨堵在了出站口。

"妈妈,爸爸怎么还没有来接我们?"钟磊被关明烟护在身后,看着瓢泼大雨不禁抱怨道。

第五章 为谁风露立中宵

关明烟的一小部分身体露在外面,她打了一个寒战,重新拨出钟习衡的号码,"等等,也许爸爸现在正在忙,没有时间接电话。"

"那怎么办?我们就要在这里一直待着吗?"钟磊很不满意地摸着自己干瘪的肚子,"妈妈,我饿了。为什么你不打电话给松司佐叔叔呢?"

明烟愣了一下,转过身,背后被雨水打湿也丝毫不在意。

"磊磊,你喜欢松司佐叔叔多一点还是喜欢爸爸多一点?"

钟磊考虑好久,艰难地说:"我和松司佐叔叔更熟一点,但是我更喜欢爸爸一点。"

关明烟有些惊讶,但仔细一想,又在情理之中,抬手摸摸他的肚子,"磊磊很饿吗?"

钟磊使劲儿点头。关明烟犹豫再三,还是拨出松司佐的号码。

十五分钟后,松司佐匆匆赶来,撑开一把黑伞,顾不得脚下的水浸湿了他的裤脚,也顾不得泥土被他甩到了后裤脚边黏住。

他的眼里没有苍茫世界,只有站在出站口处狼狈躲着雨的关明烟。

"快上车。"他顾不上多说一句话,抱起钟磊,打着伞遮着明烟,往车边走去。

那一刻,他忘记了世上还有钟习衡这个人。

关明烟用纸拭去钟磊脸上和头发上的细小水珠,然后擦擦自己的头发。松司佐握着方向盘,目光不时瞥向她。

"你今天去哪儿了?"

"我回家了。"关明烟低着头,擦拭鞋上的泥土,闷闷地说。

"他没有陪你吗?"松司佐闷闷地问。

"没有让他陪我。"关明烟语气平淡,稍作片刻,她又解释,"最近他很忙,不想打扰他。"

"现在你们去哪儿?"

"去他家吧。"

关明烟看见松司佐的手指紧了紧,许久没有松开。

到了大门外,关明烟笑了笑说道:"送到这里就可以了。"

然后按响了门铃,不一会儿,一位佣人打着伞迎了出来。

松司佐深不可测的目光凝视了她片刻,又朝里面看了会儿,然后垂下头,像是下了很大的决心说:"以后遇到这种事,不要再打电话给我了。你已经不需要我了。"

关明烟背对着他,看不见他脸上的表情,他亦不知她心里乱如麻。

"刚刚他的电话没有人接,要不然也不会麻烦你。"

听她这么一解释,松司佐的心立刻支离破碎,满心苦涩。

钟磊临下车前,从后座位爬到前面,伸着头撅着小嘴,在松司佐的脸上轻轻一啄。

松司佐怪不了钟磊，他是孩子，谁对他好，他就对谁好。他不知道他的松司佐叔叔和他的妈妈，现在的关系比陌生人还难堪。在他的世界，松司佐叔叔永远是松司佐叔叔，即使宇宙到了尽头，这也是不会改变的事实。

关明烟牵着儿子走进那栋别墅，没有看见徐管家，也没有看见钟习衡。

钟磊很开心回到了家，刚走进别墅，连鞋都来不及脱，就扯开嗓子问："妈妈，爸爸在哪儿？"

关明烟一边张望，一边说："不知道，可能有事出去了吧，或者在楼上。你不是饿了吗？先去厨房找点吃的吧。"

得到许可的钟磊像只快乐的鸟儿跑到了厨房，很快就传来锅碗瓢盆碰撞的声音。

关明烟好奇地上了楼，站在楼梯口处，她似乎听见书房传来什么声音。带着好奇，她走过去。门没有锁，开了一条缝，透过那条缝，她看见一个女人赤裸着上身在吻着一个男人。

那个女人是杨安安，那个男人是钟习衡。

"妈妈，爸爸在吗？"钟磊两只手都拿着面包片，站在楼下对楼上的关明烟大声问道。

钟习衡急忙推开身上的人，一眼看见站在门口的关明烟冷眼看着他们。他心一沉。

"滚。"他赏给杨安安最后一个字。

杨安安先不明白，转过身看见门口旁边的人时，嘴角边才升起一丝若有若无的笑容。她毫不羞涩，不紧不慢地拣起地上的衣服穿戴好。路过关明烟身边的时候，她小声私语道："你能做到的，我也可以。"

"明烟，这件事情不是你想的那样……"钟习衡润了润干燥的唇，摊着手走过去。

关明烟退后一步，摇摇头，平静得出奇，"这件事情我不想管，我问你，为什么不肯告诉我我爸去世的消息？"

钟习衡停住脚，站在离她几步之遥的地方，静静地看着他，张口说话，语气是从未有过的温柔。

"我不想让你伤心。我怕你伤心，我舍不得让你伤心。"

几句话差点儿就击溃了明烟的防线，她逼自己狠下心，"你早就没资格这么做了。"她决然地转身下楼。

出了别墅，刚才杨安安脸上得意的笑容立刻消失，她已经清楚地知道，她永远失去了钟习衡。

她只得无助地打电话给琳达。电话另一头的人似乎早已猜到是这样的结局，丝毫不感到惊讶。

"我还有一个办法，而且我也和投资方联系好了，就看你干不干了。"

徘徊在绝望边缘的杨安安好像抓到了最后一根稻草，迫不及待地问："什么方法？什么方法我都愿意试。"

"那好，拎着你的购物袋，晚上十点到米花大酒店1103号房。"

杨安安面色惨白地收了线，她知道今晚走进那个房间，她就没有回头路可以走了。

关键问题是，她现在已经无路可走了。

杨安安惴惴不安地站在米花大酒店的楼下，手里拿着的是琳达给她的钥匙。

"一个晚上，他就可以让你重新坐上女一号的宝座，去不去看你喽。"临走前，琳达的笑不同往日，除去弯弯的嘴角，还有她看不懂的一丝游戏开始之前的兴奋。

"走进去，闭上眼睛，一夜很快就会过去的。等你出来的时候，你可就是亚洲之星了。"

她的耳边再次回响起琳达的话，她是在怂恿自己这么做，不仅仅是支持。

钟习衡已经和她断了最后的关系，她没有后台，没有资金，没有过人的本事，唯独可以交付的也就是这副躯壳了吧。她的脸上挂着惨淡的笑容，也伴着壮士临上断头台前的悲壮。

杨安安走进电梯，看着数字从一跳到二，到三，到四，一直到十一，停住。电梯门开了，红色柔软的地毯是她高跟鞋的消音器。

终于她停在1103房门前。

她按响了门铃，很快，一个裹着浴巾的男人来开门，看见杨安安后，嘴角向上，翘出一个弧度。

"杨安安小姐，请进。"

送关明烟回到钟习衡处后，松司佐没有目的地在整个城市乱逛，从北驶到南，倾盆大雨也逐渐变成绵绵细雨，到最后天空已然放晴，地平线的尽头挂着一道彩虹。

"松司佐，你在干吗？"Rex的电话打来。

"开车。"语气与死人毫无差别。

"开车？你要去哪儿？"

"不知道，也许天涯海角，也许世界的尽头。"

Rex忍不住又看看手机，没打错电话啊，"喂喂喂，小子，你没吃错药吗？"

"找我干吗？"松司佐甩甩头发。

"找你出来聊天喝酒。"Rex对站在他身边的顾婉比划一个OK的手势。

松司佐沉默半晌，然后低低地应道："好。"

松司佐走进S市最有格调的酒吧，它没有震耳欲聋的摇滚音乐，没有露腰露胸的女人激情艳舞，没有吐着层层烟圈的酒鬼，舒缓的钢琴声抚平了松司佐内心的苦闷。他一眼就看见坐在中央的Rex，走近几步，他没想到的是，Rex的身边还有一个顾婉。

"警察也会来这种地方吗？"松司佐坐下，看着顾婉问。

顾婉咬着吸管，纤细的手指指着旁边的人，表情很无辜，"是他逼我来的。"

松司佐用眼神质问Rex。他摊了摊手，做投降状。

"OK，OK。我只是觉得大家都是朋友，很久没见在一起聚一聚，别无他意。"

松司佐点了一杯伏特加，眼神在他们俩之间来回打量。

"你们什么时候成为朋友的？我怎么不知道？"

顾婉别开头，望着弹着钢琴的人，只是脸微微泛着红晕。

Rex推了推他，"我和别人交朋友还需要向你汇报吗？你以为我是明烟啊！"

提起关明烟，松司佐的神色黯淡下去，Rex不知怎么回事，看着顾婉，她似乎也什么都不知道。

"你们不知道她已经和钟习衡在一起了吗？"

"他们复合了？"顾婉失声问道。

他看了她一眼，无声点头。

Rex和顾婉交流着眼神，仿佛在做出什么决定。松司佐受不了这样的沉默，更加受不了被瞒在鼓里的折磨。

"你们有话就说，不要挤眉弄眼了。"

顾婉不乐意地猛吸一口吸管，然后故意用力地放下高脚杯，目光与他直视。

"你还记得当年栽赃明烟的那些图片吗？就是那晚，你出现在明烟的房间的照片？"

松司佐顿了顿，抬起眉，深深地望着她，眼里有波流涌动。

六年前，S市最著名的大学爆出了最大的丑闻。

男主角是松司佐，女主角是关明烟。一张张他们搂抱开房的照片在网上遭到神秘人士的公布。

一时间流言蜚语席卷了这座象牙塔。

紧接着，关明烟被拍到去医院做妇科检查，然后自然而然传出的就是她怀孕的消息。几乎所有的人都相信，她的孩子是松司佐的，包括关明烟的正牌男友钟习衡。

所有的人在一瞬间都倒向了钟习衡，同情他被戴了绿帽，同情他在父亲去世的时候，还要背负这样的耻辱，同情他为了这个女人已经放弃了出国深造的机会。从来没有人怀疑过照片的真伪，因为松司佐真的爱着关明烟，而且他深深地恨着钟习衡。

击剑比赛决赛前,他在全校师生面前,通过向关明烟表白,公然挑衅钟习衡。他意气风发地站在舞台的中央,一身白色的衣服像极了童话中的白马王子,万千观众面前,他的眼里只有站在钟习衡身边的关明烟。他举起剑,对准钟习衡,薄唇的一角被扯起,带着地狱鬼魅的邪气。

"钟习衡,我要向你挑战。"

钟习衡是谁,他怎么会输!

一招招剑势愈来愈凶猛,逼着松司佐不得不投降。他摘下头盔的瞬间,看着钟习衡的眼里有嗜血的恨意。

全校的女生都在感叹,他要有多爱关明烟才能生出对钟习衡这样深入骨髓的恨啊。从此以后,他们三个人就处在舆论的旋涡中间,一举一动都被人关注着,被人评头论足,然后抨击。

嫉妒滋生流言蜚语。谁不希望成为两大王子的公主,谁不希望被王子捧在手心里呵护。

而关明烟,她凭什么就得到了两位王子的青睐?

照片刚出来的时候,所有恶言毒语都投向了关明烟,甚至有人对她进行人身攻击。可是她的身边再不会出现钟习衡帮她遮风挡雨,这个人变成了松司佐。更令人不解的是,自从这件事之后,松司佐对钟习衡的恨削弱了很多,到最后已经不能算得上恨了。

大家都以为,这是男人在得到情敌的女朋友之后必然的表现,没有人细细追究。谁发布的照片也没人仔细追查,女生们巴不得有这样一个机会可以让钟习衡甩掉关明烟,从而自己抓住机会,变身钟夫人。

这就像一场闹剧,闹剧开场,悲剧结尾。旁观的人把这当做饭后的谈资,而当事人却得用六年的时间淡化闹剧留下的伤疤。

一段感情空白了六年,再怎么弥补都回不到往昔。

"记得。怎么了?"

"我查出来那是谁的杰作了。"顾婉掩饰不了话语中的得意。

"谁?"

"杨安安。"

"你怎么会查到照片的发布者?这件事已经过去了六年。"

松司佐又点了一杯伏特加,在这个时候,他需要用酒精麻痹自己的神经。

顾婉把事件的前前后后给松司佐讲了一遍。

"就算知道了又怎么样呢?"松司佐无力地笑着,"已经横着一段六年的时光了,即使现在知道了当初的始作俑者,对于这个事实,又能有什么改变呢?"

顾婉定定地盯着他,缓缓启唇,"我要让杨安安为这六年埋单。"

他们走出酒吧,初秋的夜风刮在身上,带着丝丝的凉意。

Rex脱下外套，披在顾婉的肩上，动作轻缓温柔。

松司佐看到眼前的一切，轻笑起来。Rex似乎已经从恩茜的阴影中走出来了。

Rex执意要送他回家，但是他已经看出了端倪，怎么好意思再浪费他们的时光呢？他踉跄着步伐，挥挥手，"不用了。你们好好在一起，你们要幸福，你们要快乐，你们要守着对方，不要让对方孤独。"

借着酒意，松司佐一口气把自己的祝福全说出来。他向来不是话多的人，要是没有酒精的作用，他恐怕难以如此直白。

顾婉看着他落寞的背影，鼻子一酸，伸手捞到Rex的手，一阵温暖从她的指尖传到心头。

寂寥的深夜，马路上鲜有行人的身影，偶尔看见一个，大多也是和他一样，醉酒、无家可归的人。也许他们并不是无家可归，也许他们和他一样，只是不愿意回去独自面对冰冷的单人床。

这时候，松司佐已经清醒不少，刚才顾婉的一番话挑起他对往日的回忆。那时的他，怎么那么傻，那么自私，因为一己之私，害了钟习衡，害了关明烟。如果时光倒流，他要回到过去，告诉那个时候的自己，在不久的将来你会爱上一个女人，她叫关明烟。

就在他胡思乱想之际，前面的大酒店走出来一个身影，衣衫不整，头发凌乱，看上去很是眼熟。他顿时清醒，快步走上前。

"嘿！"他不确定那人是谁，就大叫一声。

那人回头，就着路灯，他看清了她的容颜：杨安安。

杨安安看见叫她的人是松司佐，目光中流露出惊恐之色，她脱下高跟鞋，转身在马路上狂奔。

松司佐在后面喊了她好几声，跑了一小段路，停了下来，回头看着那座高楼：米花大酒店。

杨安安也不知道自己跑了多久，她只顾没命地跑，连头都不敢回。她恨命运不公，恨老天爷对她太薄情。在她最狼狈不堪最肮脏的时候，还让她见到一位熟人。哪怕是松司佐，她都无法接受。

三个小时前的一幕幕场景如放电影般在她脑海里重现。

丑陋的男人，顶着她腹部的啤酒肚，还带着海鲜味的口臭，辛辣的酒味直到此刻还弥散在她的口腔中。一阵阵恶酸味涌上来，她停在桥上，趴在栏杆处，对着护城河呕吐。头发还有些贴在脸上，也沾上了呕吐物，她越来越觉得自己肮脏不堪，她靠着栏杆滑下，把头埋在膝盖里，失声痛哭起来。

这一刻，唯有天上的星星听见她的哭泣，见证她的眼泪。

钟磊第一次在中国过中秋，之前听徐爷爷和爸爸说了好多关于中秋节的故事，赏月、吃月饼、家人团聚，很是兴奋。

总算到了这一天，他早早地起床，按照他和爸爸的计划，他先跑到妈妈的卧室，看见妈妈还在熟睡，便赤着脚钻进她的被窝，往她的怀里挤。关明烟被这突如其来的动作惊醒，一低头，看见钟磊睁着大眼睛咧着嘴冲自己笑，心一下子柔软了。

"宝宝怎么这么早就起来了？"她伸手，将他搂进怀里。

"今天是中秋。"钟磊从她怀里抬头，睁着大眼睛意有所指。

"所以呢？"

"爸爸说，今天是家人团聚的日子，要一起吃月饼赏月。"钟磊掷地有声地回答。

关明烟打了一个呵欠，点点头，"你要妈妈现在起来陪你赏月吗？"

钟磊点头，忽然反应过来，又摇头，"赏月是晚上做的事情。"

关明烟笑着亲亲他的额头，"对啊，那你这么早叫妈妈起来干什么呢？"

钟磊偷偷地往门口瞄了一眼，吞了吞唾液，小声说："爸爸说，今天我们一家出去郊游，他要带我去兜风。"

关明烟一副我就知道的表情，"兜风？去哪儿兜风？"

"不知道，爸爸让我过来把你叫起来的。"钟磊一脸纯真地看着她，让她实在不忍心拒绝。

这几日，这小家伙天天跟在她的屁股后面问，为什么妈妈不和爸爸说话，为什么妈妈只亲亲磊磊不亲亲爸爸，妈妈是不是不喜欢爸爸……

想利用钟磊求和？关明烟心里终于露出一个笑脸。

"那你还不起来？"

站在门外偷听的钟习衡听见钟磊的欢呼声，紧张的神色倏地从脸上消失，取而代之的是释然的浅笑。

关明烟以为兜风就是钟习衡开着最拉风的跑车，带着他们奔驰在两边都是绿油油稻田的宽阔马路上。当徐管家命令佣人推来两辆成人单车的时候，她傻了眼。

"单车？兜风？"她瞪着钟习衡，难道他不知道自己不会骑单车吗？

"嗯哼？"钟磊已经和钟习衡统一了战线，一大一小两个男人站在她的面前，对着她挤眉弄眼。

"我跟你说过的，你妈妈不会骑单车。"钟习衡凑到钟磊耳边，小声嘀咕道。不过在场的每一个人都听见了，佣人都忍不住笑了起来。

钟磊瞪着圆圆的大眼睛，很惊讶，"妈妈，你真的不会骑单车吗？那你跟我说你每天清晨骑车送牛奶和报纸的故事是怎么回事？"

一阵隐忍的低笑声在周围响起。

关明烟的脸一阵红一阵白，她美目圆瞪，怒视着钟习衡，指责这一切都是他做的好事。

钟习衡撇了撇嘴巴，谁让你撒谎骗小孩呢？

不管怎么样，关明烟坚决拒绝骑单车。就在场面陷入僵局的时候，徐管家不知道从哪里又推出一辆单车。

"干什么？"关明烟没好气地问。

钟习衡笑着指着单车前面一个横杆，"这是磊磊坐的位置，"又拍拍后面的座位，"这是你坐的位置。"

第一次坐钟习衡的单车后面，是初一那年。那一天，关明烟刚刚经历人生的初潮，疼痛难忍，红糖水喝了一杯接一杯，一直不见效。因为痛经，她连走路都变得困难，好强的关明烟又不肯请假在家休息。关明烟迟迟没有从教室里出来，钟习衡在教学楼下等得不耐烦，两步并成一步地跑上四楼，冲进她的教室。本想好好骂她一顿，走进去一看，空寥的教室只有她一个人，弯着腰弓着背蜷缩在某个角落里。

"明烟，你怎么了？"钟习衡突然间就变得温柔了，放低了声音，慢慢走向她。

可是关明烟不抬头。

走近，他才发现她在低声啜泣。那一瞬间，他想是不是她被人欺负了。钟习衡有些微怒，捏住她细细的胳膊，逼迫着她抬起头，却被她泪眼汪汪的样子吓了一大跳。

"哦……你，你到底被谁欺负了？"

关明烟不解，蹙眉，清了清嗓门，"谁被人欺负了？"

"那你怎么委屈成这个样子？"

破天荒的，她居然害羞了，支支吾吾的不说话，闷了半天才吐出一句话，"我不要你管。"

不要他管？钟习衡有些憋屈，浓眉高挑起，眼睛不相信地望着她，阴阳怪气地说："不要我管？小娃长大了，翅膀长硬了，想要飞了啊？既然现在不要我管，当初何必哭着求着让我陪你回家？"

关明烟哭得梨花带雨，白白的小脸憋得通红，像刚成熟的苹果。钟习衡忍不住，伸手拧着她的脸转了一圈，然后抿嘴笑。

"我没有跟你开玩笑，你走吧，好不好？"

钟习衡慢慢地收起笑容，眯起眼睛望着她。明烟缩了一下，她最讨厌的就是习衡眯眼审视她，好像什么心思都被他看穿了。

他目不转睛地盯了她许久，然后缓缓起身，抖了抖腿，面色淡然了很多，言语间变得客气疏离。

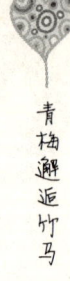

"那我走了。"

他走到门边,这才听到关明烟低低地呼唤。

"习衡,我肚子疼。"

就这样,关明烟如愿以偿地坐在了钟习衡的单车后座上。

坐在后座上的她甜蜜地想,若有一条路可以让我们一直走下去,那条路就只能是一辈子了。现在回头想想,那时候的自己,已然离不开钟习衡了。一天不见,便度日如年。可如今……

"真的要三个人一起坐在这上面吗?"关明烟打量着这辆单车,惴惴不安。

钟习衡又在钟磊的耳边窃窃私语:"你妈妈怕了,怎么办?"

钟磊咯咯笑着,甩着小肥腿,摆着两只肥胳膊,跑到妈妈的腿边,仰着天真的笑脸。

"妈妈,你怕啊?"

关明烟岂是能被鄙视和质疑的人,尤其质疑的这个人还是她的孩子。

"当然不!"她带着近乎上刑场的表情走到钟习衡身边,咬牙切齿地小声说,"给我滚上去。"

钟习衡挑眉,"态度不好,服务质量也不会好的。"

一家三口坐在不高的单车上,摇摇晃晃地起了航,徐管家和一众佣人在后面看得心惊肉跳。

钟习衡很快就掌控好方向和平衡,大门打开,所有人在早晨初起的阳光中,目送着他们踏上旅途。

他们的目的地是一片小树林。树林的中央有一汪湖水,不深,不浅。

"你怎么找到这里的?"关明烟不敢相信眼前所看到的美景,他是足不出户的人,即使出门也是前簇后拥。

钟习衡很得意,拍拍钟磊,"下去玩小心点,仅限湖边,别掉进水里。掉进去我不救你哦。"

钟磊欢呼着答应,兴奋地冲了下去。

他这才看着关明烟,"罗帮我找了很久才找到的。"

关明烟的脸上一副我就知道的表情,但是还是难掩愉悦的神色。钟习衡在等她说话,她却想起之前书房的一幕,晴朗的天空又乌云密布。

"这几天,怎么都不见杨安安?"

她有一下没一下地扯着身边的小草,想要借此发泄心中的郁闷。

"啊……那个人啊……"他喜欢看她明明很妒忌又不肯表现出来的样子,"她很忙的,又是模特又是演员的。"

"你不知道她的女一号被撤了吗?"

钟习衡笑着看她,"你真的认为杨安安会就此罢休吗?"

这一次，她不说话了。杨安安是一个好胜的人，什么事情都要争着出风头得第一，这次的事情对她一定是个大大的打击。

灵光一闪，她忽然明白什么了。

"所以她来找你？"

钟习衡紧紧地抿着嘴巴，皱眉在细细品味她的话。

"这么说不准确,她来找我,我肯定不会答应。所以她是有备而来色诱我的。"

"色诱？"明烟好笑地反问，"得了吧，她才不会是那种出卖肉体的人。我了解她。"

钟习衡吸了一口气，扭头看着她，轻声问："你们六年不见面了，你对她还了解多少？"

杨安安看着镜子里肌肤如玉的自己，她一丝不挂，雪白的肌肤上还残留着昨夜的痕迹，让她无处可逃，长卷发散落在胸前，遮住一抹春光。

看得越久，思绪越乱，心口越疼。

六年前，她就恨着关明烟；六年后，她以为自己翻了身，可以倨傲地俯视关明烟了，可钟习衡一巴掌就把她打回了原形。

"我们到此为止。"

她想知道，当年他对关明烟说这句话的时候，心是否也是静如止水，言语是否也是冷漠无情？

她当模特有几年了，虽然谈不上大红大紫，但是可以维持正常的生活，她不用为了某项工作出卖肉体和灵魂。

是钟习衡，把她带到了一个新的高度，又重重扔下。

是钟习衡，给了她全新的更高的起点，又绝情抛弃。

她回不到过去了，唯一能做的只有更坚强，更强大。

她穿好衣服，正想出门，琳达走了进来。

"安安，昨晚表现不错嘛。"

琳达变得让人越来越捉摸不透，她似乎不再处处为自己着想，她开始以冷笑示人，她开始用讽刺的口吻刺她，她开始用看不起的眼神，就像在看一个脱光衣物跳着艳舞的女郎。

但这些，杨安安都得忍着，因为她是自己唯一的依靠。

"谢谢琳达。那角色方面的问题？"

"今天投资方说了，你继续看剧本，把你的台词背背，会给你留着女主角的位置的。"琳达笑着一挥手，然后起身，曼妙地走到杨安安的身边，小声说，"只要你的表现和昨晚一样优秀。"

杨安安藏好心中的恐慌，问道："还……还要吗？"

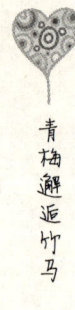

"要,当然要。"琳达笑得更开心了,"这是你的拿手绝活,不是吗?"

她踩着高跟鞋啪嗒啪嗒地走开,杨安安听得心惊肉跳。

随着关门声传来,从脚底升起的虚脱感迅速传遍全身,高挑的身躯晃悠了两下,就快要跌下的时候,一双大手托住她的身体。

"是你?"她回首,松司佐正用不明的眼神望着她。

杨安安喝尽一大杯可乐,然后懒散地靠在沙发上,整个人都颓废地窝了进去,"不要可怜我。"

松司佐看她,不说话,表情凝重,像是在怜悯一个濒临死亡的人。

她受不了松司佐那份注视着自己的目光,心里一恼火,把杯子举起再狠狠放下。

"你看够了没有?是不是关明烟派你来的?是不是她让你看看我可怜得快要死的模样?她现在肯定躲在某个角落里偷着乐!"

"明烟没你说的那么心胸狭隘,你不要把人都想得太过分。"他终于开口说话。

"是我想得过分吗?还是你做得太过分?"杨安安突然挤出一个笑容,把头凑近他,很近很近,只有几厘米的距离。

"那你告诉我,昨晚你在酒店门口看见我,今天站在办公室门外偷听我和经纪人的谈话,现在把我约出来,干什么?要不是认识你,我有足够的理由怀疑你是某个娱乐报的小记者!"

"我想让你适可而止,你会把自己毁掉的。"

听到这句话,杨安安好像听到了最好笑的笑话,身体发颤,怎么也停不下来。

"毁掉?我还有什么可以毁掉的?我已经残败不堪了,这样子的女人只会重生,没人再能毁灭她!"

松司佐看着她,似在考量她是不是精神失常了。

"怎么,你关心我?"

"其实你完全不必这样活着。如果你能心胸宽广些,我毫不怀疑你可以拥有一个美好的人生。"

"没错!"杨安安肯定地点头,"如果没有关明烟,我的人生堪称完美。"

"与她无关。"

"就是她!"杨安安失声尖叫,引得餐厅里的人三三两两地议论着他们,交头接耳。

"你知道吗,松司佐,我想要什么,关明烟马上就会有什么。我想要最新款的手机,她就有人送给她。我想要一等奖学金,所有的人都把票投给她。我想要爱情,她就能得到钟习衡。她处处和我对着干!"

松司佐看着她,"你的心眼太小,这会害死你的。"

"不要假惺惺了,告诉我,谁让你来的?"

"我知道你现在在干些什么,我只是想提醒你,你会毁了你现在的一切,只要愿意,你可以立刻回头。"

"如果我不呢?"

"那也请你不要波及明烟,还有钟习衡。"

他的回答大大出乎了杨安安的意料,樱桃小嘴半天没有合拢上。

"我……我没有听错吧?钟习衡?你不让我伤害钟习衡?当年,你不是恨他入骨吗?全世界最想让他死的人不是你吗?怎么,怎么现在想要保护他了?"

她一连串的问题引得他头痛,他伸出手,压着太阳穴,很疲惫。

"因为爱。"

"哈!因为关明烟,你连她爱的人也要保护?你要知道,钟习衡已经强大得不需要任何人保护。"

"我懂。"他点头,"还记得我在医院和你说的话吗?"

杨安安不说话了。那句话又飘进耳朵,"不管你有什么阴谋诡计,我都会在你实施之前把它戳穿,你不要妄想,凭你一己之力可以伤害到谁。"

草地上铺了大大的粉红色的桌布,钟磊吃着带来的食物,玩得不亦乐乎,丝毫不顾爸爸妈妈在说些什么。

"为什么这么久都不肯回来?"

"回来?回哪儿?回来干什么?"

钟习衡敏锐地从她的几句反问中读出她的恨,她的责备。当初他的话说得太重,她一定伤得很深,但是直到现在,他也没有想清楚到底要怎么样才能弥补。

"你一直都知道,我很介意他。"

"从什么时候开始的?"关明烟将掉下来的头发别到耳后,钟习衡痴痴地看着。他怎么从来没有发现她这样美丽动人,如果早一点知道,他是不是会多爱她一点,这样也许他就熬不住六年的光阴,去美国找她了。

"从他第一天出现开始。"钟习衡的话里还带着酸气,"他的出场可真算得上轰动啊!别出心裁。"

关明烟听出他的不悦,心里冒着喜悦的小泡泡,抬眼,用眼神揶揄他。

"必须的。哪个女孩不被王子吸引呢?"

是的。谁不希望自己是公主,有一位翩翩王子,骑着白马,穿过风雨,穿越山山水水,越过芸芸大众,最后跪在自己的脚下,声音低沉性感地说:"我的公主,请跟我回家吧。"

这就是松司佐的出场方式。一炮而红就是用来形容他的。

圣诞舞会上,刚从日本转学过来的松司佐作为替补,代替男主角上场,拉

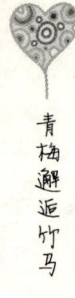

着关明烟的手,在舞台上绕了一个圈,然后跪下,亲吻她的玉手。英俊的脸庞、高挑的身材、谦逊的态度、温和的笑容,无一不让女生为之疯狂。

那一夜,他的名字传遍了整个校园。

与钟习衡的冰山态度不同,他是温文尔雅的,他是多情浪漫的,他是体贴入微的。

一批又一批的女生拜倒在他的长筒靴下。更让大家觉得惊讶的是,这位王子也只对关明烟情有独钟。钟习衡没有做的事情,他来一一补做。

冬天的早晨,寒风刺骨,呵出一口气都会缭绕成一团雾气,他每天都会踩着单车去校外给关明烟买她最爱吃的餐点,然后靠在单车上,凝视着她的窗户,等她下楼。

关明烟早上的课程满满,中午下课后,饭堂都挤满了人,等到她去打饭时,只剩下萝卜青菜,钟习衡比她好不了多少,有时比她更忙。而松司佐每次都会提前跷掉一节课,为她打好饭,站在教室门口等着她。

她生病难过的时候,在钟习衡忙着家族的产业又要兼顾自己的学业没空理会她的时候,松司佐很会见缝插针,适时地给她安慰,给她肩膀,给她力量。

他陪她去图书馆,陪她打游戏,陪她逛街,陪她吃饭,陪她买CD,陪她选杂志。

这样的男人,谁会不动心,谁会相信关明烟没有动心。

"但是我真的没有。"关明烟听完他的剖析,好笑又无奈,摊手解释。

"当时不相信,现在我相信了。"

"为什么?"明烟看着他,很不明白。

钟习衡在每片吐司上都涂满了番茄酱,然后摆放在一个碟子里,递给关明烟。

"因为我知道,这六年你并不是一直和他在一起的。你最难过的时候,他不在。你并不需要他。"

关明烟一时语塞。是的,他们分开了六年,但是直到三年前,松司佐才找到她。

开始的时候,所有的人都告诉钟习衡,是松司佐带走了她,他们在一起了。

他不信,花了很多钱,雇侦探去调查他们的去向。回来汇报的人都说,只有松司佐的消息,而关明烟就像人间蒸发了,一点痕迹都不曾留下。当时他笃定,是他把她藏起来了,故意不让自己找到她。

但三年后,罗给他发了一组照片,是关明烟提着行李箱,出现在洛杉矶机场的照片。接她的人是松司佐。从照片上看,他们似乎真的很久很久没见面了。钟习衡这才开始觉悟,也许他们并没有一直在一起。起码,她最脆弱的时候,他不在她的身边,松司佐也不在。

"那三年你去了哪里?"钟习衡拧开一杯果汁,递给她。

关明烟嘬了一口，抖抖肩，"你这个样子让我觉得自己很像罪犯，你给我点食物，我给你点信息，物物交换。"

她等着他一贯的针锋相对，可是这一次，他没有说话，只做着手上的活儿。过了会儿，又牛头不对马嘴地问："你去哪儿了？还没回答我呢。"

关明烟灌了一大口果汁，心里虽有不舒服，但是也清楚，你若犟，他可以比你还犟，对付这种人唯一的办法只有屈服。

"那三年？寻求心理治疗外加生孩子去了。"

"你一个人？"

她看着他，好像他在质疑她的能力，而这让她很不开心。

"我已经不是当年的关明烟了。"

她着重强调了"当年"二字，但是在钟习衡听起来，这并没有什么不同。

"我向松司佐借了一些钱。其实我离开这里之前已经联系好了加拿大的一个心理专家，借到钱后，我直接去了那里，然后把孩子生下来。等到我可以独自抚养的时候，我联系到松司佐，然后选择去美国。"

几年的艰辛历程，在她的口中竟精简成寥寥几句。钟习衡很不满足。

"你生磊磊的时候，是不是很痛？"

关明烟看了他一眼，想要朝他大声嚷嚷，又懒得嚷嚷，那样太累。

"好像没有很痛。因为我晕过去了，然后医生剖腹产的。"

她说得随意，听者却心脏收缩，产生阵阵钝痛。要有多痛，才会痛得晕过去。他牵住她放在自己身边的手，将她的手放到嘴边，细细地吻。

"你现在还恨我吗？"

关明烟太了解他了，他问了一个问题，她就猜得到他后面要说什么。

"不是我不恨了，我们就可以在一起了。"

"为什么？你不爱了？"

面对这样的质问，她无法回答。他逼着她无路可走，无路可退。

"磊磊需要家庭，需要父爱和母爱，需要稳定的生活。"

看着钟磊调皮玩耍的身影，钟习衡句句切中要害，关明烟无话可答。

"现在不够吗？你和杨安安的事情我还没有完全相信，很多问题还没有解决，那空白的六年你不可以忽视不理。"

"杨安安，她，算什么……她连横在我们之间的资格都没有……如果你现在还在意那六年，我们就要牺牲更多的六年。"

"你想怎么样？"

"结婚，我想结婚。"

关明烟思绪万千，她不知道说出那句话的时候，钟习衡有多少真心，她绝对不相信他不在乎松司佐了，也不相信他与杨安安之间干干净净。

他们之间有这么多问题，钟习衡到底是怎么做到不看不闻的，只要在一起就解决问题了吗？她不确定。也许只是因为有了钟磊，他要给他一个完整的家。而这样的家庭建立起来，又能维持多久呢？

还有，六年前的事情他真的放下了吗？做了亲子鉴定后，他就真的信任自己了吗？会不会还有第二次、第三次？

她越想越糊涂。可是结婚，多么诱人的两个字啊。

单车停在别墅门前，徐管家笑着上前，钟磊扑进他的怀里，关明烟愁眉苦脸。这时，钟习衡突然转身，把她的手包裹在自己的手心里，很认真地说："我想要弥补。你不能拒绝给我弥补的机会，那不公平。"

说完，钟习衡踏上楼梯。徐管家鞠了鞠躬，"少爷，里面有位先生在等着你。"

他拉开门，松司佐闻声转身，与他目光对视。

正在他们目光交汇的时候，关明烟牵着钟磊走了过来，她也看见屋内的人了。

三人都站在原地，不动不说话。

钟磊开心地扑向松司佐，口中大声念着，"叔叔你来了，我好想你。你是来看妈妈的吗？"

钟习衡不知道这句话他说了多少遍，以至于这么小的孩子都记住了，只要松司佐叔叔过来了，就是来看明烟的。

松司佐尴尬地立在原地，可更多的是物是人非的痛楚，现在他必须要把这份情深埋心底了。

"不是。我是来找你爸爸的。"好久好久，松司佐才开口说话。

钟磊好奇，"你也认识我爸爸？"

又过了好久，他才说："认识很久了。"

钟习衡和松司佐并肩在草坪上散步，曾经见一次眼红一次的情敌，如今却像老朋友一样散步聊天，真是不可思议。

"你知道杨安安最近在做些什么吗？"松司佐开门见山，直接问道。

钟习衡眉毛上扬，仔仔细细地打量着他。

"不会吧？你这么快换口味了？可是这一次口味怎么变得这么差劲啊？"

松司佐不理他，依旧一脸严肃，"我看见她半夜去酒店，今天去她办公室找她，又听见她在和她的经纪人商量着什么。"

"商量什么？"

"娱乐圈里的潜规则，你不会不知道吧？"

钟习衡不说话，只是点了点头。

"你不会真的看上了她吧？"

"当然不是。"

"那你管她那么多呢？"

"这个女人一旦自己不如意，就会报复身边过得比她好的人，你我都清楚，她最嫉妒最痛恨的人就是明烟。"

钟习衡早就等着他说出这句话了，他们都一样，除了关明烟哪会关心别的女人呢？

"明烟我会保护好的，不劳你费心。"

"哦？那六年前是怎么回事？"

钟习衡猛地收住脚，目光凌厉地看向他，而他毫不畏惧，迎上他的目光。

忽而，钟习衡笑了。

"我和杨安安已经缘尽，或者说压根就没缘，她不会威胁到明烟的。"

听他这么说，松司佐稍稍放了心，"我只是来提醒你一下。"

"嗯哼！"钟习衡摆出"好走不送"的态度。

松司佐走了几步，想了想，顿了顿，说："不知道明烟有没有跟你说过，她说她在我的身上看到了你的身影。"

钟习衡一脸错愕，看着他背影，愣在那里。

这天晚上，关明烟等到钟习衡洗漱结束，轻轻敲开他的门。灯光下，他柔情四溢。

"我……我想和你谈谈。"

钟习衡舔了舔下嘴唇，"好。"

"呃……"关明烟两只手搓着睡衣，还有些不自在，"松司佐今天找你说什么了？"

她被他饶有兴味的眼神看得很不自在，不禁有些恼火，"不要看着我。"

他故作惊讶，"难道美人生下来不是给英雄看的吗？"

她翻了翻白眼，"你是英雄吗？"

他噙着坏笑，回道："不是吗？自古英雄难过美人关，你这一关我怎么都过不去，我还算不上英雄吗？"

她红了脸，支吾起来，"强词夺理……不要企图转移话题，先回答我的问题。"

"他希望你小心杨安安。不过在我看来，你在我这里，她就不敢伤害你。"

"杨安安？为什么要小心她？她能怎样伤害我？"她眨巴着大眼睛，开始纠结。

他心里暗自叹息，她怎么还不知道她迷糊的样子有多招人爱。

"不会伤害你。"他踢开转椅，一步步逼向她。她被他的目光吸引，看着他一步步走近，"只要我在，就没人伤得了你。"

受不了她的诱惑和思念的驱使，他深深地吻了下去。

杨安安一边听着音乐，一边看着剧本，直至门铃声打断她。

"琳达？"她有些讶异琳达的出现。

"Surprise（惊喜）？"

杨安安诚实地点头，看见琳达手里还拎着大包小包很多东西，问道："这些是？"

"导演看了你的照片和资料，这些是他要求的。"琳达好像突然换了一个人一样，亲切温和，善解人意。

杨安安出于好奇，翻了翻，"香蕉，苹果，蜂蜜，这些是？"

"这些是给你节食减肥的时候吃的。"

"减肥？"杨安安更加吃惊了。她是模特，对于身材已经很苛刻了，怎么还要减肥？

琳达一脸无奈，"没有办法，导演说这个戏的女主角是个苦命角色，越瘦越憔悴越好，他希望你可以再瘦一点。而且拍戏的时间眼看就要到了，你得抓紧了。"

杨安安把那些屈指可数的食物又翻了遍，用一种哀求的眼神看着琳达，"我可以健身减肥吗？节食很痛苦的。"

琳达竖起食指，摆了摆，"健身不够快，而且你身体健美，得不到憔悴的效果，导演想要一种病态的瘦，而不是健康的瘦。"

"可是，那对身体不好啊……"

琳达立刻扬起眉，杨安安吓得不敢再继续说下去了。

看着她乖乖的样子，琳达又露出一个笑容，柔声安慰她，"出名后，你要名声有名声，要金钱有金钱，还担心补不好身体吗？"

杨安安这才点了点头，"要瘦多少？"

"不需要很多，这几天你先吃着水果，多喝蜂蜜水。"

杨安安一脸伤感，拿着蜂蜜走进厨房，完全没注意到琳达在她身后那诡异的笑容。

越是美好的事物，人们越是留不住。越是留不住，此刻才越显得珍贵。关明烟越来越懂得这句话的含义了。

当顾婉约她出来喝下午茶，告诉她，她和 Rex 开始恋爱的时候，她衷心地替他们高兴。Rex 能忘掉恩茜，她求之不得。她又是多么希望看见自己最好的朋友能幸福啊。

"我查到了那些照片是谁发布的了。"

"谁？"关明烟不小心被呛到。

"杨安安。"

关明烟看着她几秒钟，等着她笑着和自己说，这只是一个玩笑。可是一分钟过去，顾婉的表情依旧凝重，她才察觉到自己的心不知道坠落到了哪里。

"怎么会……她，她不至于吧……她有必要那么恨我吗？"

顾婉深呼一口气，"女人天生最拿手的事情就是嫉妒。"

夕阳将整个城市都映射得红彤彤的，路上的行人步伐匆匆，唯独关明烟一步拖着一步走，那抹艳丽的红也盖不住她脸上的苍白。那天晚上发生的事情一幕幕在脑海里重现。

大四毕业前期，宿舍里已经明显地分为两派，关明烟、顾婉与另一个女生将杨安安完全孤立了。杨安安已经两年多没与她们说话了。每当需要帮助的时候，她宁可走到隔壁宿舍，也不愿将手伸向她们。

那夜，钟家在S市最大的酒店举办了一场宴会，庆祝钟习衡圆满毕业，并接手家族企业。S市的达官贵人都来了，加上亲朋好友，少说也有一百人。

关明烟正为到底要穿哪件礼服烦恼，这时，杨安安走了进来，先是对自己之前两年的所作所为做了彻底的道歉，声泪俱下，字字深情，句句打动人心。关明烟一直都对她抱有很大的愧疚，她这么一说，心更是一软，早就把那些偏见抛到了脑后。

她高高兴兴地让杨安安帮她挑礼服，完全没注意到她在触摸每件礼服时，脸上噬骨的恨意。

毫无疑问，关明烟是那晚夺目的焦点，钟习衡把胳膊给她挽着，带着她与每一位来宾打招呼，问好。这一刻，谁会说她没有资格做公主？

传闻中最孤傲的钟少爷居然如此倾心于一个女孩，这让在场的人大开眼界。他脸上的笑容，有他们不曾见过的温暖；他一个动作，有他们不曾料到的贴心；他一抹眼神，有他们不曾想过的深情。

钟习衡无心的表现，让在场的每个女孩都嫉妒羡慕着她，让在场的每个男孩都好奇打量着她。

杨安安恶毒地看着他们旋转：她的裙摆飞扬，耳边的细丝飘向他的身边，他们的目光中只有彼此，万物皆不存在了。她一直紧紧地注视着他们。

她看见关明烟喝了一杯又一杯的红酒，面色红润，眼神迷离。

她看见松司佐递给钟习衡一杯酒，他们在谈论着什么，然后钟习衡用手指顶着额头，上了楼，走进卧室。

她看见关明烟已经醉了，跌跌撞撞地找到了松司佐，然后他将她抱起。

她跟在他们的后面，一路跟上二楼。她掏出手机，用照片一张张记录下来。

她在角落等待了许久，看见松司佐走出来，衣衫不整，表情写满了震惊，精心打造的发型经过水的冲洗失去了美感。

她并不知道那间卧室里到底发生了什么事情，但是她看着自己手机里的照片，一张张浏览，一个恶毒的计划逐渐形成。

关明烟醉后自然什么都不记得了，她只是在偶尔清醒的时候，看见一个匍匐在她身上的身影，是谁，什么样，不知道。

她还记得身体被撕开的剧痛，那个时候，她甚至闻到了血腥味。紧接着而来的，是至死的欢愉。

天亮了。宿醉后醒来，她发现自己赤裸着身体躺在卧室里，洁白的床单上有触目惊心的红。她连叫都没了力气。

"叮叮咚叮叮咚叮叮叮叮咚……"愉悦的手机铃声把她拉回现实，她掏出手机，一看，是安颖。

"怎么了，安颖？"

"明烟姐，你要搬家吗？"她惊讶的声音从耳边传来。

"搬家？我没有……"她忽然想起，似乎有一个人说过，要她搬过去与他同住。她立刻改了口。

"对，嗯——我找到了别的地方，所以就……"

她解释不清，也不知道该怎么解释，好在安颖一听就明白了。

挂了电话，关明烟找到钟习衡的电话拨过去。

"今天太阳是从哪边出来的呀？你居然会主动找我？"

听着他戏谑的声音，她心里更是笃定，便与他开着玩笑，说了会儿。

"你下次作决定之前能不能先通知我一声。"

"你什么意思？"

"这个时候还不坦白就不太好了吧，钟习衡？你为什么不能直接告诉我你派人去把我的东西搬到你家了？"

"等等，等等——"钟习衡急促地打断她接下来的话，"我没有派人去帮你搬家。"

关明烟不满，叉着腰站在十字路口边，"你还骗我？"

"不不不，我真的没有。我今天一天都在开会，还没有时间顾得上这些。"

她的眼珠转了转，缩着眉，"你……真的没有？"

"真的没有。"

关明烟突然感到背脊很凉，"我和钟磊的护照都在家，还有钟磊的出生证明，我都放在家里了。"

钟习衡放下公司的事情，急匆匆地从会议上离开，罗苦着脸一边向董事会成员解释，一边跟在他的后面出了会议室。

"钟总，关小姐又出什么事情了？"

钟习衡顿住脚步，眯起眼睛射来探究的目光。

"你怎么知道是明烟出了事情？莫非是你在背后动手脚？"

罗赶紧摆着双手,深怕自己背了黑锅。

"不是不是,是我想能让您这么着急,恐怕这世上除了关小姐也别无他人了吧。"

钟习衡继续向前快走,进电梯前他又添了一句,"现在对我而言,不仅仅关明烟是我的全部,还有钟磊。"

罗在电梯外站定,"钟总,这边交给我,我会搞定那些思想古板的老夫子的。"

钟习衡驱车赶到安颖家的楼下,两步并作一步跑上楼。安颖打开门,两人对视一眼,钟习衡侧身走进去。

他回头看看安颖,安颖用口型说:"卧室。"

他走进卧室,房间已经被搬空了,剩下一张床,几个衣柜,还有一张桌子,一把椅子。

"什么都没有了吗?"钟习衡上前,从身后拥住正在失神的关明烟。

关明烟躲开那个拥抱,双手插进长发里,看得出来此刻的她接近发狂。

"会是谁呢?习衡!你觉得会是谁冒充你,把我的衣物全部搬走了?我的证件还有钟磊的,都带走了。他们,他们到底是谁。想干什么!"

"嘘嘘——好了好了,你先冷静。冷静了才能想办法。"钟习衡长臂一伸,圈住关明烟,用胸口的温暖安抚着她。趁着这个时机,他打量着这个房间。

"有没有什么遗留下来的?你有没有想到会是谁?"

关明烟在他的怀里摇头。过了会儿,她抬头,眼睛亮晶晶地看着他,反问:"你知道当年的照片是谁发布在网上的吗?"

钟习衡没有料到他会问这个,马上又反应过来。

"你怀疑是她?杨安安?"

"除了她,我不知道还会有谁,这个人明摆着是冲着我来的,和我有冤仇的只有杨安安了。"

钟习衡不再说话,又把她的头按进自己的怀里,双眼炯炯地看着窗外。

杨安安已经喝了好几天的蜂蜜了,她觉得有些不对劲,可是具体哪里不舒服,也说不出来。她的脾气越来越暴躁,面色蜡黄,眼神看上去涣散无神,她确实有了导演想要的颓废的消瘦了,可是这样的消瘦让她不安。

让她更加不安的是,她居然在白天出现了幻觉。她看见了钟习衡在对着自己招手,他们一起跳舞,拼命地跳舞;然后接吻,热切地接吻。她越来越不爱运动,连健身房都不愿意去了,每天早晨都懒懒地不想起床,一直昏睡到中午。

周六的时候,琳达拎着食物来看她,对她一番审视后露出了满意的笑容,"不错,很好。你这样的形象正适合剧本中的女主角,也许连妆容都可以省了。"

杨安安对着她露出无力的笑容,她的思维有些跟不上了,连她话语中的嘲

讽都没有听出来。

"你还有这样的蜂蜜吗？我想喝。"

琳达盯着她看了几秒钟，直到她不知所措想要发火的时候，琳达突然笑了。

"有啊，当然有，这一次我给你带了三瓶。"

杨安安迫不及待地从她手上夺走三瓶蜂蜜，饥渴地当场泡了一杯蜂蜜，然后沉醉地靠在沙发上。

"安安，今天晚上导演要我安排你们见面，你有空吗？"

一听说是导演，杨安安猛点头，"当然可以。时间？地点？"

琳达笑得更欢了，"老地方。老时间。"

万事开头难。有了第一次的经历，杨安安也不觉得再有第二次和第三次会有什么不对劲的了。

她穿了一件性感的吊带装，站在约定的房间门口，涂着红色指甲的玉手按响了门铃。

导演走过来开门，色迷迷的双眼上下打量着她，在她的一些敏感部位用眼睛丈量，然后露出满意的表情。

"酒店有服务，可以点鸡尾酒，你要吗？"导演走上前，一只手不安分地游走在她的蛮腰附近。

杨安安笑得更欢了，"导演要，我就要啦。"

导演听得很舒服，哈哈大笑，点了两杯鸡尾酒。很快，服务生就送了上来。

他看着她手里拎着的衣物袋，眼神暧昧地瞄向浴室，"你要不要先去洗澡啊？"

"好啊。"杨安安娇媚地上前，右手有气无力地在他胸口处划过，然后扭着腰肢走向浴室。

导演等到浴室传来水声，立刻拉开桌子的抽屉，拿出一瓶装着几粒白色药丸的瓶子，取出一粒放进鸡尾酒里，然后坐在沙发上，坐等她出来。

杨安安洗完澡，白皙的脸蛋被热气熏得通红，导演激情难耐，赶紧拿过浸了药丸的鸡尾酒递给她。

"来，为了我们拍戏顺利，先干了这一杯。"

杨安安深深地看进他的眼里，看清楚他眼睛深处的火焰，越发觉得火热，想也不想，仰头喝尽。

很快，她的眼前出现了彩色的云朵，她感觉到自己整个人都轻了，似乎在空中飘浮着。这时，耳边传来一阵强劲有力的摇滚乐，她禁不住掀了自己的浴袍，甩开长发，尽情地舞动。

她甚至看见钟习衡赤裸着上身朝她走来，他的手捧住她的脸，他们拥在一起尽情欢舞。

沉浸在音乐的放纵中的杨安安丝毫没有发现，在房间天花板的一角，有一个隐形摄像头把她糜烂不堪的样子拍摄了下来。

松司佐回到宾馆，路过大厅的时候，前台的服务小姐叫住了他。

"松司佐先生，这里有一张留给你的字条。"

松司佐愣了愣，走过去接过字条。

"是谁给我的？留了姓名吗？"

"没有。"

"男的女的？"

"一位年近五十岁的妇女。"

松司佐撇撇嘴，他记忆中并不认识这样的女性，他谢过后，打开字条，上面写着：周六晚上八点露宵咖啡厅见。

露宵咖啡厅？他折回去，笑着问前台小姐："请问露宵咖啡厅在哪里？"

"就在对面一条街，出了大门一直走，然后右转就到了。很近。"

周六晚上，松司佐按照纸条上的约定，准时出现在了露宵咖啡厅门口。咖啡厅人很少，灯光昏暗，看上去有些阴森。

礼仪小姐把他带进了包厢，里面已经坐着一位中年妇女，她看见松司佐，露出浅浅的笑容。这抹笑容把她脸上的皱纹挤得更加明显。

"松司佐先生……虽然没有原来的姓好听，但是起码独特。"妇人喝着咖啡，望着他，神态怡然。

松司佐站在那里一动不动，好像脚上被钉了钉子。

"怎么站在那里？坐啊。"

"你，你怎么知道的？"

看着他震惊得有些口吃的样子，妇人笑了，"我看着你出生，看着你长大，看着你漂洋过海去了日本。你说，我还有什么不知道的呢？"

松司佐完全手软了，连杯子都端不起来，他心虚地问："你……你到底是谁？"

"这个重要吗？"她抿了一口咖啡，优雅地放下。

松司佐感觉到这个女人很不一般，单单她能知道自己的身世这点就很让他吃惊了。他忽然感到脑袋里闪过一道光，曾经妈妈提到过一个人。

"莫非，你是……"

"看样子，你妈妈告诉你了。"妇女并没有否认。

"你，你怎么会找到我的？"确认了来人的身份后，松司佐又惊又喜，宛如一个孩子。

"说来话长，我确实是费了一番工夫才找到你的。"妇女看着他表情严肃，忽而又笑了，"你和你爸爸完全不一样，你太低调了，从来不炫耀自己的财产。"

"我不觉得这是什么了不起的事情。"

妇人点头，忽然话锋一转，反问道："那你觉得什么是了不起的事情呢？"

这句话将他完全问住了，让他不知该如何回答。

一连几日，关明烟提心吊胆地过日子，深怕会有黑衣人从某个角落蹿出来把她绑架，或者接到什么勒索电话，用钟磊威胁她。

但是，她并没有接到来自银行或者哪里的电话。这个人偷了她的衣物，偷了她的所有，紧接着却像在人间蒸发了一般，什么消息都没有了。她询问过钟习衡好几次，他那边也是一头雾水，查不清楚。

安颖住的是老式的公寓，人口杂，公寓附近没有摄像头，完全查不出什么。

"会是恶作剧吗？"夜晚，关明烟站在走廊上，看着星星点点的夜空，惆怅地问钟习衡。

"大汗淋漓地把你的东西搬走，又没有卖又不能吃，就为了恶作剧？连电话都没打。"

她明知道自己的话没有道理，但是她想不出更好的理由。女人一到这个时候，就喜欢胡思乱想，任何不可能的理由在此刻都会变得很有可能。

钟习衡似乎并不担心，他搂过关明烟，在她身后站着，用鼻子蹭着她的头发，头发香香的，让他迷醉。

"下周开始，钟磊要去幼儿园上大班了。我会让徐管家全程接送，还有保镖贴身保护。这下，你不用担心了吧？"

关明烟点头，但过了会儿还是忍不住地说："因为不知道他想做什么，是谁，所以我害怕。这样子只能凭着感觉在黑暗中摸索，我没有安全感。"

钟习衡点点头，"我懂，我懂。"

钟磊上幼儿园的事情定下后，关明烟的心情晴朗了许多。

又是新的一周，她正欲出门，却被钟习衡抓住，拉到了房门后。他喘着粗气，一番亲吻后，用额头抵着她的额头。

"把报社的工作辞了，到我这里来。我也需要一个意大利翻译。"他说得理直气壮。

关明烟忍不住笑着捏他的脸，"拜托，我从小学到大学，已经跟在你后面很多年了，现在长大工作了，你还要我做你的跟屁虫吗？我才不要！"

钟习衡皱着眉，"怎么是跟屁虫呢？你不想每时每刻都见到我吗？"

关明烟作思考状。钟习衡不满了，对着她露出的玉颈狠狠咬下去，一颗"草莓"出现了。

"喂！我还要上班！"

关明烟捂住被咬的位置，看着他，很不可置信。

"和我一起上班,不行吗?"

"不行!"

"为什么?"

"我现在有自己的工作,这份工作我很喜欢,我为什么要辞职去你的公司,被你管着宠着?"

"我不宠着你。"

"那我更不去,我才不想挨你的骂。"

"那我不骂你还不行吗?"

"不行。"

关明烟说得斩钉截铁,钟习衡也一步不肯退。

"很好。翅膀硬了,就要飞了。"

两人目光对视许久后,钟习衡投降,留下这句话,愤愤地离开了。

关明烟春光满面地来到报社。安颖一眼就看见她玉颈处有一个新鲜的"草莓",便对着她眨眨眼睛,暧昧地笑起来。

"有丝巾之类的东西吗?我想遮住这里。"关明烟的脸涨得通红,她难堪地指着那颗"草莓"。

安颖憋着笑,"没有,这个真的没有。"

就在这个时候,莱斯又特地把她叫到办公室。

莱斯从文件堆里抬头,第一眼就落在那颗"草莓"上。关明烟绝望地闭上了眼睛,在心里问候了一遍某人的祖宗十八代。

"嗯——是这样的,我看过你的简历,在欣赏的作家一栏,你写着村上的名字,对吗?"

关明烟点头,不明所以。

莱斯若有所思,"是这样的,过几天在日本有一个文学交流会,这次交流会村上也会去,我们报社要派一位记者或者作家参加。"

"真的吗?他会去吗?"关明烟激动得像个小姑娘。

"是啊。这是千载难逢的好机会,报社里很多人都想去,但是只有一个名额。"

听到莱斯这么说,关明烟安静下来,她刚进报社不久,也没有什么很突出的贡献,这样的好事很难轮到自己。

莱斯再开口,话语中带着些不解,"但是很奇怪,我们社长点名让你去。我也不知道为什么,你……认识我们的社长吗?"

一时间来的好消息让她难以消化,"啊?我可以去吗?"

"可以去是可以去,但是为什么社长会点名让你去呢?"莱斯百思不得其解。

"呃……也许看我工作努力认真?"关明烟试探。

莱斯毫不犹豫地给了她一个白眼。

突如其来的安排让关明烟的好心情持续了一整天。虽然有些人不甘心，在走过她的办公桌时，会酸溜溜地造谣。但是身正不怕影子斜，关明烟不在乎这些。

下午临近下班，她接到钟习衡的电话，口气轻快。

"看样子，你捡到钱了？"

"不是，我后天要去日本了，我可以见到村上了。我从高中就崇拜他啊。"

电话那头的人抓住的重点和她完全不一样。

"你要去日本？谁让你去日本的？主编？"

关明烟得意地比划着，"不是他，是社长亲自点兵点将要我去的。"

"社长？"钟习衡在电话边轻喃，他从来没听过她的社长是谁，他一直以为莱斯是报社里权力最大的人。

"那你是兵还是将？"

关明烟听他酸溜溜的语气，立刻就不满了。

"嘿，我说你怎么就不能夸我一下下啊？哪怕你说点好听的，什么都可以啊。"

"哼——"电话那边的人口气很不好地说，"晚上回来早一点，钟磊第一天上学，记得回家慰问一下。"

说完，他就自作主张地把电话挂了。

关明烟还在鼓着脸蛋生气的时候，钟习衡把罗叫进了办公室。

"明烟杂志社的社长是谁？不是莱斯吗？"

自从关小姐回来后，钟总总是会问一些很奇怪的问题，让他措手不及，他越来越怀疑自己的能力了。

"这个……我……暂时还不清楚。"

"那还不快去查！"意料之中的狮吼。罗赶紧撒了出来。

徐管家膝下无子，没想到自己一大把年纪了，居然还有一天要去幼儿园门口等着孩子下课。他的身后站着四位人高马大的保镖，和他一起来接孙子孙女的老人都对他投来好奇的目光。他就在这类目光的注视下，艰难地熬到了铃声响起。

"你们都盯着点，不要让小少爷给别人接走了。"

他也不解，会是谁对明烟或者钟磊感兴趣？当他收到钟习衡少爷的吩咐时，心里想起了一个人。可是随之又念起，这么多年过去了，那个人早已不知在世界的哪个地方了，自己还多想什么。

钟磊背着小书包，和几个小伙伴手挽着手，一出门就看见阵势庞大的保镖们，和站在他们前面还在东张西望的徐爷爷。

他笑嘻嘻地一边挥手一边小跑过去。

"徐爷爷——"

徐管家戴着老花镜，好不容易地在人山人海中看见朝他奔过来的小天使。

"哎！小少爷！小心点啊！"

钟磊跳进徐管家的怀里，笑呵呵地回头和小伙伴说再见。

徐管家把他抱上车，气有些喘。

"小少爷，第一天上学感觉怎么样啊？"

钟磊坐在座位上很不安分地扭过来扭过去，不知道在寻找着什么，心不在焉地回答："很好啊，老师教我们ABCDE，那玩意儿太简单了，我跟她说英语，把她吓得半天说不出话来！"

徐管家嘴角抽搐几下，讪讪地笑着掏出手帕擦去额头的汗珠。

"小少爷在看什么呢？"

"我在找一个人！"

钟磊脆生生地答道，忽然大叫一声，"那里，在那里！何言在那里！"然后隔着玻璃拼命挥手。

徐管家好奇，顺着他的目光看过去，是一个扎着两个羊角辫的小姑娘，站在她旁边的似乎是她的奶奶。

他的心骤然一震动，那个人不是……

徐管家精神恍惚地回到家，任由钟磊一个劲儿地在前跑。关明烟站在楼梯处，等着孩子扑进她的怀里，然后把他举起来。她的身后是钟习衡。

钟习衡看着徐管家，微笑着迎上前，"徐伯，谢谢你了。"

徐管家张了张嘴，可是看见旁边的关明烟，欲言又止。

关明烟正在和钟磊嬉戏，并没有注意到他脸上不自在的表情，倒是钟习衡，看出来他的不同寻常。

"少爷，借一步说话。"

钟习衡转身，对着钟磊的脸响亮地亲一下，然后对关明烟说："你先带磊磊进去，下午上课也没吃什么，现在肯定饿了，给他弄点吃的吧。"

关明烟颔首，抱着他嬉笑着进了屋。

钟习衡和徐管家踱步来到游泳池边。

"少爷，我今天看见一个人了，虽然不是很清楚，但是我很确定，那个人就是多年前给你接生的接生婆。"

"什么？"钟习衡猛地转身，惊到了徐管家。他强装镇定，点点头。

"她的孙女和小少爷在一个幼儿园上课，看小少爷的反应，他们应该还是同班。"

钟习衡皱着眉，苦苦思索。

"你确定？"

"确定。"

然后，他便无言了。在游泳池边来回走动。徐管家看不过去，上前小声支招。

"少爷，如果你真心想要知道当年的秘密，这是最好的机会了，错过了就难再找回来了。"

钟习衡停下，与他用眼神交留。最后，缓慢地点了点头。

关明烟去日本那天，钟习衡没有去机场送她。罗代替他前往的。

她很失望。罗看着她脸上布满阴云，也不知道该怎么安慰她，只是淡淡地说："钟总今天有一件很重要的事情要办，但又担心你出什么事，所以让我来送送你。"

关明烟冷哼几声，"我能出什么事？我是一个把机场当公园的人，有事没事就过来走一下散散步，搭个飞机。还会出事？"

罗被她一席话噎得不行，脸红脖子粗，默默地站到了后面不说话。

徐管家连忙上前安抚她，"你也知道，少爷这个人心里藏不住事，一旦有了什么不清楚的事情，必须马上弄清楚才肯安心。他今天是去调查事情了，这件事情很重要，要不然肯定会来送你的。"

听了徐管家的话，关明烟没办法再小家子气，只好勉强地笑笑。

顾婉和 Rex 依次上前拥抱了她一下。

松司佐也给了她一个拥抱，并在她耳边轻声说："注意安全，不要激动过分晕倒了，那村上就必须得对你记忆深刻了。"

关明烟终于憋不住，咧开嘴笑了。松司佐也笑着对她挥挥手。

临走前，关明烟还意犹未尽地瞪了罗一眼。

钟习衡根据罗给他的地址，开车寻到一处小区前。从外面看，这里的房屋偏僻，而且有些年头了。来往的人大多以老年人居多。所以，他的车在这里格外地显眼。

"大叔你好。"钟习衡笑着弯腰上前，"请问 3 栋 402 室在哪儿？"

门口坐着几位大叔大伯围在一起下象棋，其中一位大叔听见他的话，抬头看了他一眼。

"你是来找何奶奶的吧？她不在家，送孙女上学了。"

钟习衡心又咯噔一下。

"那请问，何奶奶平日里什么时候在家？"看着他们投来怀疑的目光，他赶紧解释，"我是她的一个远房亲戚。"

"噢噢噢——这样啊，"大叔热情地为他解答，"平时就中午在家，下午还要去接孙女回来。十一点多的时候肯定在家。"

钟习衡点头谢过，离开时听见另一位大伯嘀咕着。

"没听说过何老有什么远房亲戚啊？她不是说她就只有一个孙女吗？"

"哎呀，你哪里知道人家是不是说真的呀，你看那小伙子，长得周正，开的车好像也很好，肯定不会是骗子。"

这一天，钟习衡等了很久也没有等到何奶奶回家。因为，她已和松司佐约好了要一起吃晚餐。

三人进了一家火锅店，点完餐。松司佐坐在对面，有些疑惑地问道："当年钟家给了你那么多钱，你完全可以去别的城市，或者买一栋好点的地方住着啊，为什么还要住老房子？"

何妈抚摸着何言的小辫子，叹了一口气，"我一个妇人，去别的城市难扎根，好歹这里是我的家，人熟地熟。房子这东西，能住就好，我还想留着那笔钱给何言长大用呢。而且，她上学也需要钱。"

松司佐想起自己的童年，心头涌上一阵阵酸楚。

"她父母呢？"

何妈又叹了一口气，"祸不单行啊。何言四岁那年，母亲得了肝癌去世，父亲出了车祸，失血过多而亡。在葬礼上，何言连一滴眼泪都哭不出来。一开始，他们都以为是她小，不懂事。后来半年过去了，她说话越来越少，不玩不闹，沉默无语，常常对着玻璃一坐便是大半天，他们这才察觉不对劲，送去医院，医生说是自闭症。"

"你说的他们，是指谁？"

"一开始是她的舅舅和舅妈抚养她，可是她跟他们处不来，我只好把她接过来，渐渐情况好转了，便把她留在身边了。"

松司佐不知道该说些什么，他看着比洋娃娃还要可爱美丽的何言，比怜悯还要令人痛心的情感席卷了他：这样清澈透亮的双眸背后，被扼杀了多少纯真和希望。

"你呢？你妈妈呢？"

"死了，有好几年了。"松司佐依旧看着何言，可是话语却冷淡了不少。

何妈也感到他不一般的态度，"怎么？你不喜欢你妈妈？"

松司佐终于收回目光，做了一次深呼吸，"不是，只是后来知道了事情全部的原委，我已经不能说我恨着谁，爱着谁了，我失去了判断力。"

何妈红了眼圈，不知道该说些什么，餐桌上只剩下火锅沸腾的声音。

"外婆，今天老师问我们去哪些地方旅游了，好多同学都说泰国好漂亮哦，我也好想去泰国哦，我都没有出去旅游过。"何言童真的声音穿透在场的人的心窝。松司佐把手交叠放在桌子上，身体向前探。

"何言，哥哥带你去泰国，好不好？"

"好哇好哇！"何言欢天喜地地拍着手，可是很快又安静了，"外婆去不去？"

松司佐看着何妈,眼睛含着笑意。

"去,当然去。有机会,外婆要和何言一起去。"

没有等到该等的人这让钟习衡心里很不舒服。

他回到公司,脸比乌云密布的天还要黑,所有的人都小心翼翼的,深怕总裁不高兴,惹火上身。整个公司都被低气压笼罩着。

罗把今天在机场发生的事情一一向他禀告,然后直着脖子、闭上眼睛,等着暴风雨来临。好似过了半个世纪,也没有什么动静,他才敢睁开眼睛,却看到钟习衡捏着腮一副深思的样子。

"你查到了那个社长是谁吗?"

"没,没有。我们怎么查都查不到,这个神秘人物似乎来头很大,外界也没有谁听说过这个人的存在,报社里所有的事情都是莱斯在张罗。但是,莱斯看上去也不是绝顶聪明的人,能把报社经营成这样,幕后肯定有高人指导。"罗的腿更软了。

他说得句句在理,却遭来钟习衡一记目光的鄙视。

"高人指导?我还有仙人指导呢!什么高人不高人,一般人找不到的人就是高人,找到了也就是比平常人更会装蒜的人。"

罗被斥责得无话可说。

"杨安安那边呢?"

罗这一次终于松了一口气,"一切都已安排妥当,我们用另一个人给影片投资了,很快就可以开拍了。"

钟习衡疲惫地向后靠去,一天疲劳过度,下巴那儿已经出现青色的胡茬。

"电影尽早开拍。务必要把杨安安捧红,明白吗?"

"是,钟总,明白。"

杨安安数一数自己喝蜂蜜的日子已经快有一周了,她越来越离不开它了。这一周她也变得更加奇怪了,很容易不安,心情烦躁,情绪不稳定,半夜听见脚步声,都会暴跳如雷地下床来回走动。而且一天不喝蜂蜜,她就会出现抽搐、恶心、呕吐的现象。

是生病了吗?

她上网查询了一下,对比一条条状况,她竟然发现自己的症状完全符合吸毒者初期的特点。她吓得不轻,甚至有一瞬间想举起电脑把它砸掉。

但最终,还是下不了决心,双腿一软,跌坐在地板上。

吸毒?她怎么会吸毒?她怎么会沾上毒品?

她拼命回忆着,第一次,投资方递给她一杯酒,也许那杯酒里就已经下了毒品；紧接着，和导演那一晚，她出现了幻觉，那种轻飘飘的，自由自在的感觉是从来没有过的，那杯鸡尾酒肯定有问题！

还有问题的，就是……

她冲进厨房，拿出琳达送给她的蜂蜜，她喝得只剩下半瓶了。愤怒燃尽了理智，她狠狠地把半瓶蜂蜜摔碎在地上。

身体颤抖着往后，退到墙边，靠在墙上大口大口地喘着气。

过了一会儿，她又开始抽搐，全身像有蚂蚁在咬噬着她的肌肤，痒痛难止。脑袋里有一个声音在对她说：爬过去，爬过去，舔一口蜂蜜，你就不用忍受这样的痛苦了，舔一口蜂蜜，你就会飘飘然，远离烦恼了。

可是另一个声音从更远的地方飘来：那是毒品，不能碰，吃一口你就会深陷其中无法自拔，你的一生都会被毁掉的。趁现在，陷得不深，赶紧自拔吧。

杨安安最终屈服身体的渴望，爬过去，舔念着地上残余的蜂蜜。

当她感到神清气爽的时候，她才惊觉，自己已泪流满面。

她的戏开拍在即，所有的媒体都对这部戏充满了好奇。杨安安知道，她要红了。

开拍前的一晚，琳达带着她和主创人员见了面。见面的地点是在钱柜。杨安安刚坐下，就把目光投向了导演，她知道那一晚她的鸡尾酒里夹杂着什么，她不说，只是把这些记在心里。君子报仇，十年不晚。

琳达笑着把她介绍给大家，还张罗着大家要对她多多照顾，看上去疼她疼得不行。可是杨安安心里也明白，这张美丽的面孔隐藏着多么狠毒的灵魂。她不急，她有足够的时间用来复仇。

复仇的第一步，她要强大，她要凭借这部戏，红透大江南北。

和她搭档的男一号是金像奖影帝崔海赫，面容不算英俊，但双眼满是磁性，看一眼就能把人深深吸引住，带进他的世界。

大家嚷嚷着要男女主角建立良好的关系，让他们喝酒。崔海赫不推辞，给自己倒了一杯红酒，又倒了半杯递给杨安安。

"哎哟喂，海赫啊，这样不行！你们还没有开始拍戏，你就这样护着她，以后开拍了，我们还在剧组怎么混下去啊。"KTV里一片混乱，在混乱中，杨安安起身，走到他面前，选择了盈满的酒杯，然后仰头灌下。叫好声一片，在这狭隘的空间里，伴着各种叫喊声，她看着崔海赫，露出倾城一笑。

"小妖精还挺有一套的啊，刚见面就把人家影帝迷得团团转呢。"散场后，琳达把杨安安扶上车，自己坐在驾驶位上，调整了一下镜子，看着镜里的人，又是一番冷嘲热讽。

杨安安不在乎地勾唇一笑，没有理会她，轻轻地说："赶快送我回去吧，明天就要开始拍戏了，得养精蓄锐了。"

琳达从鼻子里哼出一声冷笑,"还不知道能不能成大牌,就已经开始把自己当大牌了。"

杨安安并没有醉,她把琳达的每个表情、每个动作、每句话都看得听得清清楚楚,甚至把琳达的呼吸都记在了心里。

临下车前,琳达拉住她,"那蜂蜜,还要吗?我那里还有几瓶。"

杨安安心里恨,恨得牙痒痒,她恨不得现在就可以冲上去,把那张靓丽的容颜撕成碎片,但她不能。她还有大好前程。

"要,你都给我吧。"

琳达笑,松手让她离开。

关明烟的工作进行得很顺利,工作完成的当夜,她就搭乘班机回到 S 市。到家的时候,太阳刚刚升起。徐管家远远地就看见她,笑着迎上来,帮她拎过行李。

"磊磊还在睡觉吗?这几天幼儿园的生活还习惯吗?"

徐管家点头,"不知道有多好啊,他高兴得都不想回家,和一般的孩子真不一样。"

关明烟对此一点都不意外,依旧浅笑,脸上挂着旅行的疲惫。

"他从小就这样,到哪儿都是自来熟。国外的环境本就比这里开放,他的性格也自然开朗许多。"

徐管家笑着点头应和。走到了门口,他才开口问道:"关小姐不想知道少爷这几天过得怎么样吗?"

关明烟收住即将踏进门的脚,语气没有刚才那么欢快了,"他……过得好吗?"

徐管家的脸上总能挂着万年不变的笑容,"不好。"

关明烟立刻转身,惊慌失措清晰可见,"发生什么事情了?"

"那件事情少爷没有办成,这几天一直心情不好。"

关明烟不明白还有什么事情是连钟习衡都解决不了的,"到底是什么事情这么麻烦?"

她妄图从徐管家的口中得到些消息,可是他守口如瓶,一句话都不肯多说,只让她对少爷好一点。

早晨的别墅太过安静,一丝人气都没有,冰冷的空气从头到尾将人包裹住,空旷的客厅回响着她的高跟鞋声。她蹑手蹑脚地走到卧室,把门推开一条细缝,钟磊盖着棉毛毯,还在甜美的梦乡中。映着光线可以看到,他的一侧脸蛋还留有口水印。

"回来了。"不知何时,钟习衡忽然醒了。

"吓了我一跳。"关明烟的耳边突然又响起了徐管家的那句话,"多陪陪少爷吧，他需要你。"

关明烟被他盯得很不自在，拉上门，想要回到自己的卧室，却被钟习衡伸臂拦住。

"怎么了？"

"你的卧室被我撤掉了。"

关明烟睫毛闪动，叉着腰看他，"请你解释一下，什么叫撤掉了？"

钟习衡抿唇一笑，"就是你以后要和我住在一起了。"

恋爱的时候，关明烟和钟习衡在一起，最爱问的一个问题就是，我们什么时候结婚呢？

有一天，钟习衡终于被问得不耐烦了，下了决心要和她好好谈谈。

"请关大小姐给我一个理由，你如此向往婚姻的原因是什么？"

关明烟也端端正正地坐好，准备打持久战，要知道对手可是在全国大学生辩论赛中获得过最佳辩手称号的。

"请钟先生给我一个理由，你如此逃避婚姻的理由是什么？"

钟习衡翻白眼，"我没有逃避，只是现在说这些不现实。"

关明烟穷追不舍，"为什么不现实？"

钟习衡无奈了，"谁也不知道以后会怎么样，我自己尚未定性，怎么可以许诺你的未来幸福就一定在我这里呢？"

关明烟横眉竖眼，"你没有梦想哪有方向？你没有目标哪有动力？"

钟习衡斜眼望着她，"我什么时候说过你是我的梦想，你又是在何年何月何日成为我的目标？"

对手太强大，关明烟权衡了一下，智取是不太可能了，唯有拿出她的看家本事，就是厚脸皮。

"你刚刚说，我是你的梦想。在三百八十七天之前，你提出我们要交往，那个时候我是你的目标。"

"我刚刚哪有……"

"你刚刚说什么了？"

"我就说，我什么时候说过你……好吧，你断章取义。"

"黑猫白猫，抓得住老鼠的就是好猫。"

堂堂的辩论高手遇到了一个胡搅蛮缠的人，也只有束手就擒的份儿。钟习衡投降，长叹一口气，"你到底想怎么样？你想听我说什么？"

关明烟清了清嗓子，笑嘻嘻地看着他。

"我知道你不会，我教你，你跟我后面说喔。咳咳，关明烟，你是我生命里的导航灯，你是我生命里的救生圈。你若是地球，我就是月亮，坚定不移地跟着你走。在余下的日子里，我要爱你，宠你，疼你，喜欢你，呵护你，直到我

生命的终结。明白了不？我就想听你这样说。"

钟习衡被她的话惊吓得不轻，埋着头在书包里找东找西。

关明烟不解，"你在干吗呀？"

"找笔。"

说着，他找到一支夹在书里的笔，"想听我说那些话？"

关明烟拼命点头。

他毫不犹豫地把笔尖对着自己的心窝戳下去，装死。

"我宁可死了，一了百了。"

还不等迟钝的人反应过来，钟习衡抱起书包就冲出去了，奔至走廊处，才听见身后传来杀猪般的号叫声。

"钟习衡——你给我回来——"

以前总是自己追着他，口口声声称要过一辈子。如今，他终于提出来了，她怎么就退缩了呢？

"关明烟，你在怕什么？"钟习衡铁青着脸问她。

她也不知道，此刻在他咄咄逼人的目光下，她只想逃。

"钟磊需要一个家庭。"他压低嗓音，却丝毫不减魄力。

"不要再用钟磊威胁我，我不吃这一套！"

关明烟挺起腰杆，不让自己的气焰被他压住。

"那你吃哪一套？"

她看见他露出疑惑的表情，心里确认了他是真的不知道自己在想些什么。

"你的哪一套我都不吃。"

关明烟终于赢了一局，想要高傲地离开，但被他的大手钳住。

"松司佐就对你的口味了？"

她可以容忍他情商低，不明白她的心思；她可以容忍他工作忙，粗心大意；她可以容忍他不懂风情，在一起毫无浪漫可言，但是她绝对不可以一而再再而三地容忍他对自己爱情的侮辱，而这个侮辱更多是来自于不信任。

所以，她抬手，搧了他一巴掌，彻底，干脆，利落。

关明烟昂着头，不退缩地迎着他狂怒的眼眸，彼此心里暗暗给对方判了死刑。

钟习衡没有动，曾经那么可爱、那么善良的女孩子怎么会动手打人？打的还是她宣称最爱的人？曾经她连小毛贼都怕，现在却口齿伶俐，动作迅速，打人毫不手软。

说不生气是不可能的，想他从小到大何曾被人赏过耳光，更别说是女人了。他感觉到愤怒的血液在身体的经脉间涌动，冲撞着他的大脑，一次比一次迅猛有力，让他就快要失去理智了。

"关——明——烟。"他在牙缝里蹦出几个字。

"我受够你了。"关明烟大喊道。

他诧异地张着嘴巴，拧住她的手突然失了力，她挣脱开，决绝地走开。

受够了？她受够他了？关明烟受够了钟习衡了？

他在钟磊的门前伫立了许久，直到钟磊晃晃悠悠，头重脚轻地打开房门，走出来，一头撞在了他的大腿上。

关明烟怒不可遏。

安颖在对面打量了她许久，才决定开口说话。

"明烟姐，你没事吧？"

关明烟对谁都客气不了，凶狠狠地说："怎么了？"

安颖畏缩了一下，赶紧摇头。

"没事，没事，您继续，您继续。"

可是过一会儿，她又忍不住凑上前，"明烟姐，你是不是在日本玩得不开心啊？回来上班的第一天就面色这么差。"

关明烟怒发冲冠，"开心！我开心死了！我开心得都不想回来受气了！"

安颖受到了攻击，彻底没了战斗力，夹着尾巴回到自己的座位上，轻声嘀咕道："明明就是提前两天回来的，怎么就不想回来了呢……"

关明烟听见了她的嘀咕声，一口闷气憋在胸口，像被一块布堵着，上不去下不来，挤压着胸口疼。

"明烟姐，我先去主编办公室一下，这个……得交给他。"

安颖晃了晃手上的杂志封面，关明烟点头。

关明烟想借着咖啡清醒一下神智，端着咖啡杯路过安颖的办公桌时，看见她的手机一闪一闪亮着光。

她回头看看莱斯的办公室，用几秒钟下定了决心，拿过手机。

"怎么到现在才接电话？"

关明烟蹙了蹙眉，电话那边的声音很耳熟，似乎在哪里听过，低沉还夹杂着不满。

"对不起，安颖现在不在，我是她的朋友，请问你是谁？"

那边声音戛然而止，匆匆挂了电话。

关明烟不明所以地放下电话，端着咖啡杯走了几步，又回头看看周围，没有人在注视着她，她拿起安颖的手机，找到最新的通话记录，迅速记录下那串手机号码。

安颖回来的时候，关明烟刚好查到那个号码的归属地就是S市，她突然有些看不清楚这个小姑娘了。

"嘻嘻，莱斯说这期的封面做得很漂亮！表扬我了！"她得意扬扬，"就是不知道会不会给我加工资，加奖金什么的……"

关明烟盯着她的眸子，想要从中读到一些不同寻常的东西，可是她的眼里除了被表扬后的喜悦，什么也没有。

"刚刚有人打电话给你，我帮你接了电话，那人知道我不是你，就挂断了，你要不要打回去问一下？"关明烟在试探她。

安颖的脸色突然变了，有些紧张，有些局促。

"你……你接了电话？"

她装作很无奈，"你的电话一直亮着屏幕，我就帮你接了。"

安颖微张着嘴巴，不知道该说些什么，因为紧张，手指舒展得都不太自然了。

"我……我出去一下。"

"嗯。"关明烟做出随意的手势。正想着要不要跟过去，安颖突然回头，好像想起来了什么。

"对了，莱斯找你，想要和你谈谈。"

关明烟顿了下，然后笑着点头，"马上过去。"

罗拿着电话，忐忑不安地回到钟习衡的办公室。后者敏锐地察觉到他的出现。

"怎么样了，安颖怎么说？"

"回钟总，电话不是安颖接的。"他停顿了会儿，更加谨慎小声地说，"电话是关小姐接的。"

钟习衡的眼睛骨碌骨碌转了一圈，罗抬头，看见他正面对着自己。

"她有没有听出来是你的声音？"

"没有……"罗思索了片刻，又加了一句，"可是好像，有些怀疑。"话说完，他立刻把头埋得更低。

他听到皮鞋走在地板上的声音，越来越近，垂眉低眼间，一双锃亮的皮鞋停在自己的面前。

"抬头。"根据多年的经验，罗始终低着头，死也不肯抬。

终于，他听见钟习衡长叹一口气，把心里的闷气都吐了出来，他才万分小心地抬头。

钟习衡立刻一个爆栗敲在他的额头上，然后面带笑容地回到了座位上。

罗捂着吃痛的额头，不敢声张。

"下次做事给我小心点，必要的时候就给自己安装一个变声器。不要出任何差错，知不知道！"

变声器？他的脸色堪与青菜相比了。他尚未来得及对此做出评论，钟习衡又开口了，他望着远处的眼神有些缥缈，像是想要透过迷雾看到未来。"这家报社很不简单，背后有个大人物。罗，你赶快查清楚，我已经等不及了。"

莱斯难得面色和蔼，与关明烟一同坐在沙发上，有点儿促膝相谈的味道。

"明烟啊，这次日本出差感觉怎么样？"

关明烟衷心地笑着说："很开心，真的很开心。很感谢社长能给我这个机会，让我一睹村上大师的风采。"

莱斯呵呵笑着，笑声中并没有太多的欣悦。

"社长对你这样的留学海归很器重啊，也希望你可以借着这次文学交流会，写一篇稿子，大概内容就是写写自己的感受啊，见闻啊什么的……"

关明烟有些惊讶，指着自己，讪讪地笑。

"我？我来写？我文采不好的。"

莱斯丝毫不把她的话上心，摆手笑着说："社长看中的人才怎么会不好呢，你就只管写，写完以后我们也会交给编辑部的人，他们会帮你把关的。"

关明烟慢慢地收起脸上的笑，正色道："我写可以，但是我希望刊登出来的内容完完整整是属于我自己的。"

他并没有想到，这个女人如此坚韧。

"帮你修改修改，也是为你好啊，总比写出来被人批评好。"

她感觉自己受了侮辱。

"我可以写，而且我一定会写，但是我绝不要别人把我的文章修改得残缺不全。"

他面露尴尬。

"你……你还真是倔！好吧，都依你都依你！你看着办吧，写点儿什么出来总归是好的，毕竟我们报社也是 S 市唯一一家能够有资格参与文学交流会的。"

关明烟不给他留脸色，起身就欲离开。

莱斯看着她的背影消失，无力地跌坐在沙发上，先是掏出手机，拨给钟习衡，然后又用座机拨给了社长。这才头重脚轻，身体无力地倒在沙发上。

杨安安和崔海赫演的第一场戏是在树林里。

参天大树分出繁密的枝丫，在他们的头顶交错接合，把蔚蓝的天空遮得密密实实，唯有阳光可以钻过细小的缝隙，让人们沐浴在它的温暖下。

"开始！"导演一声令下。

远处的杨安安身着米色及膝的纺纱裙，脸上用化妆品表现出历经磨难的模样，一根马尾辫松松垮垮地挂在脑后，脚上穿着拖鞋，狼狈地从远处奔过来，带着惊恐的神色。

"停！"导演走过去，把剧本卷成一个卷，对她指指点点，"跑得不够快！要再快一点！然后脸上的表情要再生动一点！不要死气沉沉的。"

杨安安按着胸口，深呼吸几口气，等导演转身和摄影师说话的时候，她俯身，跷起一只脚。刚才跑得太不小心，一块小石头擦破她脚底，划了一道不深却很长的伤口。

"再来，第二遍，各就各位！"

她再一次开始没命地跑，越跑越累，眼看着离导演愈来愈近了，她脚下更加无力，这时一根被掩埋住的藤蔓勾住她的鞋，整个人失去平衡，重重地面朝下跌在了地上。

"停！"导演气势汹汹地走过来，举着剧本卷起的圆筒对着她指指点点，"你怎么回事？怎么没跑几步就跌倒了？你妈没教你跑步吗？你只会踩着高跟鞋在T台上扭啊扭，不会在草丛里跑步吗？不会就不要当什么演员！跑个步都折腾这么久！"

他骂骂咧咧地走开，杨安安神智开始恍惚，迷乱地爬起身，头绳掉了，她撑起上身，回头看看，树叶落下后经历了几场雨，铺盖住地形的原貌，可它们并不尽忠职守，一阵风就会将它们吹走。

她的头绳掉在某个地方，某片树叶之上，然后又被风带来的另一片树叶遮盖住，她很难再找到了。撑起身体的时候，手心传来钻心的疼痛，她这才看见自己的手也受伤了，她真的狼狈不堪，无须妆容来衬托她此刻的处境。

"再来第三遍！杨安安我告诉你，跑不好，你就一直跑下去，第四遍，第五遍，第六遍……直到你学会跑步为止！"

看着那张肥硕的脸，杨安安恨得发抖，她多想在众目睽睽之下，揭穿他那晚的腥龊样子，他趴在她身上，在她耳边黏糊的喘气声和吼叫声，他恶心的汗味，他胡乱摸索着的大手，他那张沉醉在情迷中依旧丑陋的脸庞。

一场戏结束，杨安安算不上遍体鳞伤，但也差不多了。

崔海赫拿着创可贴和几瓶矿泉水走到她身边，递给她。

"喏，把你脸还有身体，都擦擦，然后用创可贴贴起来，小心伤口感染，这个树林里……不干净，难免会有什么小病毒。"

杨安安接过来，冷静地看着他打量着这片树林，语带自嘲，"从来都只演富家少爷的人肯定不习惯以天为盖地为庐的拍摄地吧？所以导演都舍不得让细皮嫩肉的上场，专门让我这种不值钱的贱骨头玩命。"

崔海赫脸一阵红一阵白。

"你不要么贬低自己。"

杨安安喝了一大口矿泉水，再用剩下来的水浇在自己的肌肤上，清洗掉泥土。

"我没有贬低自己。我贬低的是你。白痴。"

崔海赫无语，看着衣衫褴褛的她姿态高傲地与自己擦肩而过，那一刻，他认为自己才应该是衣衫褴褛的那位，自卑，无趣。

忙碌了一天，钟氏集团的人陆续下班，一层层楼的灯熄灭了，唯有最顶楼的那一层，依然灯火辉煌，可以与夜空的星星相媲美了。最顶楼里的人根本没有察觉到时间的流逝，当罗匆匆地走进办公室，钟习衡才不经意地朝窗外瞥了一眼，才心惊，不知不觉中天已经黑了。

"查到什么了吗？"

罗收回目光，重新回到工作上，"根据莱斯发来的资料，我们查到了一些内容，这是我们整理出来的。"

钟习衡本以为会是厚厚的一叠，可拿到手却轻飘飘的没有几张纸。

"这么少？"

"对，根据目前我们掌握的情报显示，这家报社曾经是钟氏集团的，在……"

罗看了一下钟习衡，语气转换了一下。

"在您的父亲去世后，这家报社转到了一个日本人的手里。我们查不到这个日本人是谁，唯一能知道的就是这个人是个女的。"

"女的？"钟习衡越来越捉摸不透了，爸爸从来没有和他提过报社的事情，他一直以为他们家只拥有钟氏集团，现在怎么会又冒出来一家报社呢？为什么爸爸没有把报社给自己？爸爸把报社给了谁？那个日本人是谁？和爸爸又是什么关系？现在那家报社还是那个人在掌控着吗？钟习衡站在落地窗前，窗外的灯红酒绿都倒影在他的脸上，折射出斑斓的色彩。

他一直敬仰尊重的爸爸，原来竟有这么多秘密瞒着他。他骤然感觉到，自己正站在一个宝藏的入口处，里面有很多不为人知的秘密等着他去发掘。

就在他沉思之时，他的私人手机响起。钟习衡从西装口袋里掏出手机。

"怎么了，徐伯？……不见了？什么叫不见了？"

钟磊失踪了。

关明烟正在办公室写那篇类似游记的文章，却接到钟习衡打来的电话。一听是钟磊失踪了，她脑海里第一个蹦出来的想法，就是钟习衡在骗她，故意用这个办法骗她回家。

但渐渐的，她觉得不对劲了，他的说话声中有着很明显的焦虑和不明显的紧张，不管是哪一种，都不是正常的钟习衡会有的。她甚至听见徐管家指使着各个保镖到处寻找的声音，还有罗，他正在打着电话让各路人帮忙寻找。

这下她相信了，钟磊真的失踪了。

关明烟以火箭般的速度赶到钟家别墅，里面一片混乱，所有的人都因为钟磊的失踪忙得焦头烂额。

"钟习衡！"她看见站在客厅中央，还在指挥着别人做这做那的男人，愤怒难抑。

她冲上前，想要第二次掌掴他的脸，但是他太精明，早已看出了她的心思，先抓住她的手腕。

"现在不是让你闹的时候,你先告诉我一切钟磊可能去的地方。"

关明烟的胸口起伏着,过了一会儿,她才平静了些。

"钟磊和我一样,刚刚回来,这里没有朋友,没有同学,我不知道他会去哪里。而且比起他和别人出去玩了,我更愿意相信是你惹的祸!"

"没有多少人知道,他是我的儿子。"

关明烟不让他逃避开自己仇视的目光。

"是你告诉我,他被保护得多安全;是你告诉我,每天上学放学的时候,有多少保镖跟在他的身边守护他的;是你告诉我,我的担心是多余的!是你!是你!"

钟习衡本就心情急躁,听她这样处处指责,无疑是火上浇油,他稍微使了点儿劲,就把她甩开了。

"你说够了没有?"

徐管家恰时上前,很是愧疚。

"明烟,是我不好,少爷吩咐我看护小少爷的安全。今天下午放学,是我太大意,以为有保镖在,准能接到小少爷,就去马路对面给小少爷买他最爱吃的梅花糕,谁知道,梅花糕买到了,小少爷却不见了。"

关明烟的气焰灭了,不知该说什么好,看着徐管家摊开手帕,一层层包裹着,最里层是已经有些软化的梅花糕。

时间一点点过去,指针从六点走到了八点,然后逼近九点。

几乎半个城市的人都知道钟磊失踪了,却没有一个人能提供一条可靠的信息。

不好的预感笼罩在每个人的心头,屋内黑压压地站着许多人,谁都不敢说话。

关明烟想起一个人,然后拿着手机,走到门外。

"你去哪儿?"钟习衡叫住她。

"打电话。"她头也不回。

"给谁?"

"松司佐,也许他会知道。"

松司佐很快赶了过来,钟习衡面色黑黑地盯着他,两个人目光交汇之处,总会引起电闪雷鸣。

关明烟插到两个人中间,看上去她被焦虑折磨了很久。

"为什么现在才打电话给我?"

关明烟嘴巴左右歪了歪,"还不是某人自负,总觉得世界上没有他办不了的事情,不让我告诉你。"

对于钟习衡的大男子主义,松司佐在大学时期就已经领教过。

"知道了,我先打几个电话帮你问问看。"

关明烟很期待，点头称好。

"钟总，你捏着我的骨头很疼。"罗饱含热泪地看着自己逐渐红肿的手腕，实在忍不住疼痛了。

钟习衡没听见他的求救声，眯着眼睛，看着站在门外的阶梯上徘徊的两人，脸上是赤裸裸的醋意。

关明烟等待着松司佐一连几个电话过后，他踏上阶梯，带着释然的笑。

"我知道钟磊在哪儿了，我们现在过去吧。"

一直紧绷着的神经终于可以松懈了，关明烟拉着松司佐就往外走去，完全忽视了里面的钟习衡。

也不算完全，可能还带着小小的故意。

"他们走了啊，好像松司佐找到了小少爷。"罗不怕死地说了一句，惹来钟习衡用力的一拳。

"走，跟在他们后面。"一声喝令，屋内的人齐齐出动，在夜幕中很快消失。

令钟习衡万万没想到的是，他们最后停在了那个小区门口。

他的目光紧紧锁住松司佐，一秒钟也不肯放松，心里却在默念，不要是她，不要是她。

松司佐走进3栋，不一会儿，领着钟磊下了楼，他抬头看见一扇窗户开着，一个长得像芭比娃娃的小女孩对着钟磊使劲儿挥手，站在小女孩身后的是一位五十多岁的妇人。

那一刻，他几乎就可以肯定她就是别人口中的何奶奶了。

可是，他还是有些怀疑，她看上去有那么老吗？

看见儿子，关明烟无疑是高兴的，钟磊跑过去扑进她的怀里时，她原本打的腹稿一句都没有用上，她不忍心在他笑得这么开心的时候责备他。

她没有注意到，松司佐朝着钟习衡走过去。

"钟少爷也有失手的一天啊。"松司佐一副欠扁的笑容，靠在小区门口的铁门上，长腿前伸，散发出优雅的慵懒。

钟习衡的脸黑到了不能再黑，"我也没想到，你也有发挥作用的一天。"

对于他的回击，松司佐完全不放在心上。

"明烟那么爱孩子，重视孩子，你居然还能闹出这么一乌龙来，看样子，你真的不想好好过喽？"

钟习衡被他气得说不出话，紧抿着唇，颇具杀伤力的眼睛盯着他的一举一动。

"我的意思是说，如果你不想和好就放手。"

"然后你乘虚而入？"

"我不在乎是不是替身。"松司佐很有胆量地朝他走过去，"风水轮流转，指不定哪天，替身也可以翻身当正室呢。"

第五章　为谁风露立中宵

钟习衡恨不得冲上前,对着那张俊美得近乎妖孽的脸打上好几拳,一只眼睛打一拳,嘴巴打一拳,鼻子打一拳,让他没脸见人。但是钟磊在这里,明烟在这里,他不能失了风度。

"你走不走?"

"走,现在就走。"

话毕,松司佐就扯开嗓门。

"明烟,我先走了,你自己小心点,看好钟磊哦。"

关明烟放下钟磊,她看见两个男人站在一起,一个背对着她,一个正面对着她,气氛甚是诡异。

"回去小心点。"她回道。

趴在窗子上目送着钟磊远去的何言跳到了桌子上,然后又跳到小板凳上,最后落在地板上,跑着去找外婆。

"外婆,为什么今天晚上有那么多人来找钟磊啊?那些人都穿着黑衣服,是不是从地狱来的坏蛋啊?"

何妈揉了揉何言的头,亲昵地贴着她的脸蛋,"他们不是地狱来的坏蛋……"

"那今天抱着钟磊的那个漂亮阿姨是他妈妈吗?"

何妈目光闪烁,"是啊。"

"哦。"何言挣扎了几下,从她的怀里逃脱。

"钟磊真好,有爸爸妈妈疼着。"

拍了一天的戏,杨安安累得骨头散了架似的,口干舌燥,剧组的饭菜瞅着不好看,闻起来不新鲜,吃起来更恶心。她吃不下,下午体力更虚弱,多亏了崔海赫给她带了饼干。

晚上回到家,她习惯性地走到厨房,找到蜂蜜,只剩下一个空瓶,她这才想起今天本该跟琳达说的。她从包里找到手机,想要打个电话给琳达,但是犹豫了一会儿,她还是放下手机。

也许这一晚她可以熬过去。

想到这儿,她赶紧让自己忙碌起来。收起晾在阳台的衣服,整理好放进了衣柜,然后去浴室,好好地享受了热水澡带来的舒服。最后,万事都结束了,她躺在床上做面膜。这个时候,她已经感觉到毒瘾发作了。

蚂蚁咬噬的痒痛又回到她的身上,她感觉到自己的精神越来越难以集中,头疼欲裂,好像有一只魔爪快要撕裂她的头部,她想起身喝水,一阵眩晕袭来,她又倒在了床上。

她摸索着手机,与此同时,身上的温度越来越高,整个人如同置身火海,燥热难耐,她需要毒品,她需要蜂蜜。

她好不容易找到琳达的电话，迅速拨通。

"琳达，救我……我好难受，我好难受……"

听到她粗重的喘息，还有断断续续的说话声，琳达知晓她的毒瘾已经发作了。

杨安安在生死边缘挣扎，她忽然感觉到死一样的放松，她真的死了吗？她整个人都轻了，飘在了空中，一朵朵云载着她，她置身其中，忘了尘世的烦恼和忧愁。可是，她逐渐可以看清眼前的物和人了，琳达双臂交叉欣赏着她吸食毒品后的模样。

"感觉怎么样？"

杨安安咬着牙，"爽得快要升天了。"

琳达刺耳地笑着，"能不能升天可不一定哦，天堂不一定会要瘾君子，不过地狱肯定乐于接收你这样的人。"

杨安安挣扎着要站起来，但是全身无力，她还在恢复。

"都是你，都是你干的！是你在蜂蜜里面掺了毒品！"

琳达耸着肩，"我也不过是按照规矩办事，上面有人看你不顺眼，我只是遵从他的指挥办事。办完事，拿钱走人。你说我给你吃毒品，有证据吗？有证据就告我啊！"

杨安安无话可说，只能瞪着眼睛看她。

"这也是最后一次给你免费吃毒品了，下一次可就要收钱了。"

琳达扭着婀娜多姿身体，走出她的房间。杨安安空洞地睁着双眼，两行清泪滚滚落下。

"妈妈，今天晚上你可不可以和我一起睡觉？"钟磊光着脚丫爬上床，忽然抱住她，铆足了劲，不让她离开。关明烟很为难，她已经对自己发过誓，不再在钟家多住一晚。

她温柔地坐在床沿边，拥着钟磊，和颜悦色地问道："磊磊，你很喜欢这里吗？"

"嗯，喜欢。这里是我们的家。"

"那你今天为什么不早点回家，却跑到别的人家去玩了？"

"何言不让我说。"

关明烟皱了皱眉，这么小的姑娘就有心计了吗？

"为什么不让你说？"

"她说那是我和她之间的秘密。"

"那你告诉我，不告诉她你告诉了我，这就是我们之间的秘密，好不好？"姜还是老的辣。

"她说，她家里有我爸爸小时候的照片，我想看。"钟磊睁大眼睛，望着关

明烟。

关明烟万万没想到会是这个答案,突然间,仿佛丧失了说话的能力,"她家为什么会有爸爸的照片?"

钟磊摇头。

"那你看到了吗?"

钟磊点头。

"呃——可爱吗?和磊磊比起来,谁可爱?"

钟磊表情很痛苦,十分困难地做了决定,"其实,我觉得还是我更可爱一点,但是你不要告诉爸爸哦。"

站在门外的钟习衡听到这句话,微笑着摇了摇头。

好不容易把钟磊哄睡着了,关明烟这才蹑手蹑脚地走了出来,看见钟习衡靠在门边的墙上,一脸无语。

"听到宝贝儿子说的话了?"

钟习衡斜眼望着她,"哪句话?"

"我觉得我的爸爸不如我可爱。"关明烟调皮地学着钟磊说话的腔调。

钟习衡轻叹了一声,"这个不是重点,重点是那个女孩家居然会有我的照片。"

关明烟也点了点头,变得认真起来,"是啊,你觉得那个女孩是谁?"

钟习衡看着她,难得柔情,"女孩肯定就是女孩,重点在女孩的外婆是谁。"

关明烟听完这些话,正要转身回屋。身后突然传来钟习衡的问话:"你现在要去哪儿?"

她杵在原地,走也不是,不走也不是。

"你不是说永远都不要回来了吗?"

关明烟挺着胸,中气十足,"只要你答应让我带走钟磊,我就不会再回来了。"

钟习衡不在乎地回应道:"只要钟磊愿意离开,我就不会强留。"然后,他让开道,一副得意的表情,好像是说,可以啊,你去吧。

关明烟总有种被他吃定的不甘心。

少女时代,她还年少无知,享受着和他一起走在校园,被众女生羡慕的滋味。她尚未形成主见,生活中绝大部分事情,都是钟习衡在为她做决定。她也曾向顾婉抱怨过,就连顾婉都在嘲笑她,说她就是孙悟空,几百年都翻不出如来佛的手掌心的。

几百年,需要几百年的时间吗?仅是过去了六年,她就不想听从于他了。

她享受在美国的时候,自己打工获得生活费,哺育钟磊,虽然艰辛,但有着独立带来的不同凡响的自豪和满足。她想要一些自由,她想要一些价值的体现,她希望自己不仅仅是他的附庸,她不希望别人提起她的时候,仅仅用"钟习衡的太太"做修饰。现在的她是一位翻译，她有工作，有社会地位，就算未来的某一天，他们又走到了分岔路口，她也可以骄傲地拖着行李箱离开，不为金钱发愁，不为生活低声下气地依附着他。她要自己活得有尊严，而这份尊严必须建立在经济可以独立的基础上。

而这些，都是钟习衡不能明白的。

他高傲，他习惯了别人的俯首称臣，他需要一个温柔的妻子，在家相夫教子。他大男子主义，他希望女人是把他当做自己的天、自己世界的神一样的存在。

而这些，都是关明烟不能做到的。

所以，当钟习衡第一次诚恳地近乎乞求地对她说："你回来不好吗？你在家可以更好地照顾磊磊，徐管家、那些保镖永远比不上你的。我已经有很多钱了，不需要你去报社劳心费神。"

其实，他还有一句话没说出来，而且那家报社的社长还很不简单。但是，关明烟已经听不下去了。

"我去报社劳心费神？你的话应该没说完吧，你应该是想说我劳心费神赚来的钱，也不如你靠在老板椅上，拿着笔签个名赚来的钱多吧？"

钟习衡没有回应，他是有这样的意思。但是他还知道彼此尊重，他是有格调的人，断然说不出这样伤人的话语。但是沉默往往比劈头盖脸的谩骂来得更加伤人。

关明烟见他不说话，一下子就怒了，"钟习衡，如果你想要重新开始，请你尊重我。尊重我是一个人，是一个有独立生存能力的人。"

钟习衡被她的话激怒了，有些失态，有些口不择言。

"我只是怀念过去那个单纯不懂事，虽然爱惹祸但是把我当做她全部的关明烟！"

她盯着他许久，声音好似从远古时代飘过来。

"那个关明烟早死在六年前了。那个关明烟怎么有能耐斩荆披棘再站在你的面前呢？"

他借着微弱的灯光看着她，她的脸上有他从未见过的坚韧，亮晶晶的眼眸闪着傲然于世的光芒，美丽的脸庞经过岁月的洗礼平添了成熟的魅力。

他忽然间，好像更爱她了。

想到这些，关明烟最终还是选择了离开，她没有办法在遭受了那样的侮辱后，还要留下来。深夜时分，她无处可去，最后还是熟门熟路摸到了安颖家的门前。

安颖的上衣斜斜垮垮地挂在肩上，随便拢起的马尾辫绑在左边，跷着一个弧度。她眯着小眼睛，半天才认出来门前的人。

"明烟姐？"

"我现在又无家可归了，没有其他地方可以去，只好投奔你了。"

第五章　为谁风露立中宵

关明烟径直走进去,安颖朝着她身后使劲儿望了会儿才关上门。

"钟习衡知不知道你投靠我了?"

关明烟强忍住翻白眼的冲动,"我就是过来借宿一宿,怎么就成投靠了?我又不是敌兵。"

安颖听她这么一说,顿时觉悟了。打了一个呵欠,往房里走,边走边说:"那就跟我睡吧,你先去洗澡,我先睡了哈。好困哦——"

关明烟丝毫没有困意,"你笔记本呢?"

安颖没有停下,继续向前走,"笔记本没带回来,你去书房用台式机吧。"

关明烟笑了笑,走进浴室。洗完澡,她先去卧室看了看,见熟睡的安颖一只脚露了出来,半个棉被都掉在地下。她走过去,帮安颖重新盖好,然后走进书房,打开电脑,屏幕的光线在黑夜中照亮了她的脸。

关明烟不擅长写文章,她擅长的是翻译,而根据自己的思路记叙一件事情,抒发内心的情感之类的文章,自从高考过后,就再也没有动过笔了。虽然写得少,但毕竟肚子里的墨水多。而且,一想到钟习衡,她又满身的动力,她必须证明自己可以有所作为。于是,关明烟胸有成竹,开始构思。

罗半夜被电话铃声吵醒,看到来电显示的人,又可恨又无奈。

"你大半夜找我有何贵干啊?"

"你告诉钟总一下,明烟姐在我这儿写文章呢,让他不用担心。"

罗一骨碌爬起来,"怎么,怎么回事啊?她怎么跑去你那儿了。"

安颖拍拍嘴巴,打个哈欠,"不知道,我去睡了啊。你记得告诉钟总。"

罗还没来得及和她聊会儿天,她就啪嗒一声毫不留情地挂断了电话。他只好再拨通另一个电话。

"钟总,刚刚安颖汇报说,关小姐现在在她那儿,正在写文章。"

"写文章?"他躺在床上,脑海中已经有了她一边咒骂着自己一边奋笔疾书的样子。

"呃,这个我就不清楚了。"

"那好,知道了。"

松司佐在酒店门口看见一辆价格不菲的私家车,就知道钟习衡来了。

"无家可归的人只能住酒店,不知道这是奢侈还是一种悲凉啊。"

钟习衡冰凉的语句迎面而来,松司佐不怒不恼,"原来万人仰视的钟习衡也能说出这么薄情的话啊。刚刚见面就用这样的话问候别人,未免有失风度了吧?"

钟习衡不理会他略显刻薄的话,"对什么样的人说什么样的话,对你不需要有风度。"

松司佐听着不乐意,撇着嘴不说话,摆出一副不合作的态度。

钟习衡也知道自己语气不好，顿了一下，说道："我们已经不是八年前的少年了，当年的意气风发、血气方刚用在这个时候就变得不伦不类了。找个地方谈谈？"

松司佐虽然不满意他的态度，但他的话说得倒也没错，松司佐点了点头，带着他上了楼。

"宾馆里好好的一间房，竟被你弄成这个样子。"钟习衡一走进去，就被里面摆满的油彩画闪到了眼睛，"这里没人打扫吗？"

"有啊，怎么了？"

钟习衡坐在沙发上，提起衣服，深怕弄脏了。

"他们对此不闻不问吗？"

松司佐得意地一笑，"我跟他们说，我有足够的能力把这家宾馆买下。"

钟习衡扑哧一声笑了，然后又不自在地捂住嘴巴。

"昨天晚上谢谢你，要不是你，估计我们没办法那么快找到磊磊。"

松司佐笑着垂下头，"明明就是你们压根找不到，何必非要说是晚点儿才能找到呢？"

钟习衡不和他计较，这不是他今天来的目的。

"我想知道，你是怎么知道磊磊在那里？你又是怎么认识那家人的？"

"这才是你来的最终目的，对吗？"

钟习衡对于他的问题不置可否。松司佐等了会儿，才点着头，起身站在窗户边，靠着窗户。

"何妈，是我母亲的朋友。我来中国之前，我的母亲把她的地址和电话给了我，所以偶尔我会过去看望一下。何妈有一个孙女，叫何言。凑巧的是，她与钟磊同班，而且关系密切。我见过他们一起玩耍。"

钟习衡很仔细地听着每一句话，听他解释完毕后，才开口问话："你母亲……不是日本人吗？怎么会认识中国的女人？"

有那么一瞬间，他好像看见松司佐的脸上露出噬骨的恨意，他眨了一下眼睛，想要看清楚的时候，才发现松司佐面无表情。

"我母亲不是日本人，只是……后来移居日本的。"

钟习衡点点头，似恍然大悟。

"那你父亲是日本人？"

松司佐挑眉看着他，"你是在调查户籍吗？我为什么要告诉你这些！"

也许钟习衡也觉得自己问得过分了，便没有继续纠缠这个问题。

"那你可以给我何妈的联系方式吗？我……有事情想要和她谈谈。"

出乎他的意料，松司佐沉默了很久，才开口说："对面一条街上有一家露宵咖啡厅，就是她开的，虽然不常在，但是她每周二都会去视察一下。今天是周二，你去那里应该可以找到她的。"

钟习衡点点头,想要说谢谢,但是又说不出口。

两个深爱同一个女人的男人突然感觉到一种微妙的气氛充斥在这个房间内,他们对视了好久。钟习衡正要转身离开,松司佐突然开口了,"给明烟一些自由,给钟磊一些父爱。这都是他们需要的。"

钟习衡愣了一下,关上门,转身离开。

钟习衡毫不费力就找到了露宵咖啡厅。他推开门走进去,风铃叮叮作响。

"请问先生几位?"

"我找店主何女士。"

"请稍等。"

礼仪小姐带着他在一个靠窗的位置坐下,不一会儿,一位着装得体的中年妇女走过来,在他的对面坐下。

"我早就猜到有一天你会找到我。"何妈看着对面西装革履的人,含着笑默默地望着他。

钟习衡突然显得很局促,在她的面前,他找到了儿时面对父母时的不安与紧张。

"我找了你很久,也去过你家的小区,但是都没有见到你,要不是昨天晚上发生的事情,也许我还需要一段时间。"

何妈品着咖啡点头,"昨晚我感到很抱歉,但是两个孩子聊得来,我只好把他们带回家。钟磊很像小时候的你。"她迟疑了下,还是添了最后一句话。

钟习衡笑得有些害羞,"何妈,你还记得我小时候长什么样吗?"

何妈立刻挑眉,表情有些夸张,但是不掩喜悦,"记得,怎么不记得!钟太太最喜欢的就是拉着你出去散步,看见的人都会说,你是天使,是这个世界上最美丽的小孩!长大后一定是位美男子!今日看来,那些人的话还真是灵验了!"

钟习衡很不自在地舔了舔嘴唇,喝了一口咖啡,余香在口中萦绕。

"我已经算不上天使了,在商场上待得太久,心境早已与天使无法比拟了。"

何妈摇头不认可,"随着时间的流逝和岁月的雕琢,心境一定会变得复杂。关键是你的灵魂。你的灵魂是不是完整,是不是依旧纯净,这才是判断你是不是好人的依据。"

"可是……"

"这个世界需要的早已不仅仅是一个好人了,习衡。"

很久没有听到谁这样亲切地称呼自己了,久到钟习衡开始忘记自己在长辈眼里也只是一个孩子。

"何妈,你能告诉我,二十八年前,到底是谁生下我的?"

早晨已过,午时未到,阳光比晴天多些强烈,比烈日多些柔和。它将窗户洒满,营造了温暖的氛围。

　　何妈笑了笑，开始讲述二十八年前的故事。

　　"那时候，我只是钟家一个普通的女佣，二十几岁，风华正茂。每日除了做事干活，最爱做的事情就是和几个要好的朋友围在一起谈论爱情，向往未来。有个夜晚，我正睡着，突然听到楼梯上传来急匆匆的脚步声，我向来睡眠浅，被惊醒了就很难再入睡。于是，权衡了片刻，我裹着大衣下了床。我看见大门打开着，外面狂风暴雨，我一边想着是谁开的门，一边走过去想要把门关上。

　　"现在想，那个时候我居然一点都不害怕。无知壮胆大呀。我走到门边，顶着风，想要把门关上。这时，一只手忽然握住我的手腕，我吓了一大跳，想要尖叫的时候，钟少爷——也就是你的爸爸，从旁边闪出来。

　　"他的脸上是我从来不曾见过的恐慌和失措，他问我会不会接生。那时候，我还是一个黄花闺女，哪懂这些事情，我赶紧摇头。钟少爷锁着眉，表情很犹豫，半天下不了决心，最后一跺脚，拉着我就往外面跑。我被雨打湿，脚上穿着的还是棉拖鞋，身上披着的还是薄薄的睡衣，加个质量不好的大衣，抵挡不住初冬的严寒。

　　"我牙齿打战，大声问少爷要带我去哪儿？钟少爷一个劲儿地往前冲，回头看我的时间都没有，他只说需要我的帮助。然后，我上了车，钟少爷刚毅的脸在闪电中显得有些阴森。我看着他的侧脸，心里在打鼓，不知道他会把我带去哪儿。最后，我们在一间普通的小区门前停住。他两步并成一步地拽着我上楼，连拭去脸上雨水的时间都没有留给我。我们停在一扇门前，他哆嗦着手打开房门，里面传来一个女人的惨叫声。

　　"我跟在钟少爷的身后赶过去，看见里面是一位年轻貌美的女子。她挺着大肚子，躺在床上，两只手扶住挺着的腹部，那么寒冷的季节，她的脸上却布满了汗珠。钟少爷问我有没有什么办法能帮她缓解痛苦。我说我不知道，但是我在乡下的时候，听过妈妈一辈的人说过一些，有关于女人生产时要做的事情。我摸着胸口，慢慢镇定下来，吩咐钟少爷，让他去准备毛巾、剪刀等物品。那是我迄今为止见过的最艰难的生产。

　　"好几个小时过去，她疼得晕了过去，又在疼痛中醒过来。我甚至看见坚强的钟少爷为她落了泪。他把她抱在怀里，搂得紧紧的，一遍遍吻着她的额头，安抚她，温暖她。这样的状况一直延续到清晨。雨停了，外面的树枝滴着水滴，房间内响起了婴儿的啼哭声。钟少爷很高兴，顾不得婴儿的身上还带着血水，他不停地亲着他的脸，虽然此时的婴儿脸上皱巴巴的，在他的眼里也是最可爱的。

　　"后来，钟少爷为了感激我的帮忙，给了我一大笔钱。我已经不再是普通的佣人了，我留在了钟太太的身边，服侍她，也服侍你。钟太太去世后，我带着那笔钱离开了这座城市，也带走了那个秘密，现在几乎没有人知道你的真实身

份了。"

何妈说完，钟习衡已经落下眼泪，英俊的五官都扭曲了。

"我，我从来不知道妈妈生我，为了生下我，受了那么多的苦……我从小以为……你知道的。"

何妈握住他的手，一遍遍说："我知道，我知道，我都知道。我看着你长大，我比谁都了解你，你太像钟少爷了。"

"她……她怎么做到的？瞒过了所有人。"

何妈唏嘘，"钟太太不能生育，留下你，把你当做自己的心肝宝贝也是没有办法的办法。"

钟习衡摇头，不想听下去。

"你知道，我的母亲，亲生母亲现在在哪儿吗？我查了好久，好久好久，怎么一点消息都没有？"

何妈凝视着他，不知道该怎么说。她踌躇着，嘴巴张合了几次。

"这个世界上只有死去的人才不会留下蛛丝马迹。"

钟习衡听到这句话后，呆住，久久不能说话。

"我和你的母亲交往并不多，但她喜欢在午后品着咖啡，欣赏丛林花开，聆听鸟语欢唱，这个咖啡厅的名字也算是她取的名。"

"露宵？"

"对，"何妈的笑充满回忆，"她常说，为谁风露立中宵。"

第六章 把从前、离恨总成欢,归时说

拍戏的过程远比杨安安想象中的辛苦,她不止一次地看见琳达在和导演交涉,而每一次交涉结束后,导演都会对她刚才的表现进行一番评头论足,然后一切重来。

日复一日,她对毒品的需求也越来越大,依赖性越来越强。从每两天一次到每天一次,偶尔压力大的时候,就变成了每天两次。而琳达也已经不再无偿为她提供毒品了。

"安安,这是我的朋友从日本带来的巧克力,你尝尝,味道很好。"

崔海赫是影帝,剧组里所有的人都把他当做菩萨供着,唯独她不买他的账。她越是不买账,他越喜欢靠近她。剧组里很多女孩,都在暗中挑她的刺,以此宣泄自己的嫉妒。

杨安安不客气地接过巧克力,"味道有多好?比毒品味道还要好吗?"

崔海赫看似经历了丰富的人生,本该成熟稳重,不过他的经纪公司把他保护得很好,他依然是大男孩一个。

他被杨安安的话吓到了,"别瞎说!你又没有尝过毒品,你怎么知道毒品的味道很好?"

杨安安千娇百媚地笑,把他迷得神魂颠倒。

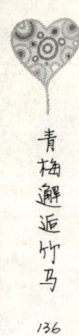

"我不过随便开一个玩笑,你紧张什么?难不成,大名鼎鼎的崔影帝,连一个玩笑都开不起了?"

崔海赫俊美的脸颊羞得泛着粉色。在喜欢的人面前,再强大的身份都给不了勇气。

"我没那么……还有,你已经很瘦了,不要再减肥了,我听琳达说你靠节食减肥,这会影响你的健康,现在在拍戏,任务繁重,不用再折腾那些了。"

杨安安斜着眼,看见琳达站在不远处,用警告的眼神回敬她。她笑得更加灿烂了,拉过崔海赫的手,放在自己的腰间,"你摸一下!我哪有很瘦啊!"

崔海赫清楚地感知到单薄的衣物包裹下的细腻肌肤,他手指微微颤抖着收了回来,脸比刚才更红。

"你已经很瘦了,腰肢也很细,不用再减肥,真的不需要了。"

杨安安很委屈地埋下头,撒娇道:"可是导演要求我有一种病态的瘦削,说这样才符合剧本中的角色,太健康的瘦显得不现实。"

崔海赫受不了的就是她这一套,她一软,他便招架不住。

"我去帮你和导演说,这样下去会出人命的。"

杨安安等着他走远,才不大声地唤他,"别啊,海赫!"

崔海赫哪里肯回头,对着她摆了摆手,朝导演走去。

杨安安看着琳达走过来,笑得好不开心。

"你离他远一点!你最好掂量掂量自己几斤几两!"琳达的话对于她已经构成不了威胁。

"哎哟喂,我好怕怕呀!"瞬间,杨安安便换了一副面具,"我几斤几两我清楚,你几斤几两你清楚吗?只要他喜欢我,恋着我,我就永远比你值钱。"

"你!"

"要想让我离他远一点,你就给我点'蜂蜜'。"

琳达忽然笑开了花,"他知道你在吃'蜂蜜'吗?"

"不知道,我也不在乎他知不知道。反正失望的是他,痛的也是他。"杨安安剪着指甲,摆出万事万物都伤不到我的姿态。

琳达咬紧了牙关,眼里燃烧着熊熊火焰,精致的面容因为愤怒而失去了美感。

"晚上到摇滚酒吧,你会找到你想要的东西。带上钱,他们不会白给你的。"

杨安安眨了几下眼睛,露出令花儿都惭愧的笑容。

摇滚酒吧是 S 市夜间生活最丰富的圣地。多少人迷醉在这里,忘却生死,忘却世俗教条,忘却人生苦短,尽情地纵欢纵欲。杨安安往里走得越深,越是深有感触。

几个月前的自己还是一个乖乖女,几个月后,自己已经能在面对社会最肮脏的一面时，目光冷滞，不做任何反应。

"安安，这边。"琳达守在一间包厢的门口，她穿着暴露，脸上的妆容夸张厚重，完全不是平日出入高级写字楼的模特经纪人。

杨安安捏紧了自己的腰包，朝她走过去。

"进去，大家都在等你了。"琳达看见她双手护着的地方，鼓鼓的，知道她是有备而来。

杨安安推开厚重的门，里面音乐声小了许多，厚厚的门将内外隔开，少了噪音。

"这就是杨安安，新戏的女主角，潜力无穷。"琳达意味深长地看了她一眼，向在座的几位男士介绍起来。

杨安安矜持地笑着，顺便用眼光打量着每个人。

"杨小姐，不要站在那里，坐啊，没地方坐的话，到我这里来。"

坐在靠右边的男人对她发了话，她也看见琳达给她使了一个眼色，她的脚刚移向那边。正在这时，坐在最中央一直沉默打量她的男人伸出手，"到我这儿来。"

关明烟又一次借宿在安颖家。一到周五的晚上，钟磊就会抱着钟习衡的手机给她打电话。

她的借口越来越多。她说工作忙，说要出差，说要照顾安颖阿姨，说了许多，钟磊渐渐地不相信了。

这一天，他很生气很生气地说："妈妈，你要是再不回家，磊磊就不要你了！"

她大惊失色，请了假立刻赶到钟家别墅。她下了的士，往里走，感觉气氛很不对劲，没有人看门，没有人修剪草坪，就连一个佣人的身影都没有。她心里有种奇怪的感觉，走得更快了。上了几层台阶，发现大门也没有关，她推开门闪身走进去。

"砰！砰！砰！"彩带从天而降，挂在她的脑袋上、肩膀上。顾婉、Rex、松司佐、钟磊、徐管家还有钟习衡，都笑容满面地走过来，手里执着彩带筒。

就在她震惊、脑袋空白之际，罗从厨房推出来一个好几层的大蛋糕。钟磊笑呵呵地跑过来，手里还拿着寿星带着的纸帽子。钟习衡从他手里接过纸帽子，扣在关明烟的头上。

"Happy Birthday！（生日快乐！）"

"我的生日？"关明烟后知后觉。

顾婉一个侧身撞在她的身上，她连续倒退好几步。

"我就说她肯定忘记了！明烟一旦忙活起来，连自己姓甚名谁都可以忘得干干净净的！"

关明烟扭了扭脖子，支吾着不知道该说什么好。她的目光掠过在场的每一个人，他们都在等待着，等她走过来点燃蜡烛，许生日的愿望。

这段时间，她忙着工作，忙着翻译，忙着写稿，还要在百忙之中安抚钟磊不稳定的情绪和时常的抱怨。她忙得晕头转向，偶尔连日期都忘了。以前，一年中她最期待的日子不是春节，不是圣诞，而是自己的生日。父母会给送上大大的祝福，钟习衡不管多忙都会抽出一天的时间，把自己完全交付给她，所有的朋友会送上礼物，哪怕只是一个拥抱。

她生日那天，她就像太阳，她是最特别的、最耀眼的、最引人注目的，她就像一个公主被所有的人宠爱着。

可是六年前，她去了美国，过着浮萍一般的生活，她甚至不知道接下来自己会遇到什么样的困难。指不准某天就会被房东赶出来，或者被老板炒了鱿鱼，她把所有的精力都用在了照顾钟磊和谋生上。

生日，早已渐行渐远。

但今天不同了，她好像又回到了过去，回到了曾经过着无忧无虑的生活的日子里，所有的人都爱着她、宠着她，为她庆生。

"妈妈，快点蜡烛许愿，我都馋了一天了！"

钟磊稚嫩的声音逗得满屋子的人哈哈大笑，在笑声中，关明烟闭上眼睛，许下一个愿望。

许完愿望，大家尽情地吃，尽情地笑，尽情地玩耍，尽情地享受。

月儿高挂的时候，屋内的人都半醉着，眯着醺醺的眼睛，七歪八斜地休息。关明烟看着他们醉后失态的模样，抿着嘴窃笑，用手机一一拍下，这是勒索敲诈的好机会，她怎么可以错过呢？

钟习衡站在她的身后，夺过手机，欣赏着她刚刚的杰作。

"唔——你摄影技术不错啊，但是你的小九九已经被我看穿了，得了什么不义之财是不是要和我分享一下？"

关明烟被他吓了一大跳，转身蹦蹦跳跳，想要夺回自己的手机。无奈，他个儿高胳臂长，她海拔不够。

"你说话能不能好听点？什么叫小九九？什么叫不义之财？你满分作文是怎么考的？"

钟习衡没料到她的最后一句话，表情不太自然地摸着鼻子，"可能源于那些作文并不是真正出自我的笔下……"

"你说什么？"

关明烟凑上前，眯着眼睛审视他。

钟习衡被她捉到尾巴，更加不舒服了。

"就是那么回事儿，我看的书比较多，加上，记忆力比较好，所以……"

"所以你就东拼西凑骗了个满分?"

钟习衡脸红了,"起码老师没看出来。"

关明烟故意打趣道:"真没看出来,外表俊朗、全校女生追捧的翩翩钟少爷也做过这样偷鸡摸狗的事情,啧啧。"

"什么叫偷鸡摸狗?"

"你剽窃别人的成果。"

"那叫模仿懂不懂?"

"那叫抄袭懂不懂?"

松司佐惨淡地看着他们的背影笑了笑,端着一杯红酒走进了厨房。有些爱,是讲究缘分的。

"你还不肯回来住吗?钟磊天天吵着要妈妈,我的耳朵都被他震聋了,他叫起来嗓门怎么这么大?"

钟习衡和关明烟搬着椅子,索性出来赏月。

"你才过几天就被他吵得不耐烦了?你想想我这六年是怎么过来的?他哪天不吵着要爸爸?"

钟习衡不怀好意地笑,"那你都怎么回答的?"

关明烟端着酒杯,摇头晃脑,"说爸爸跟别的女人跑了,不要我们了。"

见钟习衡一脸怒相,关明烟问道:"怎么了?受伤了?"

"最毒妇人心。"

"谢谢夸奖。"

钟习衡看着关明烟,关明烟回视着他,两人一起笑了。

"现在的场景有没有让你想到小时候?"

关明烟笑着点头,忽而又正色道:"其实在美国的那段日子里,我想得最多的不是小时候,而是那年高考,你还记得吗?"

"嗯哼?"

"我记得最清楚的不是高考前我们全力拼搏的汗水,也不是知了声中我们奋笔答题的紧张,也不是一切尘埃落定时我们庆祝的欢愉。而是高考前那晚,雷声轰轰,风雨交加,我躲在你的怀里,瑟缩着,颤抖着,那一刻你给我的安全感。你记得吗?"

"记得,怎么不记得。那么多美好的回忆,怎么会不记得。"

"是啊,好多美好的回忆,这辈子,除了你,再也没有谁给得起了。记得那天,我快睡着的时候,忽然听到房门被敲得咚咚响,我很不情愿地下床。我以为是我爸爸又要过来说什么鼓励的话,我都听腻歪了。但是开门后,看见你可怜巴巴地站在房门外,脚上踩着拖鞋,像只野猫。你说,爸爸妈妈不在家,外面雷声好大,说你怕。我当时还诧异,明天高考了,爸爸妈妈怎么会不在家?"

"对,你就是笨,根本没猜到我的小九九。"

"我是笨。我当时真想一拳揍死你,那么聪明的人怎么一点情调都没有,就只会死读书了。我现在都生气撞在你胸口上的那一下力量太轻了。我应该狠狠地,狠狠地把你撞倒在地,让你痛不欲生。"

"拜托,大小姐,第二天就要考试了,你把我撞到内伤,谁陪你上大学啊?"

"其实那个时候,我好紧张,我看着你一点都不害羞地躺在我床上,我就愣住了,不知该如何是好,是躺下和你一起睡,还是抱着毛毯去客厅睡沙发。我更没想到的是,你居然在那一刻把我叫过去,然后抱住我。你是不是在那个时候喜欢上我的?"

"准确点说,我是在那个时候发现,自己爱上你……很久了。"

松司佐曾经许诺过何言,说要带她去泰国,欣赏不同的风土人情。何言生日将至之期,关明烟收到松司佐的邀请,询问她是否愿意带着钟磊一起去泰国游玩。

"呃,我不知道钟习衡那边是不是允许。"

关明烟表情有些尴尬。

"你也知道,他向来不太喜欢……我们并没有……"

松司佐明白他们之间正处于冰封期。

"我去找他谈谈吧,如果他愿意,那就一起来吧。"

关明烟想不到更好的办法,于是点头。然后,她想到了另外一件事情。

"不知道我有没有跟你提起过,有人,不知道是谁,冒充钟习衡把我的东西全部搬走了,包括护照啊什么的……"

松司佐听关明烟这么一说,想起有次和何妈的聊天,无意提起明烟和钟磊,她说自己在不得已的时候,会用一些不恰当的方式得到她想要的信息。这就是她所谓的不恰当的方式吗?他暗自觉得好笑。

"嗯——我想这件事,我也可以帮你解决。"

关明烟看着他,满脸都是不解,"你……你怎么会?"

"什么都知道?"松司佐主动把她的话补充完整。他把眉高高地挑起,两片薄唇张开,不知道是要说话还是要笑,"怎么说呢,也许我有特异功能。"

关明烟好笑地伸手拍拍他,"我不是三岁小孩。"

松司佐很郑重地点头。

"也许在这世界上,对于某些人而言,你永远都只是三岁孩子。在他们的眼里,你永远没长大。"

"什么,什么意思?"

松司佐把咖啡送到她的嘴边。

"我的意思就是说，他们忘记我们早已长大，总是做一些自以为别人看不透的事情，实际上我们都是心知肚明。"

而人和人之间为了亲近而做的某些事情，往往会在时光流逝中变成习惯。

钟磊上学已有些时日了。在钟磊出现之前，钟习衡怎么也想不到有一天自己会做着为人父做的烦琐小事。为了和孩子更亲近，他有时候就不得不把一些工作带回家里，然后一边看护着玩耍的钟磊，一边处理事务。

有时候，钟磊一个人坐在沙发上，托着腮，不吃不喝，就连徐管家拿来的新型玩具，也不闻不问。这时，钟习衡就知道，钟磊想妈妈了。

钟习衡知道爱，但是不知道如何表达爱。每天与钟磊玩耍、亲近，久而久之，自然也就熟知他的习惯。钟磊什么时候思念妈妈；睡觉前喜欢听安徒生童话；睡着了还不安分喜欢踢被子；他喜欢吃辣，但是很怕辣；他不喜欢喝豆浆；他最喜欢吃果仁巧克力；他喜欢踢足球；他不喜欢弹钢琴，但是对于吉他似乎又是情有独钟……

这些都是高科技和智商给不了他的知识，可是在彼此相处中，又显得那么的重要。

以前的他，是不是真的很自我，与人很难相处？

那时候的明烟，一定很累很累，所以直到现在，也不愿意回来了。

突然想到罗告诉他，旅游可以让家人建立良好的关系。虽然钟习衡不愿意承认，这位保镖在感情理论基础上比他强上了几百倍，但是还是默认了。

为了工作，他不知去了多少次泰国，记忆中并没有多少值得留念的地方，有时间东奔西走，还不如在家蒙着被子呼呼睡觉。可是，他打开网站，搜索到关于泰国的旅游景点介绍和一些民间风土人情，他有些心动了。

看到电子版手册介绍最后那句"欢迎来泰国"，他立刻就做了决定。

杨安安的毒瘾日趋严重，有时在拍戏的过程中，她也忍不住全身颤抖、发软，崔海赫不止一次地询问过。她烦透了这样的男人，比女人还要婆妈。但她不知道，男人的婆婆妈妈仅因为他爱上了你。

今天，她需要拍一场跳海的戏。

杨安安暗地里对崔海赫说："我才不会像剧中的女主角那么傻！动不动就寻死觅活，简直就是懦弱无能之辈！"

崔海赫迷恋她，她什么样子他都爱。

"如果你是她，你会怎么做？"

杨安安冷笑，"我不会就此善罢甘休。谁敢逼我堕胎，我就逼谁堕胎！以其人之道还治其人之身！跳海有什么用？到头来，还不是把男人拱手让人了？"

崔海赫惊喜地看着她，眼里居然有了崇拜。

"你真是敢爱敢恨的女人!没看出来外表柔弱的你,内心可以那么疯狂!"

杨安安收起狂热的神情,换上妩媚,"那……你喜欢这样的我吗?"

崔海赫早已为她神魂颠倒,忘了天有多高,地有多厚,女人有多不可靠。

"不仅仅是喜欢,是爱,什么样的你,我都爱。"

杨安安看着靠近她身体的崔海赫,巧笑着用手指尖想要推开他,但却不用半点力道。

崔海赫抓住她不安分的手,眼里盈满了情欲,"你这样算不算欲擒故纵?欲拒还迎?"

杨安安笑得得意,放浪的笑声在狭小的房间内回荡,"你说什么就是什么喽!"

"小妖精,我真想掐死你!"

杨安安向上抛了一个媚眼,"我更乐意在你的身下生不如死。"

一番云雨过后,崔海赫半裸着上身,看着在他面前毫不顾忌地着装的杨安安,有些醋意地问:"你的第一次给了谁?"

杨安安转过身,笑他,"第一次?恋爱?Kiss(吻)?还是云雨之事?"

崔海赫听她调戏说笑,更加不满,强烈的占有欲让他心生嫉妒。

"我都想知道。"

"恋爱?幼儿园小哥哥?Kiss(吻)?初中同桌?云雨之事?哎呀,好久了不记得了。"

"你怎么……"

杨安安以猫样的动作爬上他的身,动作愈发挑逗,"怎么什么?放荡?可你不就喜欢这样的吗?"

一张俊脸因为气氛扭曲了五官,他扯过被子,将杨安安撂倒在一边,拿过衣服穿上。

"你速度快点,马上就要开拍了,去晚了导演又要骂人了。"

杨安安不急不慢地起身,扣着胸前的纽扣,"他骂的是我,又不是你,你怕什么?皇上不急太监急。"

崔海赫手上的动作停了停,然后加速穿戴好,走出房门,狠狠地把门摔上。

砰的一声,惊得坐在床沿的杨安安尖叫一声。

当杨安安姗姗来迟的时候,所有的人已经各就各位。看着她千娇百态地扭过来,导演吼道:"你怎么每次都来那么晚?你还想不想拍了?"

杨安安用目光捕捉到崔海赫,他的化妆师正在给他上妆,对于她刚刚挨的骂,不做半点反应。

她也无所谓,耸着肩,用甜得发嗲的声音说:"人家刚刚洗澡忘了时间,这不是来了吗……"

说着，杨安安搔首弄姿起来。听见周围一片嗤笑声和小声嘟囔的谩骂声，杨安安也不为所动。导演也拿她无奈，电影拍到这个时间段，换女演员早已不可能，自己那句话也不过是口上说说，她既然做了解释，他也不会追究。

"你做好准备了吗？跳下去的姿势要好看，跳之前表情要够绝望，在水下的时候要尽量放松四肢，任由水托着你的身体，我们要那种唯美的感觉，明白吗？"

杨安安点头称好，她朝悬崖绝壁走去，心里咒骂人面兽心的导演，灵魂被撕裂的人居然想拍唯美的电影？这就像一名吸血鬼声称，要用自己的血拯救别人的生命般可笑。

她尚未走到绝壁前，浪涛拍打峭壁的声音已经传入耳中，震击着耳膜。血液仿佛也受到了渲染，流淌得更加澎湃，随即身上各处传来阵阵疼痛。她艰难地支撑着脚步往前挪，终于站定在悬崖边。

她远远地听见导演说："开始！"

她顾不得什么美感，顾不得要做什么表情，她忍受的是死的折磨，万箭穿心都比不上毒品发作来得痛苦。她闭上眼睛，什么都不愿去想，急速的高空坠落带来致命的快感，风景在眼里倏尔掠过，身体击碎水平面，整个人沉入海水，湛蓝的海水将她团团包围，她想起导演说要舒展四肢。

坠落时消失的剧痛加倍地回来了，她忘记了要舒展，要放松，整个人旋转着，扑腾纠缠着，她开始紧张，害怕死亡。她需要呼吸，于是张开嘴，可喝进去的却是大口大口咸涩的海水。

意识开始飘离，她开始抽搐，开始颤抖，生不如死。

"快救救她！人工呼吸！"

谁在说话？

"她怎么回事？脸色那么难看？"

是谁的声音，那么耳熟？

"海赫，她怎么样了？"

海赫？现在吻着她，朝她嘴里吹气的人是崔海赫吗？

她想起那张俊朗的脸庞，他总是用最温柔的眼神看着自己，如果能死在他的怀里，未尝不是一种造化呢？

她将之前喝进去的海水悉数吐出，之前的幻影渐渐清晰。

"你感觉怎么样？"

崔海赫的手比她还要冰凉，他全身湿透了，黑色的衬衫包裹住他健美的身躯，有这样的男人爱着自己，真好。

"我没事。"

"你掉下去了，然后开始挣扎，你……"

崔海赫来不及顺那口气，就企图为她解释。

杨安安看着站在人群最外面的琳达,正用冷漠的目光注视着自己。

"我没事,我知道我出什么事了。"

琳达听到她的话,转身离去。

钟习衡这些日子身体一直欠佳,罗的工作任务变得更加繁重,他需要把每份文件都整理好,交给钟习衡,而他只需要签个名就可以了。

罗忙得焦头烂额之际,电脑传来滴答一声。他打开刚收到的新邮件,快速地浏览一番,就兴冲冲地去办公室找钟习衡。

"怎么了?"钟习衡躺在床上,湿毛巾敷在他的额头上,助他散热,身上还裹着一条刚从超市买来的大毛毯,说是用来增加温度,逼出体内的虚汗。

"我收到一封邮件,转发给你了,是关于报社的前社长的。"

"哦?"刚刚还声称病重的钟习衡精神抖擞地跳起来,直接搬过来电脑屏幕,边看边摸着下巴思索着。

看完邮件,他脸上不见喜悦的表情。

"和我预料得差不多,我猜这个人就是我母亲。"

"啊——"罗识相地闭嘴。

"根据时间的推测,我想……我爸是把报社当做分手费转给了她,然后她可能把报社转卖给了另一个人,然后拿着钱去了日本。而这个人呢,就是现在的社长。"

罗听着他的推断,频频点头。

"附件里有那个中国女人——就是你亲生母亲的照片,如果你有照片的话,对照一下,就可以更加确定了。"

钟习衡又陷入沉思,摸摸下巴,眯起眼睛。

"我没有照片,但是有一个人肯定有照片。"

"何妈?"

"你变聪明了啊!"

罗不想也不敢与他争辩,"你为什么不想调查一下你母亲的身份,也许就能顺藤摸瓜,知道现在的社长是谁了。"

钟习衡并不认可他的做法,摇摇头。

"我不觉得我的母亲身份有什么特殊的,父亲在她分娩的时候,只为她提供了一间普通的公寓,说明她的身份肯定不能与父亲相提并论。她生下了我,父亲给她一家报社,她拿报社换了钱东渡日本,连亲生骨肉都可以不要,说明她是贪财的女人,或者是无力与父亲抗争,这样的女人满大街都是,不会是什么重要的角色……她肯定只是父亲在外拈花惹草时的一个情妇。"

"你为什么那么确定?"

"大部分电视剧都是这么演的。"

"我是说，你为什么确定她只是一个情妇，而不是你父亲毕生挚爱呢？"

"有钱的男人不都这样吗？"

"这句话有道理，我同意。"

这一天，钟习衡提前下班，和徐管家打了招呼，称要亲自去幼儿园接钟磊放学，培养父子感情。

心有余而力不足的徐管家自然是求之不得，钟习衡把车停在幼儿园门口，引来周围的老年人和少妇驻足观看，不时的还有路过的妙龄少女前来搭讪。钟习衡有些得意又有些遗憾，得意的是虽然自己即将跨入而立之年，但是仍然魅力不减当年，或远比当年更多了成熟的风度，只要他勾一勾手指，还是有不少鱼儿愿意上钩的；遗憾的是关明烟不在身边，看不到自己依旧魅力四射的样子。

"爸爸，爸爸！"钟磊走出幼儿园的校门，习惯了第一眼寻找徐爷爷的身影，今天竟意外地看见爸爸站在马路对面，他兴奋不已，顾不上老师说的要小朋友手拉手一起走，甩着喜羊羊书包，哼哧哼哧地跑过去。

钟习衡看见儿子也很开心，上前迎了两步，把他抱住，一并举起，然后旋转了一圈再放下，逗得钟磊咯咯笑。

何妈接到了何言，正朝他们走过来。钟习衡蹲下，在儿子耳边小声嘀咕道："儿子啊，想不想晚上和何言一起吃饭啊？"

钟磊见到坑就跳，"嗯！想！"

"那你去邀请她，说爸爸今晚要请你们吃饭。"

钟磊又迈着自己的小碎步走过去，"何言，我爸爸说，让我来邀请你，爸爸今晚要请你们吃饭！"

周围的人听见了，都忍不住捂着嘴巴笑，钟习衡脸色难堪，不情愿地转过身，儿子传话真是一字不漏。

何妈看着不远处的钟习衡，笑而不语。

钟习衡驱车带他们来到一家他常去的自助餐店，餐厅并不处在市中心，没有嘈杂的人群，整个餐厅安静舒适，很适合聊天谈心。

何言第一次来吃自助餐，一开始还有些害羞，扭扭捏捏地跟在钟磊的后面拿了一个蛋糕，便小跑回来了。

钟磊取笑她，"何言就像小偷偷吃的一样。"

何言受到了侮辱，大眼睛瞪着他，"我是娇羞！你大男人不懂！"

钟习衡含在嘴里的一口红酒差点儿喷了出来。

何妈看着他们像一对活宝，逗得周围餐桌的人都在哈哈大笑，忍不住开口提醒："何言，你是姑娘，要安分点儿。"

何言立刻高傲地摆过头，做出不再理睬钟磊的样子，"我不和你这等凡夫俗

子计较！我是仙女！"

这下，连站在旁边服侍的服务生都抿着嘴偷笑了。

钟习衡拖住钟磊，对他窃窃私语，"带何言去那边玩，那里有一个迷你的儿童乐园，进去了你就可以欺负何言了。"

得到爸爸支的招，钟磊屁颠屁颠地拉着何言的小手，"何言，你想不想玩滑滑梯？我知道哪里可以玩滑滑梯。"

何言的脸上顿时露出纠结的表情，她很想玩滑滑梯。何妈早已猜出钟习衡醉翁之意不在酒，连忙说道："何言去玩吧，仙女也可以下凡间嘛。"

听到外婆这么说，何言终于放心了，拉着钟磊的手，两个人一路欢唱地去玩滑滑梯。

何妈看着那对孩子走远，收回目光，看着对面的男人，禁不住想要取笑一番。

"看着他们，是不是想到了你和明烟？那个时候，明烟还没有何言这么娇气！天天就围着你转，你说东她不说西，你说对她绝不说错！就听你的话！"

"是啊，可是现在我说东她偏说西，我说对的，她绝对说错的！专门儿和我对着干了！"

何妈听着他的牢骚，忍不了哈哈大笑，指着他边摇头边说："你看你看！这就是男人！送上门的东西偏不要！就喜欢摘带刺的野花！"

钟习衡被堵得无言，只好点头承认。

"当时我爸是不是也是这样？"

何妈笑着看他，"你爸？你爸在他的那群朋友里已经算好的了，不抽烟，甚少喝酒，我到钟家以后，几乎没见过他酗酒！"

钟习衡继续打探，"那就是花心喽？要是不花心，哪来的我啊？"

何妈听到这话可不乐意，使劲儿地摇头。

"你这么说就错怪你爸了！你出生只是因为你爸酒后乱性啊！"

"酒后乱性？"钟习衡大惊，"他不爱我妈妈吗？"

何妈的脸上露出惆怅。

"不是不爱，是他太爱钟太太了，他觉得他这辈子不可能再爱上别人的，你母亲的出现对他而言是不被允许的，而且那天晚上，他也不是清醒的，错把你母亲当成了钟太太。"

钟习衡的脸失去了血色。

"我妈，母亲她……勾引我父亲？"

"勾引？谈不上勾引吧，她是爱你父亲的，全心全意地爱着，所以甘愿做了替身。"

事实和他想的完全不一样，他曾对母亲抱着一丝同情，即使她爱财，即使她抛弃了自己，但是起码她与父亲是相爱的，起码他的出现是爱情的结晶。可是如今看来，他是罪孽，是不该出生的，这一切不过是母亲的一相情愿。

"我母亲，和钟太太长得很像吗？"

何妈抿着眉，半天才说："不算很像，但是眉眼太像！"

钟习衡发呆好几秒，才问，"你还有我母亲的照片吗？我想看看。"

"有啊，你要看的话，我现在就可以给你看看。"

何妈从包里掏出一条项链，坠子是心型的，打开来，里面有一张照片。照片上的女人笑得很灿烂，手里捧着一大束玫瑰。

那束玫瑰是父亲送给她的吗？钟习衡不知道。但他可以确信，照片上的女人和他下午在邮件里看见的女人是同一个人。

"你母亲也是命苦的人。"

钟习衡对她已经没有什么同情了。她抛弃亲生骨肉，她夺走她人所爱，她企图破坏别人的家庭。这样的女人居然会是他的母亲？

"她本可以很幸福，这一切都是她自作孽。"

他望着窗外，茶色的玻璃倒映出他愤怒的脸孔。他今天才明白一个道理，真相可以比硫酸更腐蚀人的心。

关明烟的处女作获得了空前的成功。各大媒体报刊都在为她喝彩，用溢美之词赞扬她。关明烟在媒体圈一炮打响。

很多人都说她是幸运的，有着S市最具影响力的报社的社长做后台，最红的杂志为她铺路，最牛的编辑为她审稿，想不红都难；很多人又说她是不简单的，她从小小的翻译做起，用自己的语言诉说别人的思想，终于有一天，她找到了一个平台，可以任她翱翔，说着自己想说的话，谈着自己的论点，不再是幕后的推手，而是舞台上的赢家。

通过辛苦得来的果实，别人只看见眼前的风光，不知道背后的汗水，嫉妒滋生病菌，病菌易于繁殖，她掩不住所有人的口。

处在舆论中央的关明烟对这些流言蜚语很淡然。她将自己的时间做了很好的规划，每段时间要做什么，她一清二楚。

眼看明天就要泰国游，关明烟要忙活的事情可不止一点点。她有些时日没和钟习衡联系了，她打电话给钟磊的时候，能感受到他在身边指手画脚，竖耳侧听，但是就是不会接过话筒说话。

是时候冰释前嫌了。

从何妈的照片中证实了这家报社曾经的主人就是自己的母亲，但是根据罗搜集到的资料，现在报社的社长是一名男性。是母亲去了日本后再婚生下的孩子吗？钟习衡不愿意这么想，但是他觉得这是最有可能的。

"罗，你继续追查社长的下落，我务必要知道他到底是谁。"

罗应声答应，自从昨天他说要去何妈那里打探消息之后，他就像一个定时炸弹，脾气暴躁，早上已经有好几个部门经理被他骂走了。他想问一问，但是因为了解钟习衡，还是忍住到嘴边的话。

"钟总，你不要忘了啊，明天是你去泰国的日子，你答应了钟磊和关小姐不是吗？"钟习衡睁着大眼睛抬头看他，罗就知道他肯定是忘记了，他不得不继续用念经的口吻说，"再过一周，你还要去陵园祭奠钟太太。"

正在这时，钟习衡的手机铃声响了起来。

"明烟？"他的声音忽然变得很绅士。

罗对着他鞠了躬，然后小步地朝门边退去，闪身出去。

"泰国位于亚洲中南半岛中部，东南临泰国湾，西南濒安达曼海。优美迷人的亚热带风光，广博的佛教文化，独特的民间风俗，都让游者流连忘返。"钟习衡用导游的口吻把宾馆里的泰国旅游指南读了一遍，惹得关明烟频频翻白眼。

"妈妈，你很讨厌爸爸吗？"钟磊站在她的旁边，用一种难以形容的眼神看着她。

关明烟有些窘迫，钟习衡放下手中的旅游指南，往后退几步，坐在床沿，两臂分开，向后撑着，津津有味地看着她。

"如果我说讨厌，你还会喜欢爸爸吗？"

钟磊很为难，"我为什么不能爸爸妈妈都喜欢呢？人是可以博爱的呀！"

关明烟看着钟习衡，眼神中包含着子不教父之过的谴责。

"拜托，孩子成长最重要的六年是和你一起共同度过的，我和他待在一起还不到六个月。"钟习衡无辜地说道。

关明烟摇头晃脑就是不听他的话，顺便还唱起了歌，哼着不着调的曲儿，走进浴室换衣服。

钟磊用几步助跑，然后跳上大床。钟习衡眉毛耸动了一下，他明显感觉到这张床晃悠一下。

"爸爸，你和妈妈不和吗？"

钟习衡盯着小脸蛋仔仔细细地看，有时候他甚至怀疑这六年明烟是不是躲在国内的某个城市，而不是去了美国。要不然这屁孩儿的中文怎么会偶尔说得比他都要好，经常会问一些让他措手不及的问题。

"这个，和与不和不能用吵架衡量的，你没听过中国有句古话吗？叫做打是亲，骂是爱。"

钟磊张着嘴巴，用一种敬仰的眼神望着他，"老爸，你好博学哦。"

钟习衡万分享受此刻被儿子追捧的感觉，笑呵呵地躺在床上，翻过身，指着自己的后背说："来，乖儿子，给我捶捶背，爸爸工作太累了。"

钟磊闻言立刻脱了鞋，不等钟习衡弄明白是怎么回事，两脚已经踏上他的后背，在上面活蹦乱跳。

"松司佐叔叔说，我用这样的办法给他按摩，他最舒服了！爸爸，你舒不舒服？"

"舒服……"钟习衡铁青着脸，冷冷地回道。

这天恰逢泰国举办传统节日"水灯节"。待所有的人都洗去了身上的风尘，松司佐提议入乡随俗，去河边观赏一年一度的水灯节。夜幕垂临，不算宽敞的街道上挤满了来自各地的游客，他们手上拿着各式各样的水灯，有塔形、有船形，其中以莲花最多。情侣和夫妻拥在一起，十指交握，随着人潮向前走。每个人脸上都洋溢着幸福，他们手里的水灯映亮了整个夜空。

"听说，在水灯节这一天，男女相携放水灯，可以得到佛祖的保佑，爱情美满，天长地久。"

松司佐说完，走进一家店铺。不一会儿，拿着一盏点亮的莲花水灯走到关明烟的面前，递给她。

"可以保佑爱情美满哟。"

关明烟害羞地笑着，接过他手里的水灯，目光偷偷地瞄向钟习衡。

看着她拿着水灯向自己走来，钟习衡反而转身大跨步地离开了。关明烟定在原地，松司佐看着她的背影，落寞写在脸上。

何妈轻叹一口气，摇着头，走到松司佐的跟前。

"问世间情为何物，直教人生死相许。老天爷就是爱折磨人。习衡知道你是谁吗？"

松司佐摇头。

"你不准备告诉他吗？"

"这件事不可能瞒过他的，我在等他自己发现。"

何妈点头表示理解，"我知道，我知道。只要你们过得好就好。"

钟习衡穿梭在人群中，周围的人都是成对成对，看得他心烦意乱，刚才的一幕越发清楚地在脑海里重现。他明白这醋吃得不应该，关明烟提着水灯朝他走来，已经是变相的表白了，可他就是气不过。他生气，气她为什么要接受松司佐送给她的水灯。她若是想要水灯，多少个水灯他都买得起。

想到下午钟磊说也给松司佐按摩过，钟习衡心里更加不爽。明明是他钟习衡的孩子，为什么总是要给别人当干儿子，差一点还得叫别人爸爸。他更恼怒关明烟的不解风情，这么好的日子就该过二人世界，非要拉上松司佐和何妈，还带着两个小孩。正在胡思乱想，后面传来关明烟的声音，钟习衡脚下的步伐加快了。

"你走什么走啊？"关明烟从后面赶上来，气喘吁吁地叉腰挡住他的去路。

"走开了总比站在那儿看你们亲热好。"

"谁亲热了?我朝你走过来你没看见啊?"

"看见了,我看见了!我还看见你是拿着他送给你的水灯朝我走过来的。"

"你怎么那么不讲理啊?你要是不愿意,就买一个送给我好喽。"

"我为什么要买一个送给你?你不是有人送吗?难不成你今天想和两个男人放水灯?"

"你……你……不可理喻!"

"我不可理喻?对啊,我不可理喻,他多好,善解人意。你去找他,追我干吗?"

"我……我……你气死我了!"

关明烟憋着泪,满心委屈,一起出来玩,本该快快乐乐的,可这家伙说翻脸就翻脸,还把错推到自己身上。

钟习衡把心里的闷气全部发出来后,心情平静了许多。他瞅瞅关明烟眼泪盈盈的,心就软了,"你真的哭了啊?"

"我讨厌你,你走!"

"别啊,我走了你找不到回去的路的!你路痴又不是一天两天了。"

"你损够了没有?"

"没有。"钟习衡不想和她争辩,直接搂过来,吻了上去。

在万人拥挤的街头,在盏盏明灯的照耀下,在充斥着爱情甜腻味道的水灯节,关明烟终于投降了:这个人才是自己毕生的挚爱。

关明烟追随着钟习衡消失在熙熙攘攘的人群中。何妈带着何言和钟磊到河边放水灯,只剩下松司佐孤零零地站在路中央。不远处的河流上漂浮着一盏盏水灯,点亮了整条河水,波光粼粼,欢愉的人看着荡漾了人心,孤独的人看着心生苍凉。

他顺着人潮慢慢向前移动,在十字路口岔开人群,朝着偏离市中心的方向走去。那条道路偏僻幽静,越往前走越远离背后的喧嚣,空气越发阴冷。到底是十一月的天气,夜间露水打在身上,泛着寒气。往里面走得深了,看见某户人家亮着灯光,昏暗的灯光在这般漆黑的夜里也格外耀眼。

出于好奇,松司佐走过去。从门外看,这户人家格外破旧,还散发着鬼魅的气息,门上挂着一个招牌,写着:占卜。

占卜?他摸着鼻子,觉得有点儿好笑。现在还会有人相信占卜吗?在好奇心的驱使下,松司佐推门走进去。屋内的环境比电影里的占卜人家还要破败,不到十平方米的空间,一盏幽暗的橘黄色灯泡足以照亮每个角落。一位老妇人撩开后门挂着的珠帘,蹒跚地走进来。

"又是游客!你怎么没去参加水灯节,倒是找到我这里来了?"老妇人开口说话,口气很不耐烦,脸上深刻的皱纹被她挤到了一起,更加显得恐怖。

"我……"松司佐还未做好准备回答。老妇人又打断他的话。

"我知道了！肯定是爱着他人所爱，求着他人所求。你在恋着一个你得不到的人。"

松司佐对她打断自己的话有些不满，但又惊于她准确的判断，忍不住找了一个椅子坐下，语气很怀疑。

"你会占卜？"

"哼！"老妇人用鼻子重重地吐气，"信就会，不信就不会。"

松司佐知道自己惹怒了她，随即态度变得谦和。老妇人看着他眉目清秀，不像今天白天出现的几个黑人，口出狂言，言语不干净，在她这里翻东找西，让她好一番收拾。

"我可以为你占上一卦。"

老妇人看了看他的手心的纹路，又看看他的面相，布满皱纹的眼角把她的双眼衬托得更加精明。

"今年你会有血光之灾。"

"什么？"松司佐当下心生后悔，接下来肯定是要花钱消灾了。

"你的秘密会昭告于天下，这会给你带来血光之灾，不要试图阻止，因为事情到了该来的时候，你挡都挡不住。"

老妇人的面目在灯光下更显得诡异可憎，松司佐心生寒意，哆嗦了一下双腿，想要起身离开。

这时，老妇人又开口说话："人各有命，你也不要试图篡改别人的命运，那会招来血的惩罚！"

走出占卜屋，松司佐大口大口地喘着气，手心溢满了汗水，整个后背汗涔涔，感觉像刚从鬼门关逛了一圈回来。

血光之灾。血的惩罚。

他说服自己不要迷信，但内心深处，有恐惧在蔓延。

关明烟和钟习衡的关系一夜之间突飞猛进，就像是重新陷入了热恋期，每时每刻黏在一起都嫌不够。

在回去的路上，松司佐收到了一条杨安安发来的短信。他想起自己已经很多时日没有看见她了，她的戏也接近杀青了。这个时候找他，会是什么事情呢？眼看着关明烟与钟习衡如胶似漆，这件事便被他搁置下来。

"妈妈，你回去之后，会不会搬回来住啊？"

钟磊看见爸爸给自己使眼色，这是他们昨晚趁着妈妈洗澡时约定好的暗号。只要爸爸给他使眼色，他就问妈妈这个问题。

"呃——"关明烟踌躇了片刻。钟习衡装作没有听见，一直欣赏着窗外的风景，偶尔还会笑着和何言打趣。

"妈妈最近很忙，即使回家了也没时间陪你的，等妈妈忙完了这段时间再回家好吗？"与其说这段话是说给钟磊听的，不如说这段话是刻意让钟习衡听见的。她的文章在S市已经传遍了，他肯定有所耳闻，她想知道，于此他到底是什么看法。她不愿稀里糊涂地回到了家，再提着行囊狼狈离开。

钟习衡听出她话里的弦外之音，如果她真的要求独立，也未必是件坏事，只是是否继续待在那家报社，这就由不得她了。不管怎样，他愿意退一步。届时她也不会再强求了吧。

"爸爸，怎么办？"钟磊坐到他旁边，拽着他的衣角，没了主见，"妈妈不肯回来。"

钟习衡终于笑了，摸着钟磊的小平头，"妈妈不是不肯。妈妈只是在和爸爸谈条件。"

"爸爸，那你快答应妈妈的条件啊！快点啊快点啊！不然妈妈又要跑掉了！"

钟习衡朗声大笑，"乖儿子，再过几天，你妈妈就会回家的。"

下了飞机，大家分道扬镳。松司佐借口有事，先行离开了。钟习衡要为几天后的祭奠做准备，带着钟磊先回家了。关明烟想和何妈谈谈，便提要送她回家，她帮忙拎着何妈的行李，何妈牵着何言的手，一起上了出租车。

"上去坐坐吧。"下了出租车，何妈热情地邀请。关明烟也不推辞，跟着她上了楼。

"何言，这次生日过得开心吗？"关明烟一边爬楼，一边和何言聊天。何言年少，上楼蹦蹦跳跳，怎么都不嫌累。

"开心！好开心！我觉得泰国的蛋糕比中国的蛋糕好吃多了！我真想每年都可以吃到泰国的蛋糕。"

关明烟和何妈都被童言逗笑了。何妈笑着批评她，"你就是嘴馋图新鲜！我怎么就不觉得泰国的蛋糕好吃？还不如S市的蛋糕味浓呢！"

"就是好吃，就是好吃！"何言甩着两根羊角辫，说得不亦乐乎。关明烟跟在后面，落落大方地笑着。

"我们家不能和钟家的别墅相比，关小姐要见谅啊。"何妈开了门，关明烟跟在何言的身后走进去，打量了一下屋子，房间虽不大，但是整洁干净。

"别这么说，其实我现在不住在钟家，而是寄住在朋友家，环境差不多。"

何妈笑着不说话，拍拍何言的头，"你先去里屋看电视，我和关阿姨聊聊天。"

"哦。"何言换好拖鞋，往里屋走去。

关明烟看着她，笑着说："她真听话。"

何妈从冰箱里取出一瓶矿泉水，递给她，"有的时候调皮着呢，你是没见到！"

关明烟垂头轻笑，"孩子都这样。"

说到这儿，两人同时沉默了，谁都没有立刻接话。过了一会儿，何妈起身走进里屋，再走出来的时候，手里拿着一些证件，关明烟一眼就认出来那些是自己的和钟磊的。

"这些该还给你了。"

关明烟接过来，有些不解地望着她。

"你为什么要这么做？我和你并不认识……"

何妈按着她的手坐下，"人老了，就不顶用了，总以为孩子们没有长大，喜欢操心很多事情，后来松司佐跟我说了你和习衡的事情，我也就放心了。这件事，是我对不起你。"

"你以前就认识习衡，还认识松司佐？真是无巧不成书啊。"

何妈表情更加凝重，她粗糙的双手摩挲着明烟细腻的手背，"明烟，你是一个好姑娘，答应何妈，无论以后发生什么事情，你都要守在习衡的身边不离不弃，好吗？"

关明烟被她严肃的态度吓到了，"何妈，你在说什么？遇到什么事情？他还会遇到什么事情吗？"

何妈摇头，"世事难料的，难保某天就出了什么事呢……"

关明烟看着她，虽不解她话里更深一层的含义，但是此刻她除了点头也不知道还能说些什么了。

"我答应你何妈，我会守在习衡身边不离不弃！"

松司佐直接赶到杨安安说的地点，下了车他才发现这是高级公寓。按着她给自己的房门号，他找到了杨安安的住址。

"泰国玩得怎么样？"

打开门，他看见杨安安只裹着一条浴巾，眼睛似笑非笑地盯着自己，浴室里还在飘散着袅袅热气，看样子刚刚沐浴完毕。

他看见她更加凸出的锁骨，身材也越发显得消瘦，他不禁皱眉，"拍完一部电影，瘦成这样？这是在拍电影还是折磨人？"

杨安安关上门，晃着两条白花花的大腿朝他走去，唇瓣红得娇艳欲滴。

"你在关心我吗？"

松司佐抓住她伸过来的胳膊，轻而易举地把她扔在旁边的沙发上。

"我没那个闲情逸致关心你。"

杨安安跌倒在沙发上，眼露寒光，"也对，你要有闲心也只会关注关明烟，我和她比起来，算得了什么。"

松司佐懒得听她碎言碎语，干脆在房间四处晃悠，一边询问她："你找我到底干什么？我和你不熟，你有事怎么不找钟习衡？"

杨安安扬着眉，倒也不否认。松司佐回头看看她，不小心瞄到胸前的春光，

立刻收回了目光。

"要是以前，我肯定不会找你，但是现在除了你，我找不到别的人能帮我了。"

"这算是恭维吗？"

杨安安顿了顿，思索片刻，好像很苦恼。

"算是吧。只要你肯帮我，别说是恭维，其他什么的，也是任你所求了。"

松司佐不得不转身看着她，脸上写满了厌恶，"你到底想要什么？痛快点说。"

"好啊。"杨安安朝着他伸手，"我想找你借钱。"

"借钱？"松司佐更加不解了，"你拍戏没有钱吗？"

"有啊，但是不够我用，我还需要更多。"

"你要多少？"

"十万。"

松司佐沉默了，他不了解这个女人到底有什么阴谋，但是凭直觉，他感觉她变了，不再是当初的杨安安。以前她虽然做过不堪的事情，但起码有良知，还会痛苦，可现在她可以谄媚地笑着，奉承着爬上别的男人的床。

"如果我不给呢？"

杨安安伸出食指对他摆了摆，"这可不是明智的选择哦。你要知道，大家都以为我是钟习衡的前任正牌女友，却没有人知道关明烟是钟习衡的青梅竹马。如果我告诉大家，是关明烟插足拆散我们的，她是见不得人的小三，加上她写的那篇文章早已红透了大江南北，大家都知道关明烟是谁，你觉得她会不会因此没脸活下去啊？而且还可以顺便给新电影做宣传，岂不是一举两得？"

"难道钟习衡和关明烟就不会解释吗？他们不会拆穿你的嘴脸吗？"

"解释？在娱乐圈里，我是被抛弃的人，是弱者！他们所做的解释在外界看来更像在掩饰，更像是一场闹剧！解释有什么用？娱乐圈从来不需要解释！"

"你在威胁我？"松司佐冲上前，捏住她细细的手腕，往外用力一扳，他看见她脸上露出痛苦的表情，但是紧接着，她又换上一张笑脸。

"松司佐，这就是你能做的事情吗？嗯？只能在背后用武力威胁我？你不知道我是吃软不吃硬的吗？你逼急了我，我明天就在新闻发布会上公布这个消息！"

"你是在污蔑！你这样做，钟习衡也不会原谅你的！你在这里会待不下去的！"

"他越是对付我，越是欲盖弥彰，他能怎么办？我告诉你，这一次我是吃定你们了！不信？那好，松司佐，我们走着瞧。"

他们眼睛的距离不过五厘米，即使此刻松司佐对她恨之入骨，他也不得不承认这是一双绝美的眼眸，难怪传闻影帝崔海赫都醉倒在她的温柔乡里。

她就是一"媚狐"。

"你要十万干什么？"

听到这句话，杨安安笑了，她就知道自己一定会赢。

"这是我的私事，没有必要向你汇报吧？"

松司佐用非常锐利的目光上下扫描着她，最后才不情愿地说："把卡号发给我，我明天打给你。"

"成交。"杨安安轻佻地拍了拍他的肩膀，移步上前，"前几天在书上看到这么一句话，口吐兰花，舌送丁香，你能替我解释一下这是什么意思吗？"

松司佐招架不住她的狐媚功，她身上的香味缭绕在他身边，挑逗着他的感官。

"这句话的意思就是——女人可以不要爱情，但不要犯贱！"

说着，他反扣住她的手，把她身体向下压着，然后手一松，她便跌在地板上，抬头用愤怒的目光看着他。

"再看，那十万元可就没有了。"

钟习衡回到家，徐管家正好从书房出来，连忙上前招呼道："少爷，你……你回来了啊？"

钟习衡看着他笑了笑，"难道我没有告诉你今天回来吗？你在书房干什么？"

徐管家说话支支吾吾，表情慌慌张张，半天都没有给出一个合理的解释，钟习衡起了疑心。

"你手里拿着的是什么东西？"

"这个啊？这个是我特地为你准备的。过几天你不是要去祭奠钟太太吗？我就想着借着这个机会把她遗留下的东西做一个整理，一些不要的可以扔了。"

钟习衡看着他说话的表情太过夸张，完全不是平常的他，于是向他伸出手。

"少爷？"

"拿出来给我看看。"

"少爷！"

"拿出来给我看看！"

他加重了语气，徐管家无奈，不情愿地交出一个信封。信封厚厚的，他打开一看，里面全是照片。

"这是什么？"他一张张翻阅。

"这是钟太太生前的照片，我想是时候要整理一下了。"

徐管家不停地搓着手，钟习衡越来越怀疑，他把手里的照片翻阅地更快了，目光却是盯着徐管家。

"这是什么？"他突然被其中一张照片吸引住。他的父亲和钟太太站在一起，肩并着肩，旁边还站着一位少女，可惜脸的部分不知道被谁挖掉了。

"这个女人是谁？"钟习衡指着缺损的那一块问徐管家。

徐管家的脸更加惨白，身体哆嗦着想要离开，他有心岔开话题。

第六章 把从前、离恨总成欢，归时说

"少爷,你刚从泰国回来,一定很疲倦,我让人早点准备晚餐,用餐后你早点休息。"

钟习衡板着脸摇头,"徐伯,不要敷衍我,更不要逃避我的问题。我在问你,这个女人是谁?又是谁把这部分挖掉的?你吗?"

"不是不是,不是我。"眼看战火就要蔓延到自己的身上,徐管家很是犹豫,是说还是不说,他在做艰难的心理挣扎。话到了嘴边却不知该如何说出口,这是钟老爷隐瞒了一辈子的秘密了,难道在这个节骨眼上还要说出来吗?

钟习衡朝他又走近了一步,脸色已经很难看,他眯着眼睛,濒临生气的边缘。

"不是你是谁?"

"钟少爷,不要逼我……请不要……"

"我父亲?"

徐管家摇头。

"我母亲?"

徐管家还是摇头。

"求求你,不要再追究下去了好吗?"

钟习衡咬着牙冷笑,"不想让我追究就毁灭它们?"

徐管家百口莫辩,此刻他就像一个小丑站在维也纳大厅,慌张又不知所措,他更像一个犯错被妈妈抓到的小孩,想要脱罪却无力狡辩。

"少爷,少爷我发誓,你不会想知道的。"

"你的任务是告诉我真相,我不需要你给我做定夺。"

"可是……"

"没有可是。"

徐管家终于看清,他再多的解释都是徒劳,这就是所谓的命中注定,这个世界上没有不透风的墙,没有包得住火的纸。

"这个女孩是钟太太的表妹。"

"表妹?我怎么没听说过我妈还有表妹?"

徐管家的面色更加尴尬难堪,"她不仅是钟太太的表妹,也是你的亲生母亲。当年钟家上下所有知道此事的人都被封了口,他们要么收了钱离开,可是过不了几个月就会离奇失踪;要么就接二连三受到黑道的恐吓失了神志。久而久之,现在基本上没有人知道这件事了,除了我和当时接生的何妈。

"从来就没有人怀疑过钟少爷对钟太太的忠贞,说他把她宠上了天也不为过。钟太太喜欢吃夜宵,每天晚上当厨师熟睡的时候,钟少爷都会亲自下厨为她做夜宵;钟太太爱看足球,钟少爷就特地包了一架飞机,连夜赶到伊斯坦布尔观看足球比赛,然后再连夜飞回来;钟太太喜欢游泳,钟少爷就在家挖了一个游泳池,用最昂贵的大理石雕饰,让她随时随地满足愿望;钟太太喜欢花,钟少爷就吩咐所有的佣人在家里每个角落都摆满了花，连草坪都栽了很多鲜花；钟太太喜欢读书，钟少爷就让人开着卡车去图书城，把里面各种种类的书都买回来，摆在家里，供她阅读。

"这样的事例还有太多太多，我们扳着指头数都数不过来，那时候，每个佣人都在羡慕钟太太，都希望自己的丈夫可以像钟少爷一样，不需要那么有钱，但是也能那么疼爱自己，珍惜自己。这样甜蜜的情形一直持续了三年。三年婚后生活，钟太太都没有怀孕的迹象，钟老爷他们终于按捺不住，带着钟太太去医院做了检查。这才得知钟太太患了不孕症，是一辈子都不可能生育的。这对单传香火的钟家而言是一个致命的打击。

"钟老爷他们开始对钟太太百般挑剔。那段时间，钟少爷和钟太太经常争吵，每次吵完架，钟太太一个人在房里哭，钟少爷坐在客厅抽烟，一坐就是一夜。半个月下来，钟太太的体重连八十斤都没有了，钟少爷又心疼又着急又没有好的办法。就在这个时候，钟少爷提议把钟太太关系最好的表妹接过来，一来希望可以缓解一下紧张的气氛，二来有个亲人陪伴，也许钟太太的压抑能得到释放。就这样，你的母亲，也就是钟太太的表妹住进了钟家。

"你的母亲可爱活泼，和端庄典雅的钟太太完全不同，她很快就和下人打成一片。那段时间钟太太的心情确实好了许多，钟少爷为了感谢你的母亲，特地安排了酒宴，并且在酒宴上亲自向你母亲道谢。谁都没想到，你的母亲在众目睽睽之下要求钟少爷用一个吻作为答谢的礼物。

"不用吻在唇上，只需吻在脸颊上就可以了。你的母亲这么说，那个时候她笑得真甜美，人们看着那张纯洁无瑕的笑脸时都觉得她只是一个孩子，一个不懂人间情爱的天使。谁会想到，在那一刻，你的母亲就布下一个局，局里被陷害的是最爱她的表姐和尊重她的姐夫；谁也没想到，她在本该年少挥洒青春的时候，爱上了自己的表姐夫，走上了一条无法回头的不归路。

"钟少爷和你母亲在一起的那个晚上我不在家，具体情况不清楚。后来从别人口中得知，那夜钟少爷和钟太太因为以前的问题又一次闹翻了，你的母亲带着伏特加溜进书房，然后灌醉了钟少爷，后面的事情就自然而然地发生了。那件事情之后，你的母亲就没有脸面再在钟家待下去了，我们都以为她回了老家。直到某天，钟老夫人带着你的母亲重返钟家，并且向所有人宣布，你的母亲已经怀有四个月的身孕了。

"钟少爷的母亲给了钟少爷两个选择，一是和钟太太离婚，然后与你的母亲结婚。他决不答应。二就是让你的母亲生下孩子，由钟少爷和钟太太共同抚养，然后给你母亲一笔钱，让她离开。钟少爷和钟太太商量了很久，与你的母亲谈判协商，最后你的母亲选择了让步，以爱的名义让步。

"钟少爷和钟太太出于愧疚，把当时前景很被看好的一家报社转到了你的母

亲名下,后来又听说你的母亲出国去了日本,随后就再也没有了消息。钟太太临死前,口中念着的还是你母亲的名字,她在忏悔,她心里一直在谴责自己,她总觉得是自己毁了你母亲一生的幸福。

"她一生唯一深爱的男人是她永远都得不到的男人,这对你母亲而言,是最严厉最残酷的惩罚了。"

袅袅烟雾在指尖萦绕,点点星光在黑夜中闪烁,一滴晶珠从眼眶溢出,滑落至脸庞,掉在木板上,渲染了灰烬,浮夸了悲伤。

钟习衡已经失去了辨别的能力,是该恨,还是该爱;是该厌恶,还是该疼惜,他早就找不到方向。

"少爷,要不要吃点夜宵,我可以……"

徐管家站在卧室门口,手里端着一碗面食,身影印在朦胧的灯光下显得更加苍老。

晚上发生的事情完全不在他的计划之中,被尘封了十多年的秘密因为自己的粗心大意,不得不全盘托出。少爷过于冷静的态度让他害怕,他宁可少爷发火生气,他宁可少爷破口大骂,也不想看见他独自承担上辈子人犯下的错,因为父母的选择痛苦难受,受尽了折磨。

"不用了,徐伯。你先休息吧,我想一个人静一静。"

钟习衡头痛欲裂,手撑在额头,一句话都不想多说。

徐管家在门口伫立了许久,叹着气一步步移下楼。临走前,徐管家用着近乎哀求的口气说:"少爷,刚刚我听见小少爷在说梦话,也许是做噩梦了吧。关小姐不在他的身边,这个时候他需要你。"

钟习衡感到胸腔内有一团火,看不见的火把他的五脏六腑点燃,恨不得将他整个人毁尽。当他听见这句话的时候,一股清凉的泉水从天而降,浇灭了那团烈火。

他在座椅上发呆许久,脑子呈现空白,想着那张照片,想着少时钟太太对自己疼爱有加,时常把他抱在自己的腿上坐着,给他读故事,吻着他额头,告诉他长大了要像爸爸一样,做个顶天立地的男子汉。

他仍记得当他第一次得知钟太太不是他的亲生母亲时,发怒着,狂吼着,把家里所有的花瓶全部砸碎了。父亲走进来,揪住他还不算结实的手臂,抡圆了胳膊给他一巴掌,钟太太哭着把他护在怀里,场面狼藉,他在她的怀里看见顶天立地的父亲落下了眼泪。

长大后,对钟太太的感觉已渐行渐远,得知了真相后,他便对她若即若离。钟太太死之前把他叫到床头,一个劲地说,对不起他的母亲,可是此刻看来,到底是谁对不起谁,恐怕只有上苍知道了。

钟磊,想到他,钟习衡撑着椅子起身,走进钟磊的房间。他绕过床沿,月光洒在钟磊的脸上,皮肤洁白无瑕。钟习衡伸出手,有片刻的迟疑,甚至不敢触碰,钟磊就像一个陶瓷娃娃,稍稍不注意,就碰碎了。

"磊磊,你知道吗?爸爸妈妈好爱你。"他俯下身吻着钟磊的粉颊,热泪已悄然落下。

人逢喜事精神爽。

工作蒸蒸日上,泰国旅游之后与钟习衡重归于好,连安颖都忍不住惊呼,"明烟姐,你的肤色怎么这么好?连化妆品都不需要了!恋爱、事业大丰收的女人就是不一样!"

关明烟笑呵呵地边收拾桌子,边说:"你和沧睿怎么样了?"

自从沧睿住院,安颖在紧急时刻给他输了血后,两个人的关系可谓突飞猛进。去泰国之前的某夜,关明烟忙着写作很晚才回家,在楼下看见沧睿与安颖正在亲昵地吻别。

提到他,安颖的俏脸垮了半边,"别提了,我们现在正处于冷战时期,他一句话都不肯跟我说。"

"冷战?谁能和你冷战啊?"

安颖可怜兮兮地绕到关明烟的膝下,抓着她的手晃啊晃,撒娇道:"明烟姐,我能不能拜托你一件事情啊?"

关明烟一听就知道准没好事儿,扬着眉举着下巴看她,"什么事?"

"你知道不?杨安安的那部戏杀青了。莱斯想让我和沧睿一起去做个专访,就在今天下午,你看我和他现在的关系怎么一起做专访啊?在一起工作都没有热情可言!那什么,你能不能替我去啊?"

关明烟听完,眼珠子向上翻了翻,"你让我帮你去做专访?我一边翻译文献,一边写游记,还要去做专访……我忽然间觉得自己真是全能人才,我应该跟莱斯申请加工资。"

安颖知道关明烟肯定会答应的,缠得更加起劲了,就快把她的胳膊甩上天。

"停停停!我下午还有事情的,你帮我去?"

安颖眨巴着大眼睛,"什么事儿?"

"下午我和习衡约好去幼儿园接钟磊放学,一起回家吃饭。"

安颖笑得好奸诈,推搡着她,"哎哟喂!什么时候我能改口叫你钟太太啊?"

"你再油嘴滑舌,就别指望我帮你了啊!"

"我错了!钟太太!"

安颖贫嘴结束,一溜烟地跑去休息室,端着咖啡从透明窗户里对着她龇牙咧嘴。

沧睿和关明烟按照约定的时间来到杨安安的剧组。最后一场戏已经杀青,

剧组里的人都在想着晚上要去哪里庆祝。关明烟上前和导演交涉了一番，不一会儿，男主角崔海赫和女主角杨安安走过来。

"我们找个地方，谈谈？"关明烟看着两人，也不知道怎么开口。

杨安安点头，"就去三号摄影棚吧，那里场地大，现在也没有人。"

关明烟眼尖地看出来崔海赫对杨安安唯命是从，两个人的关系似乎非比寻常。杨安安和崔海赫在前面领路，沧睿和关明烟紧随其后。一路上，沧睿沉默不语，拿着照相机到处拍摄。

"你和安颖闹别扭了？"关明烟站在一边等沧睿拍照。

沧睿的手指顿了顿，脸上现出少见的愤怒，"她这么对你说的？仅仅是闹别扭了？"

关明烟被他的怒容吓到，"也不是，她的原话是说，你们冷战了。"

沧睿的脸色看上去更差，关明烟苦恼地望着他，难道自己又说错了吗？

"原来她一直都没把我生气当回事！"

沧睿气愤难当，挂着照相机越走越快，关明烟不得不跟在后面小跑着，同时还在懊恼，为何自己要多嘴多舌。

杨安安和崔海赫坐在一起，关明烟坐在他们的对面，目光来回在他们两人之间打量。崔海赫的脸上总是挂着幸福、温柔的笑容，这是恋爱中的男人才会有的表现。相反，杨安安冷静得有些过头了，她面无表情地看着关明烟，目光挑衅，表情得意。

"我想先采访一下两位，你们对于自己在剧中的角色有什么看法？"

两人相视一眼，崔海赫小声嘀咕道："那我先说吧，你跟着我说。"杨安安点头。

崔海赫笑着说："剧中的男主角是忠于感情的人，他爱着女主角，同时爱着父母，也爱着朋友。他在友情、亲情和爱情中周旋，他想要拥有女主角的同时，不失去朋友，也希望这份感情能得到父母亲的认可，所以当最后他必须面临抉择的时候，他选择了最男人的做法。"

关明烟好奇，"什么做法？"

崔海赫老练地露出一个笑容，"那就得等到电影上映，你去电影院找答案了。"

关明烟皱了皱眉，"果然是影帝，几句话就吊起人们的好奇心。从古至今，人们最向往的就是可以同时拥有爱情、亲情和友情，可人们不得不在三者之间做出选择，我很期待知道这部戏的男主角，用你的话说，就是最男人的做法是什么。"

崔海赫笑得很商业，关明烟将话筒移向了杨安安，她们先是对视了几秒钟，那几秒钟火花迸射。关明烟一瞬间感觉自己的鸡皮疙瘩都起来了，心里不禁泛着疑惑，眼前的杨安安似乎与往日不同了。

杨安安不留给她思索的时间，接过话筒马上说道："我并不是很喜欢剧中的女主角，因为她太懦弱，不懂得争取，与现实中的我完全不同，所以演这部戏的时候，我完全颠覆了自己往日的作风，费了很多的时间和精力来琢磨女主角的性格。"

杨安安说到这儿，停顿了一会儿，大家都不解，同时将目光投向她，可她不急不躁，盯着关明烟，就像猎人看着猎物的目光。

"但是出演这种戏，可以体验不同的人生，我很喜欢，也深深地沉醉在其中。当电影上映的时候，希望大家可以去电影院观看，保准你们可以发现一个完全不同的我。"

关明烟拿着话筒半天没有说话，她就这样看着她，被她的神情和目光深深吸引住，那像一个黑洞，看得越久，陷得越深。

"明烟。"沧睿小声唤回她的思绪。

关明烟颤抖了一下，慌张地解释道："对不起，我……我刚才听得太入神了。"她抬头，看见杨安安诡异的笑容挂在嘴边，寒意顿时从脚底升起。

采访结束后，沧睿分别为他们两个人拍了几张写真，然后一同走出来。

杨安安对崔海赫说："你先去找导演吧，我马上就过来，我想和关明烟说几句话。"

"你们认识？"崔海赫语气惊讶。

"大学同学。"

关明烟看着她朝自己走过来，侧身对沧睿说："我让安颖去幼儿园接钟磊了，但是你也知道，她一向粗心大意，我担心会出什么事情，你能帮我过去看看吗？我想和杨安安谈谈。"

沧睿沉默半晌，虽然心里不是太乐意，可是看见杨安安站在他面前，勾着眉望着他，也只得点头答应了。

"恭喜你，很快要成为当红女星了。"关明烟衷心地祝福她。

可是杨安安并不买账，她日渐消瘦的身体靠在一棵树上，和竹竿一般的两条腿交叠前伸着，她懒散的样子给她增添了妩媚。

"关明烟，你知道松司佐有多爱你吗？"

关明烟不明所以，"你为什么突然问这个问题？"

"回答我。"

她有些不太习惯突然变得强势的杨安安，"知道。"

杨安安突然大笑起来，"今天上午他往我的卡里打了十万元钱，你知不知道。"

关明烟越来越摸不着头脑了，"杨安安，你到底想说什么？他为什么会给你打钱？"

杨安安得意地离开了那棵树,在她的面前来回晃悠。

"是啊,他为什么给我打钱呢?我和他又不熟,我跟你算是死对头,为什么给我打钱呢?这个问题你该去问问他吧。"

关明烟看着她一脸荒唐,有些生气了,"杨安安你够了没有?你这个样子真令人讨厌!"

杨安安用意想不到的速度抓过她的手臂,勒住她的衣领,把她按在树上,眼神凶恶。

"我令人讨厌?关明烟,你知不知道你更让人讨厌?你装模作样的架势真令人恶心!"

说完,杨安安松手放开她,关明烟拼命地咳嗽着,然后带着不可理喻的眼神,一步步后退着,与她拉开一段距离后转身离开。

"关明烟,你说我现在值多少钱?十万元会不会少了?下一次是不是开价一百万比较合适?"

杨安安心满意足地看着关明烟踉跄了一下,跌跌撞撞向前奔跑着,时不时地回头看看自己,脸上满是惊恐。

安颖穿了一件米白色的打底衫,外面套着黑色的修身西装,牛仔短裤配着咖啡色的长筒靴,整个人散发着都市白领的气质。

她无趣地听着歌,不亦乐乎地吮着棒棒糖。一个人从后面朝她逼近,那人刚一抬手,还未搭上她肩头,安颖一把将那人的胳膊反向扣住,压在他的后背上,将那人制服得不能动弹。

"安颖,几天没见,空手道的功力又见长了啊?"

安颖认清来人是罗,赶紧松了手,看着他龇牙咧嘴地揉着自己的手腕,狠狠地说道:"谁让你从后面偷袭我!罗,我和你认识了那么久,你怎么还是不知好歹往枪口上撞啊?"

罗无辜地摊开双手,"我以为你在听歌,不会注意到,谁知道你还是那么敏捷。"

安颖洋洋得意,"那是,要不然钟总也不会把我安插在明烟姐的身边了。"

罗看着她轻笑,"你的明烟姐没来,让你来当跑腿的了?"

安颖偏着头,斜眼看他,"你的钟总没来,让你来当保姆的了?"

她向来伶牙俐齿,在斗嘴方面,他占不到一点便宜,罗只好服软了。

"你和那个男的最近怎么样了?"罗装作很不在意,很不经心地问她。

他看见她的脸色沉了下去,说话时也闷闷不乐,带着小女孩遭到冷落时的委屈。

"我和他吵架了。他看见你给我发的短信,然后又查到我和你经常打电话,我又没有办法和他解释清楚,最后他就误会了我们两个,到现在都不肯和我说话。"

罗不想承认,但他确实真切地知道自己听到这句话时心下一动,那是抑制不住的兴奋。他努力使自己的声音听上去不是愉悦的。

"那你们现在就……不说话了?"

安颖越发失落,点点头,"我真不知道该怎么办了。"

罗转转眼珠,难抑亢奋的情绪,"也许你应该拦住他,和他好好地说一下,以你的口才,你们就是吵起来他也不是你的对手。如果打起来的话,你就更不用怕了。"

安颖抬头,用一种看怪物的眼神看着他。

"你在胡说八道些什么?我才不会和他吵架,我更不会打他!"她刚抬高的音调又降下去,"我爱他还来不及呢,怎么舍得吵架……你说,两个人只有一辈子的时间在一起,总有一天会走到尽头,时间会被挥霍殆尽,为什么我们要在有限的生命里,还把时间浪费在吵架上呢?为什么就不能开心甜蜜地过完每分每秒呢?"

情绪正渐高涨的罗听见她的话,目光倏地就落寞了。幼儿园即将放学,门外挤满了来接孩子的父母或者爷爷奶奶,人潮涌动,摩肩接踵,但是这些在他们两人的眼里都化为了背景,静止的画面没了声音。

沧睿将车停在不远处的路旁,下车朝幼儿园走去,一眼就看见安颖和另一个男人站在对面。她垂着头,长发落在耳边;男人目光柔和,刚毅的脸上抒写着疼爱,他环抱着她,极尽爱意。

那一瞬间,他听见天崩地裂的声音。

松司佐接到关明烟的电话时,正在绘画。电话那端的关明烟,一副好似刚刚经历了惊心动魄的生死瞬间的口气,他的心都提到了嗓子眼。他很快便赶到了环城公园,看见关明烟一脸正气地与别人谈论私家车不该随便停泊,才放下心来。

"你怎么了?打电话的时候,半死不活的,我看你现在倒也生龙活虎啊。"松司佐迎着阳光看她,不得不眯起眼睛。

关明烟看见他,也就懒得和那个人继续辩论,甩下那人往前走,"我想和你谈谈。"

那人跟在后面,举着手机冲着她的背影朗声说:"美女,留下号码我们有空再聊啊。"

松司佐对那人举了举拳头,跟着关明烟一同离开。他们走到公园的某个偏僻的地方,那儿的大树下有长椅,便走过去坐下。

第六章 把从前、离恨总成欢,归时说

关明烟开门见山,"你为什么给杨安安十万?你和她发生关系了吗?"

宛如当头一棒,松司佐张着嘴巴半天说不出话,然后指着自己的胸,"我和她发生关系?你在开什么玩笑?她告诉你我给她钱的?"

关明烟缓缓地点头,语气和缓了些,"那你为什么给她那笔钱?"

松司佐不知道该不该说,亦不知道如何去说。那本该是他与杨安安之间的秘密,他万万没想到杨安安居然变了花样把这件事告诉了明烟,更可恶的是她故意让明烟误会他们的关系,她到底想干什么?

"我不知道该怎么说,但是这件事情已经过去了,我希望可以不要再提了。"

他说完,想要起身离开,却被关明烟眼狠狠按在座位上,她迎上他的目光,坚定执著。

"我要答案。我要知道为什么。你能看着我的眼睛告诉我,这件事与我无关吗?如果是,我就不问。"

松司佐苦笑,目光闪烁在她的脸上,不敢在她的双眼间停留。他害怕那双眸子的澈亮,害怕那双眸子里明晃晃的坦诚。

"我只是不想让你受到伤害。"

"那你起码得让我知道这伤害是什么。"她很快地接话,不给他思索的余地。

风徐徐地吹,阳光静静地泼洒,鸟儿振翅飞翔,空气悄然飘动。他呆呆地望着她,目光交锋,最后只得败给了她。

钟磊刚刚到家,本以为回家后可以让妈妈抱抱亲亲,哪知道徐爷爷说妈妈还没有回家,他潜在的小少爷脾气立刻就显现出来了,撅着嘴巴很不乐意地坐在门口的台阶上,任谁哄都不行。等到了太阳下山,夕阳染红地平线,他看见大门打开,妈妈走进来,小脸这才露出笑容,立刻奔过去。

看着钟磊朝自己跑过来,关明烟感到什么乌云都散去了,什么不开心都抛到了九霄云外了。

"磊磊,对不起,妈妈下午有急事去找松司佐叔叔了,没有办法去幼儿园接你,你生气了吗?"

钟磊钻进她的怀里,吊在她的脖子上,小脸鼓得圆圆的,半天才闷闷地说:"不生气。"

"我看见罗叔叔和安颖阿姨的时候好不开心,还在每个人的腿上踹了一脚。你和爸爸居然都没有来接我!你们都是大骗子!"

关明烟看着儿子有些诧异,"爸爸也没有去接你吗?"

"没有!"钟磊咬牙切齿地说,"罗叔叔说爸爸有重要的任务要忙,没有去接我!"

关明烟抱着钟磊走到门前,徐管家面色不太好,但依旧强挤出一个笑容,候在门口。

"关小姐，泰国行玩得愉快吗？"

提起泰国，关明烟的脸羞涩地红了，只好点了点头。

徐管家类似欣慰地笑着，自言自语道："这世间，也唯有你和小少爷可以给少爷幸福了。"

"徐伯，你说什么？"

徐管家摆了摆手，几日不见看上去苍老了几十岁，"没什么，你快进去吧，少爷今天没有上班，就是为了给你们一个惊喜，里面有惊喜等着你们呢。"

一听有惊喜，钟磊拔腿就往家冲，边冲边尖叫，把关明烟的心提得高高的，悬在胸前。她走进去，看见家中并没有什么变化，不禁有些失望。

"徐伯，什么……"她回首，正欲询问徐管家的时候，发现他已经离开了，并且很贴心地替他们关上了门。这时，钟习衡从厨房走了出来，他套着印有麦兜的围裙，手里拿着的勺匙还浸着汤。

钟习衡被她的目光盯得有些害羞了，用生气掩饰自己的不自然，"看什么看？我不过是想下一次厨房，为磊磊做一顿晚餐，你不过凑巧撞上了，我又不是专门为你做的！不许笑！"

关明烟抿着唇做投降状，"好，我不笑，需要我帮忙吗？"

钟习衡双臂展开，把她挡在门外，表情坚定，"不需要！"

关明烟了解他在厨艺方面的斤两，扬眉打量他，"你确定？"

两个人站在厨房门口，四目相对，隔了仿佛有半炷香的时间，钟习衡放下手臂，不服气地说道："不确定。"

关明烟以胜利者的姿态走进厨房，顿时被里面的惨状惊呆了，锅碗瓢盆被放得乱七八糟，盐和糖的勺子被随意搁置着，锅里还残留着油渍，他已经做好的两道菜就像六七十年代用的黑白电视机，毫无色彩可言。

钟习衡讪讪地看着她，嘿嘿地笑，这样的男人哪像在商场上呼风唤雨的霸主？他更像本准备讨好女朋友欢心却把事情搞砸了的毛头小子。

关明烟卷起袖子，把围裙从他身上取下来，然后吩咐他，"去把这里打扫一下，把剩下的菜拿过来，我看看能做点儿什么菜。"

"不行，我说过……"钟习衡还想争取一下自己的权利，但是收到关明烟的一记瞪眼，立刻乖乖地靠在一边不敢说话了。

"等你做道能吃的菜出来时，磊磊都不知道饿成什么样了。"

钟磊站在门口，听着妈妈训斥爸爸，爸爸只能垂着头窘窘地挨批，捂着嘴咯咯地笑。

钟习衡冲过去，把他打横抱起，扔过头顶，口中还在威胁他，"小家伙！小坏蛋！让你笑让你笑！再笑我把你扔出去！"

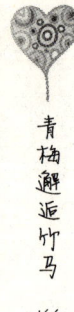

他的恐吓对于钟磊已经构不成任何威胁,他笑得更欢,连口水都顺着嘴巴流下来。

钟习衡赶紧把他放下来,一边嘟囔着,一边往关明烟身边躲着,"好脏好脏。咦——"

听他这么说,钟磊闹腾得更欢乐了,钟习衡怕你的口水,他偏要往他身上蹭。他用手背擦掉挂在嘴边的口水,然后想也不想直接往爸爸的西服上抹。

钟习衡闭着眼睛,绝望地仰天惨叫,"不要啊……明烟啊,救救我……"

正在切菜的关明烟也被他们两个逗得直笑,连提刀的力气都没有了。好不容易才顺过气,她板着脸对一大一小说:"你们不要闹,都在旁边候着,随时帮我,不出力的人今晚别想吃饭。"

钟习衡和钟磊同时举着食指对着对方指指点点。

关明烟让钟磊去把土豆拿过来,钟磊就跑到厨房的一个角落,在一堆蔬菜里把土豆翻出来,再跑到她身边,递给她。

关明烟让钟习衡去把土豆洗了,打皮儿,切成丝状,他便拿着土豆洗净去皮后,放在砧板上,小心地切成丝状。

夜幕降临,偌大的别墅只有厨房的灯亮着,里面时不时地穿梭着两个大人的身影,偶尔看见一个小孩爬到了桌子上。阵阵笑声从窗户里传出,化作一串串音符飘向远方。

松司佐从来没有去过顾婉的家,他本以为警署成员的家里会很严密,戒备森严,窗门都被牢牢地防护着。可是真的站在顾婉家的门口时,他才知道,正因为他们是警察,所以他们才无所畏惧,连防盗门都省了。

"大人物无事不登三宝殿啊,说吧,大摄影师来找鄙人有何贵干啊?"Rex用一种很古典的腔调和他打招呼,就差没有甩甩袖子单膝跪下了。

松司佐看着顾婉,面无表情地说:"这人穿越了?"

顾婉点头,"差不多了。穿越剧和穿越小说看多了,就差没去找一个树林啊,或者安排一场车祸啊什么的,就穿越到唐朝了。"

"你想去唐朝?"松司佐更是觉得不可思议,"那时候的女人都以胖为美,你过去了还不腻歪死。"

Rex跷着食指,风度翩翩地摆了摆,"不是的不是的!正因为大家都以胖为美,所以瘦美人嫁不出去!没有市场,所以价位肯定低!娶亲不用花太多钱,也许娘家还会赔上很多嫁妆呢!"

"扑——"松司佐含在嘴里的茶水以抛物线的路线喷了出去。

顾婉毫不犹豫地上前捏着他的耳朵,"怎么?我还没答应嫁给你,你就嫌娶我的成本太高了?你要不乐意,我们现在就掰了算了!省得浪费我的青春！"

Rex 看她真的怒了，赶紧嬉皮笑脸，上前拥住她，用尽甜言蜜语哄她开心，松司佐坐在旁边拿看好戏的表情盯着他们。

过了一会儿，顾婉终于消了气，依旧不愿意和 Rex 说话，她直接走到松司佐旁边，叉着腰口气锋利。

"你找我到底有什么事？快说！"

松司佐第二次被茶水呛到，跷着的大腿也赶紧放下来，端端正正地坐好，顾婉拉过一张椅子在他对面坐好。这场景很像在警署，一间昏暗的密不透风的小屋内，警察正在秘密地审着犯人。

"是这样的，昨晚杨安安拿关明烟威胁我，找我借了十万元。早上我把十万元打进她的账内，本以为这件事就此了结，但是谁知，下午明烟去采访她的时候，她添油加醋把我借钱的事情告诉了明烟。然后明烟过来问我理由。我已经全盘托出告诉她了，但是我觉得杨安安很不对劲，我怎么也想不通对于一个即将红透全国的女明星来说，她要十万元干什么？她没有理由缺钱用啊？"

顾婉拧着眉，陷入了沉思，过了会儿，她小心翼翼地试探，"所以你是想让我替你去查杨安安到底拿那十万元干什么了？"

松司佐点头，顺便添了一句，"不止是为我，也是为了明烟。她是个心狠手辣的女人，她用明烟威胁我，又在明烟面前挑拨离间，她的最终目的一定是明烟，我想知道她到底想要干什么。"

顾婉听了他的话，连连点头，"她在大学时代就嫉妒明烟，嫉妒得不得了。现在有了翻身的机会，她肯定不会放过，她一定会想尽办法羞辱明烟的，我们要在此之前找到她的弱点，捏到她的软处。"

白日，我是站在摄像头前的天使，穿着白色的公主裙，踩着粉红色的高跟鞋，又长又卷的头发散落在肩头和胸前，妩媚与纯洁并存；夜晚，我是穿梭在夜店里的魔鬼，穿着黑色的紧身服装，踩着镶闪光片的黑色高跟鞋，又长又卷的头发高高地扎起，冷艳与诱惑并存。

杨安安在日记本上写下这么一段自我剖析，然后拿起手机看了一眼，时间已经快要到了，她得换身衣服出发了。

镜子里的人高挑性感，黑色的贴身衣勾勒出她紧致曼妙的身材，一切准备就绪，她对着镜子中的自己一笑，轻佻地用手指挑着钥匙，扔进包内，款款地走出门。

她先去楼下的自助取款机取了钱。然后，她走到马路边，拦下一辆出租车，直奔摇滚酒吧。她下了车，熟门熟路地走进去，站在酒吧门口的服务生一眼认出她，把她交给领班，领班殷勤地带着她走进早已定好的包厢，里面已经坐满了人。

"安安，你迟到了，罚酒。"坐在中央的男人看见她，脸上堆满了笑容，把斟得满满的一杯酒递给她，酒杯接替时，还趁机在她的玉手上揩了一下油。杨安安忍着胃里翻腾的恶心，镇定地笑着喝完那杯酒。

男人带头鼓掌，屋内一群乌合之众跟着鼓掌。杨安安看见他的身边空着一个座位，走过去坐下。

Rex和顾婉一直坐在摇滚酒吧对面的面包车上，他们看见杨安安走进去。

坐在驾驶位上的松司佐面色复杂地打量着酒吧的外观，"她什么时候开始出入这种灯红酒绿的地方？"

顾婉没有接他的话，只是目光鄙夷，口气更鄙夷，"我早就知道她是这种贱骨头！"

松司佐停顿了几秒钟，在心里权衡了一下利弊，才开口说："前段时间，也就是在她的电影开拍之前，我半夜回家，看见她衣衫不整地从米花大酒店出来。后来我又去找过她，但是……被她拒绝了。"

Rex一直盯着对面，没有加入他们的对话，这时候突然插了一句，语气带着浓浓的无奈，还有微微的不情愿。

"你们到底想让我干吗？"

顾婉和松司佐对视一眼后开始奸笑，Rex顿时冷汗淋淋。

"我和顾婉都是杨安安的大学同学，你和她并不相识，只是打过几次照面，所以我们想让你打入内部。"

"打入内部？"他激动地起身，撞到了面包车的顶棚，疼得他嗷嗷叫。

"进酒吧看看能不能找到什么线索。"顾婉使出美人计，将手覆在他的手背上，双眼饱含温柔和深情地凝视着他。

Rex的大男子主义开始作祟，便毫不犹豫地点头答应，拉开车门就准备冲出去，幸好顾婉眼疾手快拉住他。

"别急啊！我们还没说完呢！"

松司佐忍着笑点头，"你不要轻举妄动，不要和她打招呼，不要和她说话，不要靠近她，尽量用手机拍下照片，我们只需要证据和事实。"

"其实我们更需要一个活着的人出来给我们提供信息。"顾婉为了警告他，毫不留情地添了一句。

Rex被她最后一句话吓到，瑟缩地收回自己的手，警惕地来回审视这两个把他推向火坑里的人。

"你确定我不会有生命危险吗？"

"你又不是间谍！"顾婉使劲儿地扭了下他的胳膊，他用求救的目光看着松司佐，松司佐看了一下顾婉的脸色，很不讲兄弟义气地转过脸，对眼前发生的事情不做任何评论。

Rex只好可怜巴巴地捂着自己的胳膊下了车，三步一回头地朝酒吧走去。

Rex走进摇滚酒吧，耳边立刻炸响起震耳欲聋的摇滚乐，他映着昏暗的灯光小心地往前走，走过走廊，前面便是一片宽敞的天地，五彩灯挂着头顶上，下面是摇摆着身体的男女们，迎面是吧台，在吧台的后面有一间间包厢。他猜测，杨安安应该是在某个包厢里。

他买了一瓶酒，咕咚咕咚地喝下大半瓶，然后拎着剩下半瓶酒，跟跟跄跄地往前走，每走到一个包厢前就打开门迅速扫视一圈，没有杨安安，便道歉说一声对不起，喝醉了进错房间。

他一路向前，走到倒数第二个房间的时候，他透过门上面的玻璃，一眼就望见沙发上正靠在旁边男人身上的杨安安。

"不要靠近她，不要和她说话，用手机拍下照片就可以了。"

Rex朝周围看看，走到这里已经很少有人出入了，他掏出手机，靠在一边的墙上，调好摄像头，从下往上慢慢地举高，直到手机屏幕里出现杨安安的身影，他抓住时机，"咔嚓咔嚓"，然后重新拎着酒瓶走出酒吧。

"拍到了吗？"松司佐接过他递来的手机，找到照片。

顾婉捂着鼻子，一脸嫌弃地看着他，"做做样子就可以了，你喝那么多酒干什么？"

Rex借着酒劲，朝她耍酒疯，"我就喝我就喝！你能把我怎么样？"

顾婉深吸一口气，向后面移了移，然后掌握好力度，对着他的脸打了一拳，"我能打你，并且拘捕你！酒后闹事！关上几天！"

Rex委屈地捂着自己的脸，像个受气的小媳妇似的缩在后排座位上，不敢再说话。

顾婉看见他终于安分了，这才把精力转向了松司佐。

"怎么样？"

松司佐对着屏幕看了许久，蹙着眉一直没说话，"拍得不是很清楚，但是……你仔细看看桌子上摆的这些，像不像毒品？"

经过千辛万苦，历经艰难险阻，在关明烟和钟磊的鼎力加盟下，钟习衡终于成功地把一桌家宴完成。

烛光晚宴，缺少烛光怎么可以呢？钟习衡将蜡烛一一点燃，钟磊兴奋地关掉落地灯，摇曳的火焰照耀着在座人的笑脸，钟习衡为关明烟斟上红酒，为钟磊斟上果汁。

随后，他拉着关明烟坐在长桌的最前端，关明烟惊慌失措地摆手，"我不坐这里……"

钟习衡冲着钟磊眨了下眼睛,"今晚没有人比你更有资格坐在这里了。"

钟磊拍手叫好。

关明烟招架不住父子俩的同心协力,便也不推辞,大大方方地就座。钟磊与钟习衡坐在她的两侧。

三个人同时举起酒杯,映着蜡烛温暖的光芒,轻轻地撞在一起,发出脆亮的声音。

"祝我们大功告成!"

钟磊大声应和,"祝我们大功告成!"

看着满桌佳肴,关明烟举着木筷,不知道该从哪里下手。只见钟磊夹起一块油炸豆腐放在她的碗里,"妈妈,这是你最喜欢吃的油炸豆腐,你吃一口。"

钟习衡看着关明烟对着儿子笑着说谢谢,心生嫉妒,也夹起一撮土豆丝放在她的碗里,"这是我第一次切土豆丝,你也要尝一口。"

钟磊不服气,又夹起一块鸡肉放进她的碗里,"妈妈,这是鸡肉,幼儿园的老师说吃了鸡肉可以长肉肉,妈妈你太瘦了,你要多吃鸡肉长肉肉。"

钟习衡故作生气地瞪了他一眼,钟磊可不怕他,立刻回瞪!钟习衡又给她盛了一碗汤,"多喝点汤,喝汤可以养身,还可以养神,你现在用脑过度,需要补补。"

不过几分钟,关明烟的碗里已经堆起一座小山,她无力地抚着额头,举起手做安抚状,"你们不要这个样子,这顿晚餐是我做的,该你们多吃啊。我天天都可以吃到自己做的饭菜,可是你们就不是喽,你们要多吃点。"

钟习衡看着儿子,两人不约而同地抱着碗筷,不再委屈自己早已饿扁了的肚子,大口大口地吃起来。

用餐结束后,钟磊摸着自己被撑得圆圆的肚子,窝进沙发里不再动弹。关明烟走过去想要把他抱起来,却很吃力。

"天哪,磊磊,你到底吃了多少?"

"呃!"他打了一个饱嗝,指着爸爸说,"爸爸和我抢饭吃,害我吃了好多好多!"

钟习衡的眼里滑过一丝阴险狡诈的笑意,关明烟回首,看见他正端着一杯白开水,优哉游哉地在客厅里走来走去。

"磊磊,你先休息会儿,等肚子舒服了就去洗澡睡觉,好吗?"

钟磊摸着肚子,听话地点了点头。

关明烟将长发夹起,用一个发夹别在脑后,无形中为她增添了一份家居女人的柔情。钟习衡走进厨房,从后面搂着她的腰,在她耳边低喃,"明烟,我好想你。"

一直在水下冲洗的手停了下动作,再开始时,动作变得缓慢轻柔了,她侧着脸，朝他吐气。

"不是刚刚见过吗？怎么就想我了呢？"

钟习衡把头埋在她的颈窝处，摇着头，含着些疲惫，"不知道，我也不知道。我好累，我累了就好想你。"

关明烟关掉了水龙头，厨房静得连彼此的呼吸都听得清清楚楚。他的嘴唇急促地在她的唇瓣上辗转，用舌头沿着她的唇边舔着，然后轻轻启开她的贝齿，不急不躁地寻找到香舌，慢慢卷起，慢慢吸吮。

关明烟完全沉醉其中，很久未见过这样温柔的钟习衡了。她闭上眼，在沉醉在温柔乡之前，早已找不到答案。

今天的钟习衡太与众不同了，同一个皮囊，却被人换了一个思想。

"习衡，告诉我，你到底怎么了？"关明烟香汗淋漓地靠在他的胸前，纤纤玉指撩开他厚重的头发，一个吻落在他的眼睛上。

"我好累。"这是他今天说得最多的一句话了。

关明烟越听心越着急，"你从来不说累，今天一而再，再而三地说你好累，为什么？发生什么事情了吗？"

"如果有一天，你发现你的亲生母亲是你养母的表妹，在这场婚姻中扮演着小三的角色，是见不得光的肮脏角色，你会心累吗？告诉我，明烟，你会累吗？"

关明烟的眼一眨不眨盯着他看，"你是说，你的母亲是钟太太的表妹？而她和你父亲……"

"我父亲是她的表姐夫。"钟习衡看着她，眼里写满了悲伤。

她不知道这个时候说什么话可以疗伤，她明白一种伤口不是言语能够抚平的，它也许需要时间，也许需要情感，也许一辈子都只是一个伤口。

她能做的唯独就是在此刻紧紧搂住他，"我的体温不够高，不知道够不够温暖你的心。"

钟习衡浑身哆嗦了一下，然后将她更紧地搂进自己的怀里。漫漫长夜，我们都需要人陪。

爱情总是千变万化，在你以为你的爱情降临之时，打开门，却看见爱情走远；在你以为爱情不会再光顾你门前的时候，打开门，却意外发现它正在门外恭候。关明烟含着笑敲下这几行字。

安颖手里捧着咖啡，站在后面，打趣道："你的文字让人一看就知道，你恋爱了。"

关明烟转过身，笑着推搡她，"你确定？我是恋爱吗？都多大岁数了，还有个五岁的孩子，我还恋爱，那就是笑话了。"

安颖摇摇头，摆出爱情专家的姿态，"爱情就像学习，活到老，爱到老，这

样生活才会有乐趣,才会充满幸福。"

关明烟转转眼珠,细细品味着她的话,"听你说话,我也能感觉到你和沧睿重归于好了。"

安颖吐吐舌头,压低了嗓音,弯下腰凑在明烟的耳边,"不算和好啦,但是他起码和我说话了,只是现在需要一点更多的自我的时间,他说我老是黏着他!"

关明烟笑着把她的头到脚打量了一遍,然后下了结论,"我确实觉得你很黏人。"

"我哪有!"安颖不乐意,拿出自己的看家本领,抓着明烟的手没命地晃悠。

"好啦好啦,你没有,你没有。是沧睿黏人,好不好?"

安颖撅着嘴巴,小声嘀咕,"那也不好,他才不黏人呢。"说着,她又偷偷地朝沧睿那边瞄了一眼,明烟顺着她的目光也看了看沧睿。沧睿抬头刚好与安颖的目光相遇,停顿了片刻,便收回目光,低下头继续做事。

"看吧,他就这样子了。"

关明烟撇撇嘴,"那就这样子呗,我也没办法喽。"

安颖长叹一口气,端着咖啡回到自己的座位上。坐在自己的位子上托着腮发呆,她看见对面的关明烟接了一个电话,说着说着,就猛地起身,打翻了桌子上的茶杯,所有人都朝他们这边看来。

"好,我这就去医院。"安颖听到最后一句话,在明烟离开之前,及时拉住她,"到底发生什么事情了?你要去医院?"

关明烟来不及解释,"钟磊摔着了,现在在医院,我得去看看。"

沧睿顺手拦住明烟,看了身后的安颖一眼,"我开车送你们去医院。"

松司佐想过很多次,也在脑海中演示过很多次,钟习衡发现他的秘密的情形,也许是在他某次醉酒后,也许是在谁濒临死亡之前,也许会有一个连他都不知道的神秘人出现揭晓这个秘密,也许是谁承担不了内心良知的煎熬。

但是事实并不是想的那样。生活总是在用它强大的力量,一遍又一遍地提醒我们,天下没有千古谎言,你撒下一个谎,就该知道你终究要面临谎言被拆穿的一天。

他接到关明烟的电话,火速赶到了医院,他闻着刺鼻的消毒水味道,耳边萦绕的竟然是泰国占卜者的声音。

血光之灾。

"明烟,磊磊现在怎么样?"

松司佐赶过去,看见安颖陪伴着关明烟。

"我不知道。"关明烟早已哭成了泪人。

还不等他说出安慰的话,医生赶来说要输血,希望他们之间有谁能尽快去献血。

"磊磊是什么血型?"

"O型。"

松司佐在这个时候,听见了命运的齿轮转动的声音,也许上帝在抒写他的命运时,就是这样设计的,他无法抗拒。

"明烟姐,你不是O型吗?"安颖着急得握住她的手臂。

关明烟闻言,垂下头,泪落得更汹涌,"我是B型,习衡是O型,他还在来的路上。"

松司佐开口说话了,语气平静,"我是O型血,我可以献血。"

护士带着面色复杂的松司佐去抽血,在拐弯处时,与正从电梯走出来的钟习衡擦肩而过。

钟习衡赶到急救室门前,看见双眼红肿的关明烟目光呆滞地望着窗外,一种难以名状的自责感由然而生。他走过去,粗鲁地将她搂在怀里,说出的话却是温柔的。

"明烟不怕,磊磊不会有事的。他那么乖巧,那么惹人爱,怎么会有事呢?不要担心,有我在对不对?"

关明烟点头,使劲地点头,拼命地点头,仿佛她不点头,钟磊就会失去了生命。

护士又匆匆走进去,把门重新关上。不一会儿,献完血的松司佐走过来,看见钟习衡拥着关明烟,忽然他发现,他连嫉妒都做不到了。

这条走廊是寂寞的,是冷清的,每个站在门外的人都在为门内的人祈福,再深的恩怨都抵不上死亡的威胁。

钟磊做了多久的手术,关明烟就掉了多久的眼泪。但是幸好,钟磊没事,他是安全的。

第六章 把从前、离恨总成欢,归时说

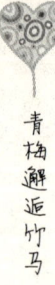

第七章 本是同根生

谁都不知道杨安安是怎么得到消息的,钟磊刚转到病房不过半天的时间,她就拎着果篮走进来。那个时候,松司佐在,关明烟和钟习衡在,安颖和沧睿也在。

"真是可怜的孩子。"杨安安看着躺在床上脸色惨白惨白的钟磊,很可惜地说,关明烟还没来得及说谢谢,她又语出惊人。

"这孩子就是命好,出了生命危险的时候,妈妈不能献血救命,总有一个人,那么巧地可以站出来替她献血。"

杨安安留下这么意味深长的几句话就离开了,但说者无意,听者有心,钟习衡将目光转向关明烟,"是谁献血的?"

关明烟看着松司佐,又看看钟习衡,心里升起不好的感觉。

"是松司佐,他说他也是O型血,所以就……当时你还不在。"

钟习衡猜到了是他,没有理由,就是凭着一种直觉。他们从第一次见面就阐明了各自的立场,成为情敌,在各种场合公开开战。肆意飞扬的青春,除了明烟做伴,亦有他。

关明烟,他们争了九年。也许算不上争,于他而言,是守;于他而言,是攻。

"谢谢你,松司佐。"钟习衡向他伸出手,只是眼里不是真正的感激。

罗恰时推门而入，钟习衡立刻收回手，看着他。

"到底是怎么回事？"

罗的额头上灿亮亮的，细小的汗珠折射出阳光的色彩，无意中说出了他的劳累。

"查清楚了。小少爷是为了何言出头，而被人从楼上推下来的。那个男孩总是欺负何言，小少爷看不过去，便与他起了争执。那男孩在他下楼的时候从后面推了他一下，小少爷失去平衡从楼上滚了下来，在楼梯下面放着一把扫帚，扫帚前面的铁丝没有扎好，小少爷在滚下楼时，刮到了铁丝，所以腿上有长长的伤口。"

钟习衡心痛难忍，他皱着眉，气愤难抑，"什么样的孩子能小小年纪就这么残忍？把别人从楼上推下来？"

罗看看关明烟，欲言又止。钟习衡心领神会，便和他走出病房。

"那个小孩是崔海赫的侄子，崔海赫最近和杨安安走得很近。"

钟习衡眼前豁然开朗，炯炯有神的双眼慢动作地眯起，汇聚成一束堪比X光线的目光投向远方，灯光下，他的薄唇抿成利剑，利剑出鞘，化成一句话。

"杨安安那边赶紧安排好，解决时出手干净利落点，不要留下祸根。顺便帮我弄到松司佐的头发之类的任何可以检验DNA的物质，这件事不要声张，尤其不要让明烟知道。"

罗看着这世上他唯一敬仰的男人，目光逐渐混浊，说话的口气染上浓浓的不安和震惊。

"钟总，难道你还不相信关小姐吗？如果这件事让关小姐知道的话，她会很伤心的。"

"所以，不要让她知道。"

罗皱着眉，还想要争辩一下，试图劝阻他，可钟习衡主意已定，自己完全没有说话的空间。

他走进屋，面色沉沉比刚才更甚，关明烟的目光从他刚走进屋那一刻起就一直追随着他，心里隐隐感到一些不对劲，但是又说不上来在哪里。

"罗和你说什么了？"关明烟走到他身边，轻声问道。

"跟杨安安有关的事情。"他的语气出奇冷漠，似乎刻意与她拉开距离。

关明烟有些委屈，她不明白到底发生了什么，他又开始像当年那样，总是忽冷忽热，高兴时给她一个拥抱哄哄她，不高兴时恨不得希望她在南极或者北极，一辈子不相见最好。事业是成熟了，怎么心智还是不成熟呢？

"杨安安怎么会来？"

松司佐一眼就看出他们之间又有暗潮涌动，钟习衡对关明烟的态度不冷不热，像个孩子闹脾气。于是他开口了，想要缓解尴尬的气氛，岂料得到钟习衡

的一个白眼。

关明烟不喜欢钟习衡摆着架子谁也不理的高傲作风，于是用略带责备的口吻说："习衡，你怎么不说话啊？"

钟习衡猛地拉下脸，话是对着松司佐说的，目光却是落在关明烟的身上。

"我和她不熟，我也没那个机会通知她。"

他话中有话，松司佐隐约读懂了他的怒气，正准备和他解释，关明烟抢了先。

"松司佐是为了磊磊才去献血的，你心眼怎么那么小？为了面子连自己的孩子都可以不顾吗？"

钟习衡气到了极致反而会笑，正如现在，精致的面颊带着笑容，人看了却如临阵阵寒风。

"我小心眼？你怎么……"

他话没说下去，关明烟的手机铃声适时响起。屋内的人看着她，她的胸口上下起伏着，白皙的脸蛋被怒火染红。

"主编？"她做完一个深呼吸，再说话时口气平静许多。

她的脸变白，变黑，最后变成绛紫色。过了近一刻钟，关明烟合上手机，嘴唇发白，呆滞地望着钟习衡，不停地喃喃自语，"怎么会这样，怎么会这样……"

"这样是哪样？"钟习衡着急，他一着急愈容易生气。

关明烟低下身，抱着头，好像受了很大的打击，精神几乎癫狂。

"我也不知道……莱斯说……网上也有……可是怎么会，不可能啊……我没有抄袭的……"

她说得语无伦次，钟习衡听不下去，手指着罗喝道："打电话给莱斯，问清楚到底是怎么回事！"

松司佐带着意外的目光盯着他，深邃的双眼弥漫开遮天的浓雾。

罗挂了电话，瞄了一眼关明烟，才用沉重的语气说："某个网站上有匿名者提前发布关小姐的那篇文章。随后，被某个网友宣扬出来，现在几家网站和报刊联合控诉她窃取别人的果实，并且要求她所在报社的社长现身道歉。关小姐现在面临着很大的舆论压力。"

安颖上前搂住她，感觉到有股热流滴在她的衣服上。

"明烟姐，我们都相信你。"她说话时还有些不安，边说边搂得更用力。

关明烟继续落泪，她现在不仅需要朋友的认可，更需要社会的认可。是他们给了她荣誉与鲜花，现在又要从她手中把这一切夺走，让她如何承受得了？

她希望钟习衡可以走过来，给她一个拥抱。即使刚才他们在争吵，即使她说了他小心眼，那也是无心的。女人脆弱的时候要的不过是心上人的抚慰，但钟习衡不懂。

后来她才明白，不是他不懂，是他给不了。

松司佐走过来，扶她起身，然后向病房外走去。今天的事情让他们措手不及，多年来在社会上摸爬滚打的经验又提醒他，这些都只是表面，他嗅到，这背后还有更大的阴谋在迎接他们。

关明烟朝着松司佐的车走去，眼泪涟涟，泪水止不住地落下。她为钟磊受伤落泪，为自己无辜蒙冤落泪，为不解钟习衡的心思落泪。

沧睿跟在他们后面来到车库，叫住关明烟，他走近，脸上的表情不同往日，"松司佐，我可以和关明烟说几句话吗？"

"不能在这里说吗？"松司佐揽着关明烟说。

沧睿思考了一会儿，问关明烟："你的文章在发表前还给谁看过吗？"

关明烟摇头。

"你的笔记本有密码吗？"

"有。"她声音沙哑，"但是没人知道。"

沧睿又停顿想了会儿，接着问："最近你的笔记本交给别人了吗？或者拿去哪里维修了吗？"

关明烟继续摇头否认。

就在沧睿放弃准备离开的时候，关明烟忽然想起来一件事。她和钟习衡吵架的那晚，自己夺门而出，直接去了安颖家中。那晚因为受了刺激太深，加上灵感源源不断，她便用安颖家里的台式电脑写完那篇文章的底稿，然后上传到自己的邮箱保存好。最后，她丢进了回收箱，并且清空了回收箱。

"回收箱清空的话，还可以找回来吗？"关明烟吸着重重的鼻子，来回看着松司佐和沧睿。

他们略带沉重地对视一眼，像是在宣判一个人死刑。这下轮到关明烟发愣了。

"不会的，不会是安颖的，肯定是我们遗漏了什么，她怎么会想到我把文章丢进回收箱呢？安颖……不会那样对我的。"

沧睿面色如死水般沉静，他不想在今天再给明烟任何沉重的打击，可是若不说，这样继续下去，会不会有更严重的事情发生呢？

"沧睿，你还知道什么吗？"到底还是男人懂男人，松司佐看着他犹豫不决的眼神就猜出了大概。

关明烟也在满怀期待，或者说事情坏到了不能再坏的时候，她也不怕任何暴风骤雨了。

"是这样的。"沧睿往后退几步靠在松司佐的车后，"那天我们采访结束后，你说要和杨安安谈谈，让我去幼儿园接钟磊。我到幼儿园门口后，把车子停在不远的路口边，然后朝那边走，还没走到幼儿园，我就看见安颖和一个男人站在对面的马路上，两个人样子很亲密，那个男人就是站在钟习衡身边的那个人。"

"你说……罗？"关明烟的美目瞪得比核桃还要大，声音因过分提高而变得妖冶。

沧睿点头。

关明烟发出了一声嘲笑声，然后转过脸看着松司佐，用表情在对他说，"你相信这一切吗？你相信吗？钟习衡居然在我身边安插了他的人？"

松司佐不说话，也不看她，盯着远处的墙壁，面无表情。

"那个人是叫罗吗？看来真的是他了。"沧睿的脸上带着苦涩的笑容，"之前，我在安颖的手机里看到的短信署名就是罗。他们关系真的……非同一般。"

关明烟看着很难过的沧睿，突然词穷。这一天太漫长，每一件事情的发生都在挑战她的承受能力，每件都在她的心上切割下一刀。因为孩子间的斗嘴，钟磊从楼上摔下来；不知道从哪里冒出来的匿名者，她被推到了风口浪尖，从文学界升起的冉冉新星变成了万人唾弃的剽窃者；安颖，她在报社里最好的朋友，她朝夕相处的姐妹，却是带着不良目的刻意接近她的间谍。

生活还可以更悲惨一点吗？如果有暴风雨，就请来得更猛烈一点吧。

松司佐开车把关明烟送到安颖的楼下，她望着那扇曾经熟悉的窗户，此刻骤然变得陌生又遥远。

"今天我可以睡你那里吗？"关明烟垂着头，感觉自己此刻就像一只流浪猫，需要一个温暖的家。

"当然可以。"松司佐把车掉头，驶过一个转弯路口时，他看见安颖坐在罗的车上，与他们反方向行驶。

"晚上我去 Rex 那边睡，你可以在这里好好休息。"

关明烟抱着衣服和毛巾正准备去浴室沐浴，听见这话反而顿住身形，回头望着他，目光可怜，惹人心疼。

"你不陪我吗？"

"我不想再给你带来任何麻烦了。钟习衡实在是无处不在，我担心我们都睡在这里被他得知了，会不太好。"松司佐语气一如既往地温柔，却比不温柔的声音更让关明烟难过。

这么好的男人她为什么不爱？这么美好的爱情她为什么不珍惜？偏要跋山涉水寻找一份只能在世外桃源出现的爱情，最后只剩下遍体鳞伤。

"可是，我不想一个人在这里。"

一时间，两个人都沉默了，他们彼此目光交错，都不敢正视对方的眼睛。霓虹灯照亮了这片天地，唯独没有照进他们的心里。

"明烟，我说过。既然你爱着钟习衡，就请对我绝情点，这样才是为我好。"

关明烟以为钟习衡拒绝了她，她可以在松司佐这里找到安慰，可是这个男人也拒绝了她。

她有些歇斯底里，"为你好？你从医院送我回家，然后又把我带到这里来，不是因为喜欢又是什么？你对我好却又拒绝给我安慰，你这样是对我好吗？"

松司佐明知道女人是不能宠的，只是所有遇上她的事情，他都身不由己。

"我只是以朋友的身份帮助你，你不要想得太多。"

关明烟看着他心死，很久很久以前，她就听人说过男人是世界上最绝情的动物，今天她才真正地见识到男人可以有多绝情。他们可以绝情地拒绝自己深爱的女人，可以绝情地置人喜怒哀乐于心外而不顾。

"那你走吧。"关明烟指着门，心平气和地说。

她的心平气和让他心惊，"明烟——"

"我对你绝情，你对我也可以如此。"她以为没有停顿，便听不到痛苦。

松司佐伫立许久，久得让人感觉不到他的存在，感觉不到他还是活着的。然后他走了，关上门离开了。关明烟终于控制不住，抱着衣物坐在地上，号啕大哭起来。

松司佐并没有立刻去 Rex 的家，他想现在顾婉应该和 Rex 在一起，他不想打扰他们两个。这世界上有情人已经越来越少，他不忍心再去打扰一对，只好漫无目的地在街头闲逛。世界越大，自己越小，这个时候再没有可以容身之地，这是多么可悲的事情。

他想起妈妈还在的时候，拉着他的手没有目的地在日本的街头、公园散步，妈妈从来不跟他讲童话故事，她说男孩子要听英雄的故事，童话故事是说给小女孩听的，他要变得强壮，他要成为男子汉，他要坚强。

可是，妈妈没有告诉过他，多坚强的男人才称得上男子汉。敢于放手爱情的男人是男子汉吗？为了成全心上人的幸福，埋葬自己的幸福，这样的男人是男子汉吗？妈妈教了他那么多的道理，唯独没有教给他什么叫爱情。

年少轻狂之日，他曾在万人面前指责过钟习衡不懂爱情。那时候，他只想拆散那对"男才女貌"，他只想得到关明烟，他只想让钟习衡败在自己手里。他说出这句话的时候，又怎么算是懂得爱情的呢？

过了这么多年，他一直与爱情追逐，忽近忽远，最后还是与它擦肩而过。然而他从这些过程中慢慢地读懂了爱情。

爱情是神圣的，是两相情愿的，是容不得第三者的。三个人的爱情终究会支离破碎，或许谁都得不到爱，或许某一个人孤独的离开，剩下的两个人才能获得爱情。与其被人踢出局，不如主动放弃，也许某一天他们在享受爱情的时候，也会感激你的悄然离场。

放弃眼前的爱情，是为了以后更美好的爱情。放手眼前人，是为了得到真正属于自己的伴侣。上帝是公平的，他造就男人的同时，不会忘记造就一个与

之匹配的女人。

他谁都恨不了，要真的恨，只能恨上帝，没有将明烟选作是与他匹配的女人。

想着这些，他胸口苦闷的压抑得到缓解，心情好了，便该想想正经事了。

人们匿名向来是为了掩饰自己的身份，从而掩饰自己做事的动机。明烟无辜蒙冤这件事，得从匿名者着手，怎么在茫茫人海中找到匿名者呢？

他想了想，灵光一现，他还是得去Rex家，不过不找Rex，而是顾婉。

如松司佐所料，顾婉从医院出来后，随Rex一起回到他的别墅，两个人正在烛光晚餐，松司佐恰不逢时地登门拜访。

"松司佐——我以为你和明烟在一起呢。"Rex看着他的表情有些无奈，好好的一顿晚餐就这样泡汤了。

"明烟在我房间里休息，我不方便打扰。"松司佐的目光越过他的肩膀，看见顾婉坐在餐厅的长桌边，一手撑着腮，另一只手的手指有节奏地敲击着桌面，发出脆耳的响声。

"我想和顾婉谈谈。"

Rex有了前车之鉴，这一次可没有那么容易就答应。听到这句话，他反而站直了身体，把顾婉挡住，警惕地瞅着他。

"你又想干吗？"

松司佐也不急躁，稍稍往后退了些，不让自己看上去太有攻击力，然后双手环抱着胸，扬眉望向他。

"难道你不想知道明烟抄袭的事情到底是怎么回事吗？"

好诱人的问题哦。Rex顿了顿，也学着他扬起眉，"你知道？"

"我掐指一算，大概明白是怎么回事了。"松司佐右手的四个手指不停地和拇指碰触，摆出算命人的姿态。

Rex被他唬得一愣一愣，"你会算命？怎么没听你说过？"

"那当然，这种事情能随便说吗？"松司佐看着他单纯的样子，憋不住前俯后仰地哈哈大笑。

"你骗我？"Rex怒道。

"快让我进去吧，我大概了解是怎么回事，但是我不能确定，所以不便透露给你。目前我需要证据，我想了想，也只有顾婉可以帮助我。"

Rex还在犹豫要不要相信他，顾婉刚好走了出来，正好听见松司佐的那句话，便顺口问："我可以帮到你什么？"

"我需要你帮我查那个匿名者的地址，你是警察，这对你而言应该不是什么很难的事情。"

顾婉接过Rex为她倒的一杯水，在唇边轻轻抿了一下，"确实不是很困难的事情，可是查出来又怎么样呢？人海茫茫，他早就不知道逃到哪里去了。等我们抓到他的时候，这件事早就不值得追究了。"

松司佐摸着下巴，一字一顿地说："那也未必。如果这个人一直在她身边，如果这个人是她的朋友，那么说不准了。"

顾婉与Rex迅速对视一眼，Rex先开口道："不会的，明烟身边不会有人陷害她的。你觉得这个人会是谁？杨安安吗？"

"不是。顾婉，你先帮我查到好吗？这件事非同小可。明烟花了那么多的精力准备这篇文章，花费了很多时间在查阅资料，我们不能让她的努力白费。"

顾婉态度严肃地点头，有那么一段时间大家都不知道该说什么才好，彼此间都保持着沉默，想着各自的心思。

过了会儿，顾婉像自言自语，又像感慨。

"若真有这样一个人，我只有祈祷不是钟习衡。"

是夜，每个人各揣心思，或独自站在阳台举着酒杯，或两人相依偎靠在床沿，或孑然一身默默守在吧台前，或蜷起身体坐在冰冷的地板上，他们同时仰头，一轮明月高挂夜空，向着同一轮明月，道出自己藏在心底的秘密。

钟习衡和罗早就习惯了不分昼夜地留宿在公司的日子了。这夜也如此。

"安颖，你没有和沧睿一起离开医院吗？"钟习衡很疲惫，双眼充着血丝，高挺的鼻梁旁还有浓浓的阴影，他把胳膊肘搭在桌子上，不停地按摩着自己的太阳穴。

安颖快速瞄了一眼罗，小声应道："他同明烟姐一起离开的，这段时间我们在吵架。"

"吵架？"他按摩着的手停下来，抬头望着她，"什么时候的事情？我怎么没听你提起过。"

安颖的脸上显出难堪，说话支支吾吾，似不太方便，"就是情侣间闹的一些小矛盾，不碍事的。"

"说。"钟习衡又眯起了眼睛。

罗扯了扯安颖的衣服，对她使眼色，示意她还是说出来为妙。安颖则咬着唇瓣，挣扎几秒钟，用更小的声音说："他好像看见了罗给我发的短信，然后就误会我们之间的关系了。"

"你给她发什么了？"钟习衡冲着罗问道。

罗看着安颖，"就是关于工作上的一些吩咐和叮嘱。"

钟习衡不说话了，又低下头，安颖和罗紧张地用眼神做交流，他们都判断不出钟总是否生气。时间变得像一个世纪那样漫长难熬。过了很久，钟习衡才重开金口。

第七章 本是同根生

"安颖,从你现在住的地方搬出来。罗你带着安颖去外头避避风,这段时间不要回来,也不要让别人知道你们的去向,事情做得隐秘点。"

"为什么?"一想到要离开沧睿很久很久,安颖便控制不住地高声询问,听上去更像质问。

罗没有拦住,又眼看钟总的脸色越难越难看,不得不对她劈头大骂,"哪有什么为什么的!钟总让你做你就去做!不要问那么多问题!"

安颖的眼里噙着泪水,在光线下,衬得楚楚动人,看得罗既心痛又无奈,好一会儿,她才克制住激动的情绪。

"对不起钟总,我不是故……"

"够了够了,你回去收拾收拾吧,明天一早就动身。"

罗对安颖的情,钟习衡看得清清楚楚;安颖对沧睿的意,他也明明白白。拆散有情人是最伤良心的事情,他不想,但必须要这么做。

安颖离开后,罗的情绪有些激动,他笔直地站在钟习衡的面前,双手背在背后,微微地颤抖着。

"罗,你要用这种方式向我抗议吗?"

"没有。"

钟习衡挑眉看他,起身踱步走到他身边,一手搭在他肩上,两人相同的高度站在一起不像上下级,更像兄弟。

"我知道你爱安颖,我们都知道安颖爱沧睿。沧睿不是笨蛋,他看出安颖的身份,他今天又见到你,听见我叫你的名字。只要他有一点推断能力就能找到我和安颖的关系,他知道后,一定会告诉明烟。那这件事就暴露了。"

罗冷笑了两声,无奈抬头看着他,"钟总,到了这个份上,你还能瞒得了吗?"

钟习衡的手滑下,整个人被灯光映衬得太颓废,罗想要上前扶住他,他伸手拦住。

"尽快去把松司佐的事情解决掉,要快,一定要快。"

罗不说话,只能沉重地点头。

"你回家吗?"

钟习衡摇头,"今天事情有点多,我就在这里睡了。"

"那小少爷怎么办?"

有几分钟,他脸上的表情近乎痴呆,眼神放空着。

"徐伯在家陪着,不碍事。"

清晨第一道曙光照在松司佐的脸上时,他便醒了。

顾婉连夜赶回了警局,正巧这时赶回 Rex 别墅。

"怎么样?查到地址了吗?"松司佐来不及洗漱,便迎了上去,不小心撞倒了一把座椅。

顾婉因为熬夜，皮肤失去了往日的光彩照人，有些黯淡，眼睛却闪着亮晶晶的光芒。

"虽然费了一些周折，但是还好，工夫没有白费，我查到了，这是地址。"

松司佐接过那张纸，看着那一栏地址，心里凉凉的。是的，这是安颖家的地址，可他要如何向明烟开口呢？

"你认识这个人？"顾婉看他的脸色发白，忙问道。

"这是安颖家的地址。她是沧睿的女朋友，也是明烟在报社最好的朋友。"

顾婉也陷入了沉默。真相被揭开后，整个世界都血淋淋的，惨不忍睹。

早茶过后，松司佐与顾婉直奔安颖家所在的小区，他们在早餐桌上商量，与其让他们告诉明烟这件事是安颖所为，不如让安颖主动向明烟承认过错。明烟那么善良，应该会原谅的吧。

不到三十分钟，他们便停在安颖家楼下。

"就是这里。"顾婉推开副驾驶的门，抬手遮住阳光，看着四楼那扇窗户。

松司佐绕过车头，站在她旁边，顺着目光也望着那扇窗户。顾婉不由得把目光移到他的身上。印象中，这个男人就没有动过怒气，每次公开与钟习衡挑衅时，脸上都带着阳光的笑容。她曾对明烟说，这样的男人不具备杀伤力。可是这一刻，她恍然觉得，这样的男人才是最难得，不用凛冽的眼神喝退对手，而是用温暖的笑容感染对手。

从昨天开始，她就再也没见过这个温暖男人脸上的笑容了。

"上去吗？"松司佐感觉到她在注视自己，于是低低头，顺着她的目光看回去。

"嗯。"自己偷看别人却被别人发现了，顾婉羞着脸第一个冲上楼。

"有人在吗？安颖，在家吗？"她率先找到安颖家，按了几下门铃，没有声响，只得用手拍门，大声地问。

松司佐从后面赶过来，"没有人吗？这么早，还没到上班的时间，应该还在家的。或许还在睡，你再等等。"

"安颖，在家吗？开门啊。"

松司佐看着顾婉粗暴地拍门，上前把她拉到一边，"警察进歹徒家这么粗鲁？那歹徒还会开门吗？"

顾婉被他讽刺了，不屑地把头转向一边。

松司佐上前，温柔地用手指叩门，"安颖，我知道你在家，请过来开下门好吗？我是松司佐。"

敲了半响，也没见一个人出来开门。就在顾婉摩拳擦掌准备破门而入的时候，对面的门打开了。

一个中年男人探出头，上下打量了他们一番，"你们在找对门那家小姑娘吗？"

松司佐拉住就要冲上前的顾婉，用身体把她挡在身后，"是的，请问您知道她在不在家吗？"

"不在，昨天晚上就搬走了。"男人挥挥手，语气很是不满，"昨晚半夜，和另一个男人过来搬的东西，动静大得很！吵得我半宿没睡着！"

"搬走了？"松司佐目光诧异，转身看着顾婉，她脸上的表情亦然。

"怎么办？安颖一定是察觉到什么了，要不然也不会连夜搬家。"顾婉坐在车上，气愤地捶了捶座位，连车身都随着她起起伏伏。

"你干吗呢！你这样让别人看见还以为我们在干吗呢！"松司佐赶紧阻止她。

顾婉不理会他的冷笑话，怒气冲天，"你不担心！你倒是给一个办法啊！"

他凝视她几秒钟，这几秒钟他做了一个艰难的决定，"我确实有办法。"

"什么？"

"秘密。"

松司佐在计划实施之前，独自去了 S 市的陵园，他的母亲就葬在那里。

天空晴朗，艳阳高照。松司佐走在陵园前的小路上，心头的阴霾被微风吹散。这样美好的日子里，陵园不像陵园，更像绿色公园。妈妈住在这里应该很开心吧。这个世界她受了太多的苦，若能在另一个世界得到安息，也算是另一种福气了。

他一步一个台阶，像一个急着去见妈妈的孩子，身体轻灵，带着跳跃的节奏向妈妈走去。

妈妈的墓地是他亲自选的。确定墓碑的位置前，他还特地请了风水先生，风水先生说这里的位置是最好的，他毫不犹豫地用大价钱从别人手中抢到了位置。他站在碑前，看见墓碑边开满了白色和黄色的野花。这会是妈妈在另一个世界送给自己的礼物吗？妈妈知道自己会来吗？他跪在碑前，将带来的鲜花轻放在墓碑前。他开始像儿时一样，跪在妈妈的膝下。

"妈妈，你在那边过得好吗？还寂寞吗？你见到爸爸了吗？你在世的时候，我一直不敢问。如果你再遇到爸爸，还能继续恨他吗？我现在才问出口，因为你再也打不到我了，也不会对我生气了。可是天知道，我是多么想你再骂我一次再打我一顿啊……

"妈妈，你一定知道我爱着明烟吧！她不爱我，她爱的人是习衡。我想这个世界上没有哪个女孩能拒绝那样的男子了吧。虽然自知不如他，但我时常想，如果我先遇见明烟，或许她会爱上我。妈妈，当初你是不是也这样恨过自己命运不济呢？

"妈妈，因为我爱她，受不了看着她受伤，所以我做了决定。我要帮助她，竭尽我所能。妈妈，如果是你，爸爸遇到了这样的事情，你也会赴汤蹈火不惜一切吧。那么，请你在那个世界看着我，保佑我，也保佑明烟，保佑她平安度过这次危机吧。"

罗把安颖送到一座位于半山腰上的别墅后,又根据钟习衡的指示,急忙赶到幼儿园。钟习衡让他去接崔海赫的侄子温昕,并且交代他动作要温柔,行事不可鲁莽。他站在前几天站的地方,不由得想起那天下午,他将安颖搂在怀里,她的体香直到此时还在他的胸间萦绕,顷刻间,一种苦涩从他的心底蔓延开。

铃声响起,孩子们鱼贯而出,孩子们的欢笑声把他拉回了现实。他戴起墨镜,一双锐利的眼睛透过镜片在他们身上寻索着。

他敏锐的双耳捕捉到一个稚嫩的女声,"温昕,再见!"他顺着声音找到声源,又顺着那个女孩的目光看见一个背着书包的小男孩正在往右边走。

罗跟在温昕后面几步之遥,看见他的脸上受了伤,贴着创可贴。是小少爷伤的他吗?温昕往前大概走了两百米,然后站在路旁,等候家里人。罗从口袋里掏出棒棒糖,走到他的面前,蹲下身,视线与他处于同一高度。

"你是温昕,对吗?"

温昕傻愣愣地望着他手里的棒棒糖,慢半拍地点点头。

"你的叔叔是崔海赫,对吗?"

这下温昕终于有了反应,"你怎么知道我的叔叔是崔海赫?"

罗暗自窃笑,原来这个孩子没有看上去那么精明,"这是棒棒糖,想吃吗?"

温昕毫不犹豫地点头,罗便递给了他,看着他撕着棒棒糖的糖纸。

"你叔叔今天晚上带你去酒店吃饭,但是现在很忙,没有时间过来接你,所以把你上学的地址给了我,让我过来接你。"

他撕着糖纸到了一半,听到这句话,抬头望着他,目光甚是惊讶。

"真的吗?叔叔怎么没有对我说过?"

"你的叔叔临时决定的,要不然我怎么会知道你叫温昕,你的叔叔是崔海赫,你在这里上幼儿园呢?"

温昕看上去被混淆了,但是孩子天性是善良的,是纯真的,是纯洁无瑕的。他思索片刻,便对罗的话深信不疑。

罗拉着他的手,朝对面走,"叔叔让我带你去他上班的地方,等他忙完他就会带你去吃饭,好吗?"

温昕吸吮着棒棒糖,话都懒得说,只顾点头。

温昕上了车,罗绕过车尾,拉开驾驶室的车门,往四周环顾一下,并没有人在注视他们,他弯下腰,钻进车内。车子像离弦的箭,疾驰而去,车后的阳光里,可以依稀看见粒粒尘土飞扬。

罗将温昕带进钟习衡的办公室,孩子从未见过这般富丽的房屋,一步入钟氏,就一直不停地来回张望。

"这里有吃的，你先在这里等一会儿，你的叔叔还在工作，等他工作结束了就过来接你。"罗拎出一大袋子零食，有薯片、巧克力、饼干、饮料。温昕看到这些已经乐得合不拢嘴，没有仔细听罗的话，敷衍地使劲点头。

过一会儿，钟习衡走进来。温昕正往嘴巴里塞着薯片，看到陌生人进来，吞也不是，吐也不是，便呆在那里。钟习衡向来英气逼人，冷气十足。温昕感知到他身上散发的阵阵冰寒气息，立刻乖乖地坐好。那堆零食，看也不敢看了。

"为什么不吃？不好吃吗？"钟习衡看着他笑，修长的手指夹过一片薯片塞进嘴里。

也许温昕从心底里认知这个人不会伤害自己，所以他放心地拿过薯片继续吃，只是动作收敛了不少。

"钟磊也很喜欢吃这些，其实这些是我特地为他买的。但是医生说他现在不能吃这些零食，只能吃主食。"

钟习衡目不转睛地盯着面前的孩子，他提到钟磊时，孩子明显害怕得哆嗦了一下。当他说钟磊不能吃零食的时候，温昕拿着薯片的手犹豫了，大眼睛里写着大大的愧疚和难过。

"我听你叔叔说，你和他是在同一个幼儿园，你知道钟磊到底是怎么摔下楼的吗？"

温昕已经害怕得不得了，心扑通扑通跳个不停。

"我……我不太清楚。"

钟习衡锐利的眼睛闪过一道光，他用很遗憾地口气说："这样啊，哎……钟磊也不肯说，只说是自己不小心。可是自己不小心哪会摔得那么严重啊！看样子，我只能去幼儿园问问老师了。"

钟习衡的话起了作用，温昕连薯片都不吃了，坐立不安。

"叔叔，钟磊摔得很严重吗？"

钟习衡暗自笑，他看出来这个孩子动摇了，语气很悲伤，"是啊，摔得很严重，流血过多，差点死了。"

温昕的手猛地一抖，豆大的泪珠滚滚落下。钟习衡手足无措，看着孩子受到明显惊吓的样子，他开始怀疑是不是说得过于严重了。就在他踌躇的时候，温昕抽抽搭搭地说话了。

"叔叔对不起，是我把钟磊推下楼的。杨安安阿姨说要给他一个教训，她还说楼不高不会有事的。她说，从楼上摔下去就像在草地上打几个滚，所以我才推他的，我看见他头流血了，我也好害怕。哇啊啊啊啊啊——呜呜呜——"

温昕放声大哭起来，罗赶了进来，看着这场景也是像个木桩杵在那儿，不知如何是好。

钟习衡冲着他使眼色，罗赶紧上前，手忙脚乱地安慰着温昕。他何时做过这种事情，他忙得满头大汗，温昕终于停止了哭泣，他的西装也印上星星点点，全是鼻涕眼泪。

他看着钟习衡从茶几下拿出一支录音笔，望着那支录音笔眯起眼睛。顿时，他感到一场飓风，也许还夹着冰雹，就要来临了。

关明烟一夜难眠，哭累了歇会儿，歇会儿过后又接着哭，如此反复，直至凌晨三点多才真正入眠。第二天醒来的时候已接近午时，手机有十几个来自莱斯的未接来电，还有几个电话是顾婉拨来的。那个人，没有。

她磨磨蹭蹭地换了衣服，洗漱结束，再看看手机，连松司佐的电话和短信都没有。她坐在床沿，失魂落魄地想，昨晚自己是不是真的说得过分了。

可是他怎么可以连一个电话都没有呢？要不要拨过去问一下？可是别提他了，连安颖都没有了消息。

她最落魄的时候，竟没有一个人愿意陪着她。所谓人心薄凉，也不过如此吧。

她正准备拨通顾婉的电话，求一些安慰，莱斯的独特电话铃声又响起。她把电话扔到床上，然后用被子盖住。铃声响了一遍又一遍，摧毁了她脆弱的神经，她最后恼怒地掀开被子，接起电话。

莱斯和报社所有的人都忙得团团转，分不清东西南北。上午他正在为关明烟的事情烦恼不已，社长一个电话过来，声称要在下午两点召开新闻发布会，给大家一个交代，还让他联系之前的几家网站和报社，请他们务必到现场。什么交代？他是社长，莱斯不敢问。他只知道自己要在这半天不到的时间里，张罗好地点，还要使这个消息尽可能地广为人知。

下午一点钟，S市各大报纸的记者都到了。可是当事人关明烟却不知道去了哪里，连安颖都一起消失了。在他眼里，这个世界几乎不正常了。从来不抛头露面的社长竟为了关明烟召开发布会，多么惊动人心的消息啊。

"沧睿，你打个电话给明烟，看看她到底在哪儿！还有安颖，我们快要忙活得分不清东南西北了，她倒一个人在哪里凉快着呢！"

说完，莱斯就转身吩咐别人去了，完全没有注意到沧睿在听见安颖名字时，刹那间的风吹云动。

"明烟来了。"不知是谁叫了一声。莱斯看过去，关明烟背着单肩包，身穿大衣，正茫然地看着大家。

"我的姑奶奶，你总算来了啊！我以为你玩人间蒸发啊！"莱斯顾不得细问那件事，推搡着她进了化妆间。

"快点快点，小李过来，帮明烟上妆。我们时间不多了。"莱斯招呼过来的女孩子年龄与关明烟相仿，她们曾经在拍摄平面广告时见过，她是报社封面人物的化妆师。

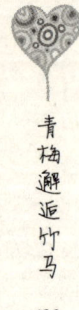

"上妆？为什么？"关明烟抬手拉住化妆师，一脸不明白。

莱斯重重地把她按回座椅上，"姑奶奶哟！你坐着我来解释给你听。"

关明烟勉强坐下，化妆师迅速出动，从肌肤护理开始一步步帮她上妆，莱斯坐在桌子上，把一整个混乱的上午的事说给她听。

"可是你倒好，社长都亲自出面了，你却玩人间蒸发了。你再不来，我真不知道我还有什么脸去见社长！"

关明烟正在画眼线，脸不能动，她唯有转动眼珠斜望着莱斯，"我倒是想人间蒸发的，可是你的铃声像催命符，我不接都不行。"

莱斯早就猜到关明烟是一人物，没想到是这么大身份的人物，连社长都请动了。他不得不有些放低姿态，上前讨好了。

"明烟啊，你和我们的社长有什么关系啊？他一直那么照顾你。"

"没有关系。"

"没有关系能对你这么好？我来报社这么久连他的照片都没见着呢！你才出多大点事儿，社长就马不停蹄地为你出面证明。"

"停停停停停！"关明烟手挥起，表面云淡风轻，实则暗潮汹涌，"什么叫我才出多大点事儿？这件事在你眼里不算回事儿吗？"

莱斯一时语塞，不知道该如回答为妙。就在这个时候有人过来传话道："社长说，他马上就到，让我们各就各位，做好最后的准备。"

这是关明烟第一次公开露面。她换了一身黑色修身正装，小脸因为紧张绷紧了，莱斯不得不在台下使眼色，逗她笑。她坐在指定的位置上，等待社长前来。她看见台下的记者交头接耳，却听不见他们在说些什么。

众人窃窃私语，关明烟听得心烦意乱。社长快点来，社长快点来，她不停地默念。

她又一次掏出手机，屏幕依旧是灰暗的。

突然，台下的人群爆发一阵阵掌声。关明烟不明所以，紧张地站起来。她正对着会场的入口处，看见那里站着一个人，一步步朝她走来。那人行走在人群中间，强大的气场将周围人驱逐开，他生得俊美，不需过多修饰，一身西装足矣。

他越走越近，上了台，站在关明烟身边，立体的五官倒映在关明烟的眼里，化成一个个感叹号。

"松司佐……怎么会是你？"

生活就是一出反转剧，不到最后，你永远猜不到它将以何种方式结尾。

杨安安火了。所谓一夜成名，一夜暴红也不过如此吧。她成名了，第一件事就是加盟了全市最大的一家娱乐公司，并在跳槽的时候，将琳达留下。让她不解的是，琳达竟然很庆幸她这么做。

"杨安安,你红不久的。那些坏事不是偶然的,有人对你看不顺眼,故意刁难你,你还是趁早撤了吧。"

杨安安刚尝到红得发紫的甜头,哪里肯听,她觉得是琳达在嫉妒自己。于是,她便眼睁睁看着琳达带着"嫉妒"的笑容,抱着箱子离开在她的视线中。

杨安安搬进了一栋更大的公寓,躺在价值连城的大床上,望着外观华美的吊灯,她开始哈哈大笑。她好像再也不缺什么了呢!金钱和名利,她双手在握。这样站在山顶俯瞰众人的感觉美妙极了。除去偶尔发作的毒瘾。

她翻滚一周,修长的手臂伸进床垫下,那里摆放着一排注射器。她取出其中一支,缓缓刺进自己的手臂。意识又向远处开始飘散,她真切地感觉到自己踏在云上翩翩起舞,她旋转着,拉着崔海赫,进入了极乐世界。她忘却了时间,忘却她还有约会。可令她想不到的是,崔海赫已经站在她家门前。更想不到,有人给他送了一盘录音CD。

他刚结束锻炼,连额头上的汗还未来得及拭去,门铃响了,是送快递的。他疑惑地打开,发现是一盘刻制的录音CD。他放进播放机,听见了温昕和钟习衡的那段对话。他得承认,杨安安在他的心中一直宛若女神,高傲的冷漠的女神。

虽然不太理解她的某些行为,但是那些于他而言不重要。他懂得要给彼此空间,在适当的空间里爱着对方就够了,空间以外的地方是属于她自己的。他甚至放心地让温昕接近她,他看见他们在一起嬉笑玩耍的那一刻,真的看到了他们以后的地久天长。她怎么会那样说?她怎么会唆使温昕做伤天害理的事情呢?他想问个明白。

崔海赫还没理出思绪,电梯就到了。走出电梯,他站在杨安安家门口,想了一阵,下定决心,按响了门铃。

不一会儿,杨安安浅笑着前来开门,"海赫,你终于来了。"

"你等很久了?"

"也没有。"杨安安放下外套的长袖,"你肚子饿了没?我好饿呀,我先去厨房弄点儿吃的,你在客厅等等我好吗?"

她看出来崔海赫的真心,她也说服自己是时候开始一段新的恋情了。人们都说,要想抓住男人的心得先抓住他的胃。杨安安不擅长做饭,但是偶尔倒可以试试。

崔海赫没有阻拦她。杨安安去了厨房,他闲着无聊,打开电视,拿着遥控器按了一圈,又放下。

走进卧室,躺在那张巨大无比的床上,枕头与棉被上还残留着她的香水味,他深深地呼吸一口气,将香味吸入肺里。他无事可做,在床上翻来覆去,东张西望,无意间发现床垫下有些什么东西,露出一个尖头。他掀开床垫……

杨安安正在做她最拿手的菜——西红柿炒鸡蛋。当她正准备端着不算失败的西红柿炒鸡蛋出来时，守在厨房边的崔海赫却一手握住她的胳臂，掀开长袖，露出点点针孔。

她猝不及防。

崔海赫怒不可遏，杨安安说什么他也不肯再相信了。他说她一派谎言，还说她是天使的脸，魔鬼的心。

"你后悔看上我了，对吗？"

"对！我悔青了肠子！我更没想到我居然会错乱了神经，让你认识温昕！我……我居然企盼你可以走进我的家庭！我……我……我真是疯了！"

杨安安感觉到刚刚萌芽的爱情已经被扼杀了，没有了爱情的杨安安是冰冷无情的。

"那么你走。"她纤纤细指指着门，心平气和地说。

崔海赫气得五官都扭曲了位置，浑身都在哆嗦。

"我走，我这就走！你这里……太肮脏了！"崔海赫不知道怎样泄愤，他绞尽脑汁想到了最恶毒的词语，他满意地看见杨安安伸着的手臂颤抖了下。然后，大跨步地走到门边，狠狠地甩上门。曾经相爱的人，在分手时，也是可以很无情的。杨安安，你不是早就知道了吗？你不是只是想玩玩吗？为什么还要难过地想落泪？

松司佐用低沉迷人的嗓音将整件事从头到尾解释了一遍，各路记者在下面听得如痴如醉，抑或是被他英俊的外表迷得神魂颠倒。他问大家是否同意还关明烟一个公道。没有人说不。

关明烟看着那些人在鼓掌，眼泪在眼眶里打转。

钟习衡通过网上的同步直播已经得到他想要的信息了，罗站在他身边，不知该说些什么好。

"钟总，你这样做是把关小姐生生地推给别人了。"

钟习衡不说话。

"钟总，现在收手还来得及。"

这次，他摇了头，关掉屏幕，办公室又恢复了以往的宁静。

"如果钟磊是松司佐的，那就不可原谅了。"

新闻发布会结束后，关明烟和松司佐下了台。这是报社里的人第一次看见他们的社长。社长的英俊潇洒远远出乎他们的意料，很多女同事望着松司佐眼里都冒着红心。

松司佐的眼里只有关明烟，转身望着关明烟，带着疏离的口吻说："你可以放心地回报社了，不会再有人质疑你的能力了。"

莱斯看出关明烟和松司佐的关系不同寻常，连忙抓住时机，献上殷勤，"社长说得对。你可以大摇大摆地回报社上班了，那些闲言碎语马上就会销声匿迹的。网站、报刊都会向你道歉的，你还是以前的关明烟。"

关明烟摇了摇头，"你知道安颖去哪里了吗？"

松司佐摇头，换了怜悯的目光看着她。

"我没有想到会是她……她那么天真无邪，怎么会做出这样的事情，一定是谁指使她的，你能查出来吗？"

关明烟望着他，眼里充满了渴望。他很是为难，如果牵扯出钟习衡，她只会更难过。有些事，她还是不知道地为妙。

"明烟，安颖会回来的。这件事就此告一段落，你能不追究吗？她不敢见你，是因为她自知没有脸面。你何不大方点，让这一切随风而去呢？"

松司佐望着她，鼓励她，安慰她。关明烟一一感受到。他知道自己的话起了作用，便接着说："你还是爱她的，对吗？所以你拼了命，想给她一个理由。其实明烟，你知道的，原谅不需要理由。爱就足够了。"

关明烟点了点头。

松司佐从报社出来，无处可去。S市到处都是他的照片，到处都充斥着他的消息。走在街上，他感觉自己和被警察通缉的罪犯别无两样。无路可去的感觉真不好。

他漫无目的地散步，换一种目光重新认识这座城市。他行走在一条林荫小道，竟意外地让他发现一家装修得很别致的会所。他走进去，立刻被里面不同寻常的风格吸引。他坐在吧台，点了一杯伏特加，伴着小提琴声，慢慢斟酌。

调酒的小伙子突然看着入门处，低声惊呼，"那不是崔海赫吗？他居然也到这里来！"

松司佐惊讶地回首，看见崔海赫板着脸走进来。他浑身散发着怒气，周围的人只敢低声交流，没有人上前搭讪。

崔海赫看见松司佐，竟朝着他走过来。在他身边坐下，要了一杯和他一样的酒，开口第一句话便说："我刚看了新闻，我知道你是谁。"

"那我是不是应该说很荣幸？"

"看你在发布会上说的话，没想到你还会开玩笑。"

松司佐有些诧异，"毕竟我是人嘛。"

两人一时间无话可说，彼此默默地品酒。过几分钟，崔海赫又粗声粗气地问："你应该认识杨安安吧？她好像和关明烟很熟，你们也是同一个大学的。"

"非常熟。"松司佐点头，突然想起一些八卦杂志关于他们在拍戏过程中假戏真做的消息，故作惊讶地说："你不会吃醋了吧？"

崔海赫横眼望他，松司佐呵呵笑了笑。

"看样子,你们吵架了?"

"不仅仅是吵架,她居然……我没有想到她居然是那样歹毒的人!我以为她很善良,她看上去那么温柔!"

"女人都善于伪装。她怎么不善良了?"

崔海赫摇头不肯说,又闷闷地喝了一大杯。

"啊——也对,不能随便和陌生人说话。"松司佐不着急,继续慢慢地品着酒,等待磨光他的耐性。

"她居然唆使一个五岁的小孩推人下楼!"崔海赫又气又恼,压低声音悄悄说出这句话,握手成拳砸了砸吧台。

松司佐用几分钟的时间咀嚼了这句话,"杨安安唆使一个孩子把另一个孩子推下楼?你知道被推下楼的那个孩子是谁吗?"

崔海赫摇头,看上去已经有了醉意,话也变得多了起来,并将杨安安吸毒的事情也全盘托出。

"想象得到吗?最红的女星私底下的生活就这么肮脏!我居然还和她在一起相处了好几个月!"

"我知道。"

"你知道什么?"

"我知道她是一个什么样的人,也早就知道她在吸毒。"

松司佐说得平静,心里却早炸开了锅。难怪那天杨安安会在那么短的时间里赶到医院……

"接下来你准备怎么办?"

"我不知道。"

他看着崔海赫痛苦地蹙着眉,心里像打翻了五味瓶,说不清是什么滋味。

松司佐走出会所,正在思量要不要和顾婉商量一下,将杨安安吸毒的事情揭发出来,他发现身后有几个人跟着他鬼鬼祟祟,亦步亦趋,摆明了是冲着他来的。

他侧身闪进了一条小巷。身后几个人加快步伐跟了上去,冲在前面的人挨了松司佐当头一棒。松司佐往后退几步,目光在他们脸上巡回。

"谁派你们来的?"

几人相互使了眼色,一句话不说上前就使了狠招。

松司佐勉强招架,心里还在思索,他们的身手不凡,看上去是训练过的,而且目标明确,就是冲着他来的。招招都不致命,甚至不想让他受伤。他们到底是谁派来的,到底要干什么。他一分神,身后有个人跳起揪住他的头发。他一阵剧痛,旋转一圈,对着那人的肚子踢过一脚,几根头发被那人揪下。

他欲上前再踢一脚,另外几人上前把那人扶起,然后竟一溜烟地跑了,到了巷口的时候上了一辆面包车，扬长而去。剩下松司佐站在巷口望着那辆面包车，脸上露出不解的神情。

罗拿着松司佐的头发和钟磊做 DNA 比对。亲子鉴定需要一周的时间，钟习衡也想借着这一周的时间和关明烟好好谈谈。

"明烟。"

关明烟正在接手安颖的工作，抬首看见气宇轩昂的钟习衡站在报社的门口，嘴角隐着笑，盯着她。关明烟整整衣服走过去，这一次她在离他一米远的地方就停住了，望着他，"你怎么来了？"

她不是想问他为什么会来，而是想问他为什么现在才来？

"前几天工作忙得很，还要照顾磊磊，所以就……"

"忽视了我。我明白。"关明烟心领神会。男人若想见你，会觉也不睡地赶过来看你。男人若不想见你，他宁可躺在床上呼呼大睡，也不肯过来找你。

"我看见了那个新闻，我很惊讶，他居然是这家报社的社长。"钟习衡脱下自己的皮手套，微微耸了耸肩，略显诧异。

关明烟把手揣进兜里，"我也没有想到。他是一个低调的人，从来没告诉过我他还有一家报社。"

"你很感激他对吗？在这个时候站出来，帮你……你知道，现在所有人都相信了他。"

关明烟莫名对这句话很反感。

"人们相信不是因为他，而是这就是事实。我万万没有想到安颖会那么做。"

"很抱歉。"

"你道歉什么？"

钟习衡不知道自己除了抱歉还有什么可说，他们只好目光交错着，在四处游荡。

"你还在为那天医院里的事情生气吗？"

"不可以吗？凭你那天的态度，我不该生气吗？"

钟习衡又沉默了。半响，他才挤出一句话，"有些事情你不懂。"

"我不懂是因为你不说。"

关明烟意识到自己太过咄咄逼人，立刻换了脸色，不再说话。钟习衡看着她想怒又不敢怒，竟觉得好笑。

"你笑什么？"

"今晚和我回家吃饭吧。磊磊今天出院。"

钟磊出院的时候额头上还裹着一层纱布，透过纱布隐约可见丝丝血迹。关明烟一看到就红了眼眶。钟习衡扶住她，拍拍她的肩膀，上前把钟磊抱起，架

在自己的肩膀上。

"今天晚上让磊磊骑大马,好不好?"

"好——"钟磊忘却额头的伤痛,兴奋得手舞足蹈。

"妈妈,今天晚上我可以骑大马喽!"

关明烟扶着他,笑着点头,一家三人依偎在一起,离开医院。

DNA 检测报告单一周后送到了钟习衡桌上。他拆开用信封装的报告单时,罗也在场。罗看不出钟习衡的脸色有何变化,本以为可以舒一口气,孰料他将报告单递给了自己。

"怎么会这样?"罗不明所以,打开来一看,上面显示的竟然是有父子关系。

这是怎么回事?罗抬头望着他,支支吾吾,"可是你和小少爷的 DNA 检测报告也是父子关系啊。"

钟习衡没有说话,反复地在房内踱步,走来走去,长达十分钟。他忽然转过身,想起了什么,指着罗有些紧张地说:"你现在再去把我和松司佐的头发交给那边做 DNA 检测,快去,让他们抓紧时间。"

罗这次彻底搞不懂了,"钟总,你该不会是怀疑你和松司佐有血缘关系吧?"

钟习衡站定问他:"你还有其他的解释吗?"

"没有。"罗按照他的吩咐离开,可是越想越觉得离奇。看样子,他们三个人的关系越来越纠缠不清了。

钟习衡和松司佐的 DNA 检测报告几天后就出来了。一如钟习衡所料,他与松司佐确实是兄弟。

钟习衡拿着检测报告看了很久很久,比一个世纪还要漫长。他恨了六年的人会是他亲弟弟吗?曾经站在操场上,说要和他一决高下的那个意气少年是他亲弟弟?罗还在向医生询问,钟习衡已经走到走廊上,他看见长椅就走过去,几乎跌在座位上,有一种虚脱感从脚心升起。

那张纸他看了几百遍,最后的几行字他都可以默背下来。从未有人跟他说,他还有一个亲弟弟。当他得知松司佐是社长的时候,有那么一个瞬间脑海里闪过一种可能。如今,这种可能演变成为现实。向来承受力超于常人的钟习衡也接受不了了。

罗走过来,看见他面容憔悴,不知道该如何说起。

"医生怎么说?"

"医生说理论上,同卵双胞胎确实会出现你和松司佐这样的状况。你和关小姐的孩子与松司佐做的 DNA 检测有可能也得到父子关系的鉴定。而且根据你们的 DNA 相似度,医生可以确定,你们是同卵双胞胎。所以,钟总,你可以放心了吧?"

钟习衡顿了顿,"也就是说,如果这个孩子是松司佐的,和我做的 DNA 检测测出来也会得到父子关系?"

"钟总,你为什么总觉得孩子不是自己的呢?"罗问。

钟习衡不知该如何回答,只得把头埋在两膝之间。罗看着往来的人群,轻声叹口气,提起裤子,坐在他的一侧,把头仰着靠在墙上。阳光无声无息,洒在他们的身上。大自然的气息混着医院里消毒水的味道,被他们一齐吸入体内,再缓缓吐出,化成声声叹息。

钟习衡回到家,站在门口,一直盯着钟磊看,就连徐管家叫他都没有听见。

"少爷,出什么事情了吗?为什么一直盯着小少爷看?"

钟磊听见徐管家的话,放下手上的玩具,看见钟习衡,笑着跑过来要爸爸抱。钟习衡将他抱起,用手一寸寸地摩擦着他的脸颊,他与小时候的自己长得那么相像。这么可爱的孩子他多么渴望是自己的,可是如若不是,他又该忍受怎样的痛苦,他还能承受多少折磨了。

晚上沐浴时,钟习衡透过层层浓雾看着镜子中的自己,这张脸与松司佐毫无半点相似之处,为什么他们会是同卵双胞胎呢?

他怎么也想不明白,过去的二十八年到底发生了多少他不知道的事情?

他想要揭开谜团,可是该找谁?

他踏进浴缸,水溢了出来,将浴室的地面全部浸染。他放松自己的身体,深呼吸一口气,潜入水底,将喜怒哀乐释放在水里,然后看见一张脸。

他钻出水面,想起还有一个人可以解开一切谜团。

何妈按照和钟习衡的约定,在第二天登门拜访。阔别十几年后,她再次走进钟家的别墅,心里自是感慨万分。她看见站在门口候着她的钟习衡,脸上的胡茬没刮去,两侧的脸颊凹了进去,面容憔悴。

"习衡,天哪!你怎么……怎么把自己弄成这个样子了?"

"何妈,上楼说。"钟习衡撂下一句话,直接上楼走进了书房。

何妈在楼梯口撞见徐管家,分别太久太久,再见面,只剩下无言。何妈不知如何是好,干脆从他身边走过直奔楼上。她在走进书房的一刹那,回头看了一眼楼下,徐管家却已不见踪影。

"习衡,你想说什么?"

钟习衡将 DNA 检测报告单递给她,然后目光锁定在她的脸上,一分一毫的表情变化都不肯放过。

"习衡,你怎么会有这个?"

何妈异常慌张。听到这句话,钟习衡的心疾速沉降。

"所以说这是真的喽?松司佐,我最最讨厌的人,是我的亲弟弟?还是同卵兄弟?"

　　钟习衡来回走动，何妈跟着他来回走动，想要解释，却又激动得不知道该如何解释才好。

　　"这是命中注定的啊！"何妈叹了一口气，"命中注定的，若要有你，必须得有松司佐。若要没有松司佐，也不会有你！你们的命是老天拴在一起的！"

　　钟习衡停下脚步，缓缓地回过身，盯着她那略显老态的面孔。二十八年来，他从不信命运一说。所以他用功，他勤奋，他努力。在别人唉声叹气责怪命运不公时，他嗤笑这些人目光短浅。现在他遇到了一件事，这件事与他无关，又息息相关。他无法通过自己的努力改变什么，一切真的是由命运注定的吗？

　　命中注定的，就是他和松司佐是亲兄弟。

　　钟习衡呆望着她，好像刚出世的婴儿懵懂地望着这个世界，一分钟一秒钟过去，没人说话，只听见彼此的呼吸声。他终于丧失了最后一点毅力，垮下挺拔的身躯，倒在座椅上。

　　"何妈，都告诉我吧。请把一切都告诉我吧。我想知道真相，求你不要再隐瞒什么了，就让我一次承受吧。"

　　望着失魂落魄的钟习衡，何妈心如刀绞，她声音沙哑，动作轻缓，目光柔和，将自己的手覆在他的大手之上。

　　"好，我说。我这次什么都说，不再隐瞒了。孩子，何妈不会再骗你了。"

　　钟习衡不敢抑或不愿再看着她，用手遮住双眼，点着头。

　　何妈的目光变得幽远，一切都回到二十八年前的那个清晨。

　　"你出生的时候，钟少爷欣喜若狂，我给他拿了一条毛巾，想让他拭去你身上的血丝，钟少爷拿着毛巾，好半天没舍得拭去。就在我以为一切都结束的时候，你母亲又开始痛苦地哀叫。我们都吃了一惊，钟少爷把你递给我，赶紧坐在床沿搂住你的母亲，并且问她怎么了。

　　"你母亲说，她感觉到自己肚子的疼痛并未缓解。钟少爷很着急，拉着我的手让我想办法，我曾经见过有人生双胞胎，于是对钟少爷说，你的母亲怀了两个孩子。那一刻，别说钟少爷，连你的母亲都愣住了。我把你交给钟少爷，按照之前的方法顺利地使她产下第二个婴儿。

　　"你母亲生了双胞胎，这在钟少爷父母的眼里是天大的好事，而且都是男孩，更是喜上加喜。那段时间你的母亲坐月子，在钟家得宠地不得了，连少爷都得让着她三分。我们都以为你的母亲可以母凭子贵，当上新的钟少奶奶，但是按照原先的规定就是你母亲拿钱走人，孩子留下。

　　"其实，钟少爷的母亲还是偏爱你的母亲，但是钟少爷深爱着钟太太，无论如何不肯离婚。这期间，他们私奔过。加上本就事先有了约定，钟少爷的母亲也不便阻止。可是你母亲在这个时候提出一个要求，当初大家都不知道有两个孩子，所以她被迫答应将孩子留下，现在她生下了两个孩子，理应将一个孩子留下，另一个孩子自己带走。若钟家两个孩子都想要，那么就请钟少爷交出所有的财产做交换。

"钟少爷闻言气得不得了，一度扬言要对薄公堂。你的母亲很失望，带着你和松司佐准备夜里逃走，被钟少爷发现，他大怒，将你母亲和你们分开，孩子交给钟太太。你母亲关在那间屋里，每天有人送给她吃的。那时你们需要喂奶，钟太太没有奶可以喂，加上钟太太日日夜夜恳求少爷放了你的母亲，钟少爷在关了你母亲三天后将她放了出来。

"钟太太和你母亲做了一次彻夜长谈，具体说了什么现在谁也不知道了。但是那夜过后，你母亲不闹了，答应留下你，但坚持要带走松司佐。本来钟少爷不同意，但是钟太太天天以泪洗面，希望少爷可以看在一个母亲的分上，让你母亲能拥有自己的孩子。

"钟少爷拿钟太太最是无可奈何，只好答应了。他将报社转到你母亲的名下，你母亲把你交给了钟太太，在一个雨夜悄悄地离开，没有人知道她去了哪里。后来，钟少爷辗转得知你的母亲去了日本。于是，他又托在日本的朋友照顾你母亲。那段时间，大家相处得还算和睦。我和你母亲在那时候也还保持着联系。

"其实，算起来，我是你的母亲在钟家最好的朋友了。后来你母亲被关进小屋里，我还偷偷给她送了好些吃的。你母亲刚到日本时还写信告诉我，那里新鲜的玩意儿，发生的好玩的事。可是久而久之，你母亲开始厌倦。因为语言不通，她很难与人交流，能陪伴她的也只有还是幼儿时期的松司佐了。

"她写信告诉我，说她开心的事，和她不开心的事，但说得最多的还是对你的思念。少爷和太太每半个月就会给你母亲寄信，上面写的都是关于你的点点滴滴，哪年哪月哪天你学会爬，又在什么时候学会了走路，何时开始牙牙学语，太太都会写在上面。少爷也会为你照很多照片一并寄过去。

"少爷和太太的幸福深深刺伤了你母亲，加上身处异乡，寂寞日日加深，你母亲还是恨。恨少爷，也恨太太。恨少爷给不了自己幸福，又毁了自己一辈子。恨太太让她结识了少爷，自己还霸占着少爷。

"久而久之，她寄回的信越来越少，我常常几个月都收不到她的信。太太曾提出要去日本看望你的母亲，碍于那段时间少爷工作忙碌，你又离不开太太，这件事便一直拖着。最后，钟太太去世的时候，最后悔的事情就是没有在死前再见你母亲一面。

"你母亲彻底和钟家断了往来是在你三岁那年。那年你发高烧，烧得晕头转向，满口胡话。当时，太太吓得几乎快要癫狂，少爷不说，但是我们都知道他很焦虑。我们都担心你不仅仅是发高烧，怕你得了脑炎之类的。少爷连夜带着你去医院做检查，幸好医生说只是简单的高烧。当夜，太太守在你的床头一夜，帮你换毛巾，擦拭身上的冷汗。到了凌晨，你的高烧才退去。

"可是不知道是谁告诉了你母亲,而且你母亲还得到了错误的信息,误以为你真的得了脑炎,并且已经去世了。后来,我听松司佐说,你母亲写了好些信回来,但都因为地址不详被退回去了。你母亲就死心了,也认定你已然死亡。可怕的是,你母亲将这一切罪过算在少爷头上。从那以后,我们完全失去了你母亲的消息。"

"习衡,你不要恨你的母亲啊……"何妈将当年的恩怨说完,早已老泪纵横。

"我没有恨……"钟习衡无力地双手撑着额头,一脸疲惫,"所以说,松司佐是我的亲弟弟,很小随了母亲去了日本,然后长大后向我报仇?可我们长得一点都不像!"

何妈闻言哭得更厉害了,泪水顺着皱纹间的缝隙滑下,落至腮旁,几滴泪聚在一起,汇成豆大的泪珠,潸然落下。

"松司佐是个苦命的孩子啊!他回中国前,日本发生了地震,他本来已经安然无恙地逃了出来,但是他想起母亲的骨灰还留在家里,你母亲说过死了就把她带回中国,在家乡入土为安。他冲回去去拿骨灰盒,不料,楼塌了。几日后,他被人发现时,已奄奄一息。后来身体恢复了,但是面目接近毁容,他只能……"

"整容?"钟习衡耸着眉,低下头。男儿有泪不轻弹,只是未到伤心处。

"松司佐后来跟我说,何妈呀,你知道吗?我第一眼看见哥的时候,真的是吓坏了,像看见另一个自己,常常出现在梦中的自己。我已经回不到从前的模样了,但是幸好有哥哥在,我时常看着他,就像在照镜子,看着自己。刚刚开始,他根本不相信你是他哥,以为你是表姑家的孩子,可是你们长得太像了,像得他每晚都在做噩梦。他花了好长的时间才查到,当年送到医院的幼儿并没有死去。他当时很想和你相认,但是他说自己之前做了太多的坏事,怕你讨厌他。

"你接手家业的那夜,他在你的酒中下了药,然后又把关明烟抱上楼,借此机会他走进你的卧室。他在枕头上找到你的发丝,特意去做了DNA检测,检测的结果是亲兄弟关系。他说,那一刻他真的欣喜若狂。他失去了母亲,来到中国欲寻父报仇,却得知父亲去世的消息。本以为在世上他已是孤苦伶仃,但是你出现了,像上天的礼物,让他不敢置信。"

"他没有说……"

"他准备说。如果没有后来你和明烟的那些事,他会说的。他爱着明烟,可他也知道明烟爱着你。现在又得知,你是他的亲哥哥,他当然会放手。他跟我说,这个世界上不是只有爱情,亲情、友情与之是同等的,今生自己得不到爱情,那么就请让上苍赐予他永不变的亲情与友情。"

何妈说不下去了。兄弟间的情谊远不是一个外人的三言两语就可以表达清楚的,这段消失了二十八年的兄弟情分只有当事人的心里最为清楚。她走过去将钟习衡搂在怀里。

她想起，那年的雨夜，他们的母亲艰难地承受着分娩的痛苦，汗水汇聚，打湿了钟少爷身上的衣服。那个早晨，他们一前一后来到人间，身上还凝着从娘胎里带出的血丝，他们被父亲轮流亲吻着，拥在怀里呵护着。

谁会想到，命运的齿轮会这样旋转呢？

钟习衡靠在何妈的怀里，泪水汇聚成河流，宿命的悲哀让七尺男儿也难以承受。

靠在书房门上偷听的徐管家，早已泣不成声。他拖着僵硬了的双腿移到墙边，后背靠着墙，缓缓地滑下。此刻，他像一个孩子，将双腿靠在胸前，弯着腰，遮住了脸，无声的泪濡湿了衣衫。

徐管家从罗那里得知松司佐住的宾馆和房号，他想向钟习衡请半天假，走到门口，抬起手，踌躇半天还是收了回来，下了楼，直接让人备车，朝着松司佐所在的宾馆驶去。

松司佐打开门，看见徐管家站在门外，很是惊讶，连忙请他入内。

徐管家走进屋，看见墙壁上斑斓的色彩，画板上夹着一幅未完成的画。他朝那幅画走过去，粗糙的手指不受控制地抚摸着那幅画。他头也没回，问松司佐：

"二少爷，这幅画上的女子就是你的母亲吧？"

松司佐端着茶欲递给他，听见这句话，手一软，茶杯滑落跌在地板上，支离破碎。茶水溅了一地，也浸湿了他没穿拖鞋的棉袜。

"你……你知道了？"他声音颤抖。

"是的，徐伯都知道了。"

松司佐好像在笑，但眼里却有着化不开的浓浓悲伤。他将头低着，灯光照在他的背上，他的脸处在黑暗中，什么也看不见了。

"那么，哥……钟习衡是不是也知道了？"

徐管家忍不住哭着，他往前走了一步就顿住，"你为什么不叫少爷哥哥呢？他就是你哥哥啊！"

松司佐笑了，但是笑得难过，笑得凄凉，笑得惨淡，他的笑能唤起天使为他落泪，魔鬼为他动容。

"徐伯，小时候我和妈妈走在河边，每至傍晚时分，那里有很多人在散步，以父母带着孩子最多。我问妈妈，爸爸在哪里？妈妈说，爸爸在另一个国度。我又问，为什么哥哥可以和爸爸在一起，我不可以。妈妈看着夕阳许久，好长时间才说，因为你要和妈妈在一起。妈妈舍不得你。"

徐管家捂住脸，浑身都在发抖，想听又不敢听。

"我好羡慕哥哥，我好想爸爸。这两句话是出现在我童年的日记本中最多的两句话。后来，爸爸的朋友误传给我们消息，说哥哥去世了。妈妈当场晕倒在地，

我也哭得呼天抢地。即使我从未见过哥哥。"

"二少爷……"

"别叫我二少爷了,我从小就不是少爷,也没有人把我当少爷,还是叫我名字吧。"

徐管家掏出手帕拭去眼泪,折好放回。

"你为什么不早一些和少爷相认呢?那样少爷和明烟也不会有那么多挫折,更不会有那么多波澜的后续啊!"

听到这话,松司佐才开始露出后悔的神色。

"我当时太自负,我以为明烟爱哥哥甚于我,是因为他们相处的时间更久。可是后来我们去了美国,她离开哥哥六年也不肯接受我,我才恍然大悟,是我太自私。我嫉妒哥哥总是能拥有我没有的。实际上我拥有哥哥也不曾拥有,妈妈的爱他这一辈子都得不到了。我释怀后,就劝明烟回国。再见哥哥,他愈发恨我,我就不知道要如何开口了。"

徐管家上前抓住他的手。他一惊,抬头撞见他眼里如慈父般的关爱和责备,心都软了。

"傻孩子,少爷是你的亲人啊!亲人间,有什么不能原谅?爱,就足够赦免一切罪过了!"

松司佐望着他,晶莹的泪珠溢出眼眶,他嘴唇微启。

"是啊是啊,是我太愚笨。"

"二少爷,恕我多嘴了,这几年,少爷没有明烟陪伴,每日都过得不痛快。他爱逞强,不会说出来。但我看着他长大,我了解他,他心里一定难受得要命!"

松司佐反握住徐管家的手,略带调皮,"我知道。我现在已经想通了,明烟做不了我的女朋友,做我的嫂子也未尝不是一件好事。我明天就去劝她,这段日子,她也是处于水深火热之中哩!"

瞅着他完全不同于少爷的调皮的笑容,徐管家也笑着。这一夜的月,因为团聚,显得格外剔透圆亮。

松司佐约关明烟在大学门口相见。

天气转寒,他先抵达校门口,看见门前的老槐树上,树叶落光,只剩下光秃秃的树枝随着秋风摇荡。

临近圣诞前夕,校园门口的小店提前摆上圣诞快乐的贺卡,用五颜六色的彩带装饰着自己不大的门店。来往的象牙塔里的女生开始忙碌地换上雪地靴,为自己布置新衣,等待王子邀请,携手参加圣诞舞会。

"很怀念是吗?"不知道什么时候出现的关明烟言笑盈盈地站在他的面前。她穿着宽松的毛衣,配着牛仔裤,看上去像刚从校园里走出来的女大学生。

松司佐打量完，笑着说："一大把岁数的人了，何必穿得这么年轻装嫩呢？"

"可不是！我这个年龄要再不装嫩，这辈子都不能再装嫩了！我不是把握最后的机会嘛！"

松司佐望着她，眼角含着笑，明烟被他看得心里发慌，装作发怒，和他开着玩笑。

"看什么看？没见过美女吗？"

"没见过不是美女自称美女的美女。"他说完，一溜烟地朝校园里跑。

他们来到念书时最常去的小咖啡屋。那时候，学校规定晚上十二点断电。考前一个星期，他们抱着大堆的书，扎堆在这间咖啡屋。伴着空调的嗡嗡声，他们度过无数考前抱佛脚的漫漫长夜。平日，这里也是与朋友闲谈的最佳场所。物美价廉，环境幽雅，深受学子的追捧。

他们走进去，常坐的靠窗的位置已经被一对年轻情侣占据着，只得在中央选了一个双人位坐下。刚坐下，就有服侍生拿着制作精美的菜单走过来。松司佐和关明烟相视一笑。曾经的服侍生已经离开，换了一批又一批，不知道今天这是第几批了。

咖啡送上，关明烟看着周围的人，松司佐坐在这里确实是鹤立鸡群的。他的身上有商人的精明气息，但难得是，他脱去西装，坐在学生中间也丝毫不显得突兀，一切看上去都那么自然。

她打量着他，卷起的衬衫衣袖，露出结实的小臂，十指修长健美，扣在咖啡杯上，动作优雅得要人命。

"你该不会把我叫出来就是和我喝喝咖啡叙叙旧吧？"

她终于开口，看见松司佐放下咖啡，无奈地摇头叹气。

"你就是这急性子怎么都改不掉！你就不能等到我喝完这杯咖啡再说吗？破坏气氛！"

他何时对自己这样凶巴巴地板着脸说过话？关明烟甚至想要上前捏捏他的脸，看看他是不是真的松司佐。

既然他有心要好好地品，那她自然也有闲情逸致慢慢地陪了。时光化作一条彩带静悄悄地在两人间穿梭，穿过一对对情侣间，从窗户飘向窗外，飘到了空中。

一杯咖啡喝尽，松司佐终于开口。

"你看了那么多国外的名作，你相信世上有宿命一说吗？"

"扑——"关明烟被口中的咖啡呛到。

"你把我叫到这里来谈宿命？"

"你能不能注意点形象啊——"

他拿过桌子上的餐布，将她身上溅到的一点咖啡污渍拭去。他温柔的动作宛如细心的男朋友呵护着自己的女朋友，惹来周围小女生一片惊叹声。

关明烟见状，带着坏心眼地长叹一声："松司佐啊，你就招了吧。你是不是故意把我带到这里，然后对我柔情似蜜，想让一群小学妹看着嫉妒啊？难不成你也想老牛吃嫩草了？"

他白了她一眼，带着嗔怒地说："就知道你没一句正经的。我是正经问你的，你答话不就好了吗？"

我又不是罪犯，为什么要有问必答！关明烟在心里嘀咕，却不敢说出声，今天的松司佐表现得不太正常，和往日对她顺言顺语的那个人完全不同。

"宿命——我还是相信的，因为……"

"那就够了。这不是我今天要说的重点。"

他再一次粗鲁地打断她，她不高兴了，瞪着圆眼望他，可他却不理不顾。

这还是松司佐吗？

"如果我告诉你，我和钟习衡是兄弟，同父同母的亲兄弟，你会说什么？"

松司佐说得认真，关明烟听着好笑，她笑笑又喝了一口咖啡，"你在说冷笑话吗？"

"就知道你这态度。"他用十指在桌子上敲出轻快的旋律，思考怎样才能和明烟好好解释这一切。

"明烟，我没有开玩笑。"

松司佐板着脸的样子还是挺吓人的。关明烟被他吓住，慢动作地将咖啡杯放下，艰难地吞下唾液，心跳如雷。

"你……什么意思？"

他便将整件事的始末如实地解释给她听。说完，他又感到口渴，招手叫来服侍生，"我再要一杯卡布奇诺，你要什么？"

"冰激凌。"她想也不想就回答。

关明烟难过时、受伤时、震惊时、不痛快时都喜欢吃冰激凌。越多越大越多味越好。他望进她的眼里，想要从那汪水中得到一个答案，她是难过还是受伤，还是震惊，抑或是不痛快？

"明烟，跟我说说吧。"

"说什么？"

"什么都可以，对于这件事，你没有一点看法吗？"

"有啊，故事编得很好，很唯美，很感人，连我专门编故事的人都自愧不如。松司佐，你告诉我，谁给你的素材啊？介绍给我认识好吗？我好讨教讨教。"

他早料到她不会轻易相信，正打算用准备好的话再加解释，谁料，她又招来服侍生。

"我想来一份炸薯片，肚子有些饿了，你想吃点什么吗？"

松司佐看着她,这一下他明白了,她不是不相信,她是抗拒着,抗拒这个消息。

他摇头,看着她假装很开心地点了一份薯片,还转过脸对他说,"记得吗?以前我们最爱吃这家店的薯片,时隔这么多年,不知道味道变了没有。"

她随口说说,没想他接了一句话,"人心变了,味道自然会变。"

关明烟不用再伪装,她面露愁色,好久好久不说话。可一开口,说出的话就让他痛心。

"如果你想要离开,不需要找一个这么烂的理由,知道吗,松司佐?我不是没骨气的女人,不会赖着你不放手。"

他望着她水汪汪的眼睛盛满了失望和难过,好半天他才理顺她思想的跳跃性。

他想伸手抓住她的手,给她一些安慰,但是她先一步缩回去。

"哎——明烟,你误会了,我把这件事告诉你的目的,是希望你可以回到我哥的身边,他需要你,你也需要他,你们只是因为我……"

"不是因为你,是因为他的不信任,还有他的自私,他的占有欲,他的大男子主义。"

"我哥他……"

"你哥你哥!你什么时候把这两个词挂在嘴边了?"

关明烟的态度远远超过他的想象,他最初猜想的无非是她不敢相信,但是只要他好好解释,这并不是难事。可现在看来,她在抗拒,她因为毫不相干的理由在抗拒。这下,他完全没辙了。

她冲动地站起来,周围的学生本就好奇他们的身份,这下更是成对成对地把目光投来,有的女孩子还用眼光在责备松司佐。

他伸手把她按回座位上,"你冷静点,听我说好吗?"

她虽扭过头,但没有说不。松司佐又好声好气地解释一番。

"如果你真的不信,我可以把那份检测报告单给你看。"

她在鼻子里哼出一声冷气。

"如果你们是同卵双胞胎,那磊磊的爸爸到底是谁,不就彻底解释不清了吗?习衡能接受你的片面之词吗?"

松司佐沉着脸点头,明烟说的是"如果",但于她而言,这就是相信了。他终于松了一口气。

"我有办法。"

"什么办法?"

"你不想知道的办法。"

她又起身,松司佐又得把她按着坐下,他贼贼地窥视周围一番,压低了嗓音对她说:"关小姐,请你低调点。我们好歹也算公众人物,你别冲动。"

关明烟心里有闷气吐不出,但是也碍于情面,不好太过火。她干脆侧着身对他,跷起腿,摆出一副女王的姿态。松司佐头疼地望着她,越来越感觉自己是受欺负的小媳妇儿。

"当初你们那个啥,我拍了录影带……"他从牙缝里把这句话挤出来,关明烟的反应比他预期的还夸张几百倍。

"松!司!佐!你在搞什么玩意儿!"

关明烟生气的时候可以把房子的房顶掀开,对此,松司佐毫不怀疑。当她在全咖啡屋人面前起立,指着他破口大骂他是什么玩意儿的时候,他干脆就闭上了眼睛,等着她接下来一长串的说辞。

可是又一次出乎他的意料,她竟然没有说下去了,而是呆呆地站着,直视前方。她露出这样的表情反而让他不知如何是好了,就像一直向你右边击球的网球对手,突然改变了战术,将球击到你的左边,你就不可测知下一球会出现在哪里了。

"安颖——"

"你说什么?"

松司佐好奇,转了半个圈圈,竟看见消失了好些时日的安颖出现在咖啡屋的门口。他扶着座椅起身,瞧着安颖一步步朝他们走来。

安颖走过松司佐,走到关明烟的面前停下,"好久不见。"

安颖的声音像是经过了变声处理,带着男孩子的沙哑声,还略微夹杂着哭腔,面色也远不如从前那般健康,从前她算是小麦色的肌肤,还透着可人的红。可是现在,她皮肤白皙了许多,可这样的白仿若死人的惨白。

关明烟望着这样的安颖,不知道该恨还是该原谅。

"好久不见,安颖。"松司佐绕到关明烟的背后,搂住她的肩,想要传递给她一些力量。她还不能理清自己的头绪,他就帮她回答。

安颖轻笑,笑得无力了。

"明烟姐,你恨我,对吗?"她笑得越发凄凉。

松司佐掏出钱包,递给服侍生结了账,拉着她们往外走,"这里人多,说话诸多不便,我们出去谈。"

他带着她们来到一座假山旁的小庭院。周围树多,将庭院团团围住,这里除了鸟叫声就再也没了别的声响。向来是情侣们的好去处,只是现在正值下午,学生还在上课,庭院别无他人。

安颖到了那里就开始哭哭啼啼,完全停不下来。她一哭,关明烟便心软了,便走过去搂住她,拍着她后背,帮她顺气。

安颖哭了近半刻钟,才抽抽搭搭地离开关明烟的肩膀,鼻子抽得通红。

"明烟姐，我也不想的，但是我没有办法……"

她说一句又开始哭，明烟紧张地又将她搂住，"嘘——别哭别哭，好了安颖，你一哭我就乱了分寸，不知道该如何是好了。我也相信你不是故意的。"

关明烟看向松司佐，他领会她的眼神点了点头，他从包中掏出纸巾擦去长凳上的灰尘，拉着安颖坐下。

"安颖，我和顾婉在钟磊住院的第二天去过你家，但是隔壁人家说你连夜搬家了。为什么？"松司佐递给她纸巾，安颖接过，拭去眼角的泪水。

她含着泪眼看看明烟，又看看松司佐。

这些天，她被罗关在一间别墅里，那间别墅位于山路崎岖的半山腰上，透过窗户，她甚至可以发现这栋别墅是建在峭壁悬崖边。窗外的景色固然雄伟，但此刻的她怎有那个闲心欣赏这番美景呢？外边的世界因为她闹得天翻地覆，明烟姐怎么样了？钟总和明烟姐和好了吗？沧睿还在生气吗？她都不知道，可是又拼了命地想知道。

与世隔绝的生活快要把她逼疯了。幸好罗来了，她求他，鼻涕眼泪齐下，她顾不得形象了，只想尽快离开。

得到自由后的第一件事，便是找到关明烟。她听 Rex 说，松司佐约明烟姐在大学相见，便赶了过来。她害怕错过，从得到消息那一刻就冲了过来，守在门口。

万幸，她没有错过。

"我没有办法，他让我离开的。他猜到了你会去找我。"安颖回想起那夜，钟习衡刚毅的脸上是决然的冷酷，他让她离开，她只能走。

"他？谁？"

松司佐已经猜到了，只有关明烟还蒙在鼓里。

安颖犹豫着，直到看见松司佐点头，她才更加愧疚地说："是钟总，他让我把你的文章发到网上，他看穿你们的社长待你不薄，便想通过你知道社长是谁，只是我们都没想到会是松司佐。"

说到最后一句，她将目光移到松司佐的身上。松司佐点头，"能同时指使几家网站和报刊将矛头对准我们，S 市里也只有习衡了。"

"所以你们都知道？"关明烟猛地起身，冷笑地望着他们。

"明烟，你听我解释。"

"明烟姐，这件事……"

"够了，没有什么好解释的。一句话足够了，他利用我，就这么简单。"

"明烟姐，对于钟总而言，这是没有办法的办法啊……"

"明烟，我哥也是为了保护你……"

松司佐和安颖试图帮钟习衡脱罪，可只引来了关明烟更加愤慨。

现在一切都趋于明朗。难怪那天在医院，她哭成泪人，跌坐在地上，钟习

衡也能无动于衷地看着她。她为此心寒过，在心里指责过——他为什么不能走过来抱抱自己？他早知道这背后的诡计。现在看，他也许还觉得她是可笑的。

现在她终于清楚了，在钟习衡的面前自己是多么渺小。他动一动手指，张一张嘴，便将她压在手下。如果他不愿意，她或许永远都翻不了身。她也明白他为什么不愿让她工作了。因为没有必要，真的没有。

你想要尊重吗？我给得起。

你想要金钱吗？我给得起。

你想要名利吗？我给得起。

你想要地位吗？我给得起。

但是他若不给，这些你都别想要。他那么容易就操纵着她的人生，她的喜怒哀乐，她的一切。

为了解开自己的疑惑，他便把她推到风口浪尖，备受世人的批驳。他不是不愿伸手帮助她，而是这些都是他期望看见的。他设了计谋，下了圈套，等候着她。

这样的男人，她关明烟要不起。

关明烟逃走了，落荒而逃。这是一个女人被男人践踏了尊严后，唯一能选择的道路。若不逃离熟人、熟路、熟悉的环境，她会彻底崩溃。她不想让这些人看到自己，她感觉到这一切都是一个笑话，自己是笑话的主体。

逃去哪里最好？她需要躲起来，她需要一只贝壳，封锁住自己保护自己。

松司佐寻了很久，将大学翻来覆去找了一遍，也不见明烟的踪影。

"明烟姐应该离开了吧？"安颖气喘吁吁道。

暮色降临，头顶上的天空呈现藏青色，他们站在一座桥上，这座桥连着学校的两个校区。桥下是学校的操场，这时候，许多男孩子在这里挥洒汗水，张扬着自己最给力的青春。这时候，无须顾忌身上的汗臭味，无须顾忌彼此的球技如何，在一起踢球就是美好的。他们的叫喊声传来，越发凸显出松司佐和安颖的成熟。

安颖听着那叫喊声突然笑了，"我再也不要来这里了。他们让我觉得我已开始老去。"

松司佐愣了愣，从沉浸在关明烟的世界里醒过神。

"要时常过来感受青春，你才能感觉到活力。"

安颖想到一个人，笑得更浓了。

"你知道钟总天天在办公室怎样感觉活力吗？"

"怎么做？"

"他在办公桌上摆了一盆仙人掌，又放着一个大水缸，里面养着乌龟。"

说完，她忍不住哈哈大笑起来。松司佐先是抿唇偷笑，后来，也被她的快乐感染，垂低下半个头，踢着脚下的石子，闷声地笑。

一位英俊优雅的绅士，一位貌美活泼的美人，两人并肩站在桥头，微风徐徐，掀起美人的长发。所有的景物都变成一幅山水画的背景，他们成为画中的主角儿……

第七章 本是同根生

终篇　成全爱

　　松司佐没有找到关明烟，只能无奈而归。当他走到宾馆的附近，便看见钟习衡靠在那辆显眼的车头旁，脚下堆了一地的烟蒂。松司佐远远就看见他，不由得放缓了脚步，望着他曾想认而没有勇气相认的人，心潮难平。

　　这幅场景，他曾梦见过多少次，他曾多少次在梦里向钟习衡伸出手，可钟习衡却消失了，留下他孤零零一人，落魄地站在沙漠里，然后惊醒，只剩下希望落空后的寂寥。

　　"松司佐。"钟习衡走近，那声音仿若从远古传来，带着他想都不敢想的温情。

　　"哥……"他不自主地叫出了声，然后又觉得太突兀，呆呆地站在那儿，不知所措地望着他。

　　钟习衡这辈子最伤心的时候只有四次：一次是父亲过世；一次是钟太太抓着他的手在他面前仙逝；一次是关明烟不留下只言片语，拖着行李箱和松司佐离开了自己；还有就是现在，他的亲弟弟叫的这一声"哥"。

　　钟习衡心酸地看着松司佐，从他的眉眼开始，一寸一寸向下移，像是扫描器，丝毫不愿放过任何一个细节。和自己完全一模一样的身体，除却那个脸庞。松司佐任由他仔细打量，等到他觉得够了，才开口提议，"哥，上去坐坐吧。在这里站着不太好。"

这是钟习衡第二次来这个房间。

钟习衡想起第一次他来到这里，与松司佐面对而站，说话像打枪。那时候，松司佐就已经知道站在自己面前的人是自己的哥哥，自己在世上唯一的亲人。那一次，他是为了何妈而来，他怎么就没有联想到这一切呢？

"哥，你要喝些什么？"

钟习衡摸过这间屋子里的每一件家具，想象着他的弟弟每日在这里作画，思念着自己的亲人，爱着自己不该爱的人。

"你喜欢什么就给我来点什么吧。"

松司佐默然，他曾经问过一个人，为什么钟习衡对你那么不好，整天摆着冷冰冰的脸，你还那么喜欢他，喜欢得无可救药？那人说，因为他对你好的时候太好，让人无法自拔。那人现在势必要离开哥哥了，他却开始贪恋哥哥的好了。

"哥，我今天见到明烟了。"

钟习衡转身看他，表情不再像过去那样咄咄逼人，只是眼中一闪而过点点星光。

"我知道。而且我猜你肯定都告诉她了，你总是适合唱白脸。"

"可是她却沦陷在黑脸的温柔中。"

钟习衡笑，走过来把一张画放到他的面前，"这画里的女人是妈妈吗？"

松司佐看着画上的女人笑了，"当初妈妈让我学画，就是因为爸爸。她只有一张爸爸的照片。她希望我能惟妙惟肖地画出爸爸的各种姿态，让她感觉到爸爸从未离开过。"

钟习衡走到一件衣柜前，打开柜门，里面堆着的不是满满的衣服，而是画卷。钟习衡心灵受到猛烈的震动，他走得越近，越能感觉到松司佐对父亲的深爱。每一张照片的主角都是父亲，不同的只是背景和表情。

有父亲在海边陪着孩子嬉戏，有父亲站在一张桌子前指挥千军万马，有父亲伫立在落地窗前凝视着窗外的夜色，有父亲坐在豪车内目光有神地望着前方，有父亲在厨房盛粥，还有许多许多他甚至从未见过的场景。但他不会指出这些画的不真实，因为那些都是弟弟臆想的父亲，虽不现实，却是完美的。

"这一张是我最喜欢的。"松司佐从最里面拿出一张画，画上没有背景，只有父亲静静地站着，双手插在口袋。

钟习衡细细摩擦着，望着那幅画，脑海里浮现出父亲生前种种沉默的场景，心头酸涩难抑。

"简单的才是完美的。"钟习衡回头看着与他并肩的弟弟，微笑，"我也最喜欢这一张。"

今晚是这对兄弟间第一次袒露心迹。他们从超市买回好些果酒，将各种颜色的果酒摆在一起，耀眼鲜亮的颜色让人心头愉悦。

或许,愉悦人心的不是酒的色彩,而是彼此的心。

"哥,你知道吗?我刚来到大学的时候,站在舞台上亲吻明烟的手,眼睛却在下面瞄着。别人跟我说她的男朋友就在楼下的第一排,我想,谁吃醋了那就准是她男朋友了。谁知道,我亲完了,都没看出来谁脸上露出吃醋的表情!哥,你太冷血了!"说完,松司佐往嘴里灌了一大口果酒。

两人坐在地板上靠着沙发,左腿同时收起,胳膊搭在膝盖上,右腿前伸,不经意间透露出一种潇洒颓废的男人味。

听他这么说,钟习衡笑了,"那天我没坐在前排。因为辩论队那边临时有事,我去得晚,是站在最后一排的后面看完那出戏剧的。你演得很好,亲吻得很到位。"

松司佐拼命咳嗽,斜眼望着他。

两人不再说话,默默地喝酒,瓶与瓶碰撞发出清脆的响声,在夜深人静时听起来更像风铃声。

"跟我再说点有关妈妈的事情。"钟习衡突兀地开口,却有难言的落寞在空气中张狂肆意。

"妈妈一生寂寞。她最幸福的时刻就是生下我们的那一晚,不是表姑的替身,而是她自己,被爸爸搂在怀里呵护着。"

"我还以为会是她和爸爸在一起的晚上,没有那一晚,就没有我们了。"

"或许吧。或许妈妈不好意思说。"

松司佐摇头笑笑,钟习衡拿眼横着他,"其他呢?"

"其他啊……你知道吗?妈妈有一个很奇特的爱好,她不开心,抑或是寂寞的时候,不喜欢像一般的女人那样去逛街,或者在家看肥皂剧打发时间。你知道她喜欢干什么吗?"

"做数学题?"

"你怎么知道?"

"因为我也是。"说完,钟习衡又猛地灌了一大口。松司佐也沉默了,过了两分钟的时间,他忽然笑了。

"哥,爸爸喜欢滑雪吗?"

钟习衡手上吊着酒瓶,眼里微有醉意,借着窗外路灯的弱光,他看见松司佐神采奕奕。

"当然,爸爸每年冬天都会去俄罗斯滑雪。"

他瞧见松司佐的脸上露出幸福的光芒。

"哥,如果我们一家可以像正常人家一样生活在一起,我们该有多幸福。"

"你说没有钟太太吗?"

"嗯。"

"如果没有她,爸爸不会遇到妈妈的,那就没有我们了。一切都有因果,这就是宿命。"

他们又陷入沉默。

过了一会儿，松司佐开口道："哥，如果我先死了，把我和爸爸妈妈葬在一起好吗？生前，我都没有见过爸爸，我希望在死后可以离爸爸近一点。"

钟习衡毫不留情，一巴掌拍在他的后脑勺上。

"瞎说什么！我比你老，要死也是我先死。我做的坏事比你多多了。"

"最后一句话我同意。"松司佐不怕死地接了句，随后又接着说，"你比我大十几分钟而已，装什么老！"

钟习衡作势又要上前打他。松司佐灵活地连滚带爬躲到了一边。看钟习衡又抿了口酒，他才又挪过去。

"哥，记得那次我们去泰国吗？"

"嗯？"

"你和明烟消失在街头，何妈带着磊磊和何言去放水灯，我一个人在街上闲逛，走进一家占卜小屋，那老女人替我占卜，说我今年会有血灾。"

钟习衡放在嘴边的酒瓶顿了许久许久，比几个生生世世还要久。

"那种人说的话你也信？血光之灾……又不一定会死。"

"哥，假如我死了，你一定要满足我最后的愿望。"

"不要乱说话。"

"哥……"

"我不会让你死！"钟习衡急急地起身，怒得把手上的酒瓶摔碎在地上。他看着依然坐在地上的弟弟，双眸有些湿润。松司佐呆呆地望着他，显然被他吓到了，这才发觉自己失了态。仅剩下的亲人又要离开，要他怎么镇静得了？

"我不会让你死，就是我死，也不会让你死。"

钟习衡在说出这句话时，已经语气平静了。他绕过那堆摔碎的玻璃片，坐到松司佐的另一边，重新开了一瓶酒。

"哥，还记得明烟说的吗？她说她在我的身上看见了你。"

提起关明烟，钟习衡终于露出一点笑容，"她比我们看得更清楚。"

气氛有些微妙地尴尬，松司佐用手指敲着酒瓶，谱出一首不成调的曲子。

"哥，你会为明烟死吗？"

"不会。"

"我会。"松司佐无声地笑着，"真可惜，她不需要为她死的人，她需要能让她为之死的人。"

"我不死，因为有磊磊。她那么爱磊磊，是宁可自己孤独，也不会让他孤独。我不死，即使活着，也不会再笑了。"

松司佐点头，又喝了一口酒。

"哥,现在你信明烟了吗?"

"信。"他回答得毫不犹豫。

"哦?"他饶有兴味地问。

"你这样问就证明了一切。"钟习衡把他当成了自己,推断着。

"哈哈哈哈哈。"松司佐豪放地大笑,"哥,你那么爱她,怎么还舍得用她把我引出来呢?"

这一下,钟习衡拿眼鄙视他,"你以为你站在黑暗里我就感觉不到你对明烟的爱了吗?你觉得我知道了还能安心让她在爱慕她的社长手下工作吗?"

"所以你把我引出来是为了她?你用她勾引我也是一种惩罚?"松司佐恍然大悟后,啧啧称赞,"不愧是叱咤风云的钟习衡。现在知道了,还安心吗?"

"把她变成你的嫂子就安心了。"

钟习衡说得轻巧,松司佐却是一惊。

"你们要结婚?"

"有这个打算。"

松司佐犹豫了一下,把下午发生的事情告诉了他,顺便把关明烟失踪的消息也告诉了他。

钟习衡略微显得紧张了,但说出来的话却是很有把握的样子。

"没关系。让她冷静几天,我会和她解释的。"

松司佐不再说话,主动地将酒瓶举到他的面前,钟习衡也拿着酒瓶轻轻触碰,然后一同仰头喝尽。

"哥,你知道杨安安吸毒的事情吗?"

刚问出口,他就后悔了。钟习衡是谁,S市他什么事情不知道呢?或许这件事还与他相关。

钟习衡转着空酒瓶轻笑,"这个你都知道?可以嘛!杨安安的毒品是琳达给的,她的毒品买方也是琳达介绍给她的,而琳达是我安排过去的。"

"哥,你真狠!"松司佐狠狠地擦着衣服上的酒渍,"有一天深夜,我看见她衣衫不整从米花酒店走出来,那人不会也是你找的吧?"

钟习衡得意地笑,"我先为她投资,让她当女一号。等到她骑虎难下的时候,再撤资,换一个人,安排潜规则,再投资。就这么简单。等到她功成名就的时候,把她放荡和吸毒的照片放出来,她就完了。"

松司佐瞪着眼,张大嘴巴半天,才惊叹道:"哥,你真是惹不起……"

"那当然。"钟习衡得意地朝他抛了一个媚眼,"她居然还敢找个小孩把磊磊推下楼!这样的女人不除,她还不爬到我头上了?"

松司佐连连点头,"是啊是啊。哥,以后你罩着我吧!"

"去去去!你都这么大了还要我罩着?"

"你是哥哥嘛！"

"大十几分钟而已！"

"那也是哥哥！"

过了很久很久，在第一轮曙光从地平线露出光芒之前，他们累得熟睡了。松司佐靠在钟习衡的肩上，身体微微下滑。钟习衡向后仰着头，完全熟睡前，他似乎听到松司佐说："哥，我只是累了。"

次日，第一个醒来的是钟习衡。他睁眼，先是有瞬间大脑短路，眼神迷茫。昨晚的一幕一景慢慢恢复记忆。

他会和松司佐这样彻夜长谈？九年前，他想都不敢想。

当年的他，最怕见、最不愿见、最恨、最讨厌的人非松司佐莫属了。大家都在景仰着他，崇拜着他，但松司佐处处与自己作对，甚至要扬言拆散自己和明烟。而就是这样的人，竟成为他相偎相依的亲人了。这世界未免太奇妙了。

"哥？醒了？"松司佐已经把哥哥挂在口边，叫得甚是熟练。

钟习衡忽然觉得有个人管自己叫哥，不是因为求自己帮忙做事尊重自己，不是因为想与自己套近乎给自己戴高帽，而是有着血缘关系的，不管自己是贫是富，他都会叫自己一声"哥"。这样的感觉太美妙了。他不禁地弯起嘴角。

"嗯，肩膀太疼，就醒了。"

松司佐立刻愧疚地跪在一边，为他捏着肩膀，"对不起啊，昨晚聊得太欢就睡着了。睡得又太香了！"

钟习衡打掉他的手，"你还真当真啊？我怎么会怪你！先把这里打扫了吧！你不喜欢穿拖鞋，这里的碎玻璃片容易扎到你的脚。把扫帚拿来，我帮你清理掉。"

松司佐站在旁边，半天没发动手，钟习衡好奇地抬眼瞧他，"怎么不动啊？"

"哥——你确定你会扫地吗？要是你没扫干净，这玻璃片还是会扎到我的！"

"嘿！你小瞧你哥！今天我就给你露一手！"

"扫个地而已，有什么好露的……"松司佐嘟囔着去找扫帚，没看见钟习衡站在他身后，一直望着他，露出了连他自己都没发现的温暖的笑容。

松司佐将扫帚和簸箕拿过来，递给钟习衡，本以为他是饭来张口衣来伸手的大少爷，不懂得做家务，可是瞧着他扫地的模样，还是有模有样。钟习衡看着松司佐的惊讶，不由得有些得意。

"小学和初中的时候，我经常帮明烟打扫卫生。"说完，他就后悔了。

"我没事。哥，我真心地希望明烟可以成为我的嫂子。我想看见你们幸福。"

这句话他很早很早之前就想说出口了，现在说出来，心里反而有了一种无与伦比的畅快。

"哥，今天还是去看看明烟吧，这样冷落她也不算个事啊！毕竟是你先利用她在先嘛。"

　　钟习衡思考着，将玻璃碎片扫到一起，用簸箕盛走，倒进门外的垃圾箱里。再走回来，关上门。

　　"我知道。她现在住在安颖家，昨天安颖应该回家了，马上问问她。"

　　当钟习衡还在吃着早餐，琢磨见了面要说些什么的时候，关明烟已经到了拉萨。

　　拉萨，是中国爱情的圣土。当昨天听见安颖的那一席话后，她便想逃，逃得越远越好。第一个跳入她脑海里的地方便是拉萨。

　　上大学时，她不止一次地在钟习衡的耳边磨，"我们去西藏好不好？我想去西藏！"后来，她换了一种方式，"西藏是爱情的神圣之地，我们去那里为爱情祈祷好不好？"

　　那次去泰国后，她想着有时间就去西藏，可是工作忙了，这个计划便一直往后推着。那夜，他为她备上烛光晚餐，然后拥在一起缠绵，她曾问过，他也许诺答应了。可到最后，还是落得她孤身一人。

　　站在布达拉宫的脚下，她似乎看见当年的藏王松赞干布为了远嫁西藏的文成公主，指挥万众仆民，建立了这座规模宏伟、巍峨壮观的宫殿。初升的阳光下，她看见整座布达拉宫闪耀着金灿灿的光芒，那是不是就是爱情的光芒？

　　"你说她没有回来？彻夜未归？"松司佐惊呼道，他手足无措地看着来回走动焦虑不安的钟习衡。

　　"哥，怎么办？明烟会去哪儿？家里呢？"

　　"打过了，没有人。"

　　"顾婉那里呢？Rex呢？"

　　"都没有，我吩咐罗去查了，应该很快就有消息。你不要急。"

　　松司佐听说已经吩咐下去，便稍稍安了心，这地方还真没有他找不到的人！

　　"哥，不是我在急，是你在急。"

　　"我哪有……"钟习衡本能地反驳，却意外看见自己的手在颤抖，看着自己那双颤抖的手，心颤地更剧烈。

　　"钟总，机场那边传来消息了。"

　　钟习衡箭似的冲到罗的面前，"她去哪儿了？"

　　"拉萨。"

　　拉萨，她跟自己说了好多遍。他答应过她，会陪她一起去，她怎么会、怎么可以丢下他，独自前往呢？越想他越不心安。

　　"罗，后面几天你帮我照看一下公司，大事问松司佐。松司佐，你把我们昨晚商量的关于杨安安的事情办了吧。你是报社社长，这件事你方便做。"

　　"你要去哪儿？"看着他像料理后事的模样，大家齐齐问。

　　"去找明烟。"他夹起外套，匆匆出了门。

关明烟站在布达拉宫的顶端，俯瞰整个拉萨，这座充满别样的风土人文的城市让她由衷地热爱。

布达拉宫的脚下就是一条宽阔的马路，身着时尚服饰的游人和穿戴着当地传统服饰的人来来往往，都站在宫殿脚下，瞻仰它的伟大。这里的白云几乎触手可及，蔚蓝的天也是她在S市从未见过的透彻，若可以，她真想一辈子留在这里。

欣赏完风景，她缓缓步下布达拉宫时已到了晌午。根据当地人的指路，向来辨认不清方向的关明烟倒也找到了拉萨最繁华的八廓街。这条古老的街因其庞杂和独特而闻名于世，不仅吸引着众多前来的游客，也是当地人购物和朝佛转经的集中地。熙熙攘攘的八廓街两边都是一家挨着一家的商店，还有露天的街摊。

关明烟努力使自己忘掉那些烦恼忧愁，沉浸在这欢愉的气氛中，来往的人脸上都带着虔诚的祝福，或是从大昭寺而来，或是向大邵寺而去。

这里的藏族饰品琳琅满目，关明烟挑得眼花缭乱。她忽然在一堆物品中，看见一个长方形木质的藏香盒。表面雕刻着细细的花纹，中间镂空，看上去很是别致。

她刚想拿起来仔细瞧瞧，一只手抢先一步拿起，她望过去。那人嘴角弯弯，那抹笑在刺眼的阳光下是那么虚幻。

"你很喜欢？那就买下吧。"钟习衡说完便欲掏钱。关明烟扭头就走。

钟习衡急急地付了钱，跟上她的步伐，"我还没付钱呢，你怎么就走了？"

"谁让你来的？"

"我们说好一起来的。"

"准确地说，是曾经的我们。"关明烟停下脚步，看着他说完这句话，又接着往前走。

"明烟，你不能不给我解释的机会。"

"我就是给的机会太多，你就不当回事了。"

"不是。"

"钟习衡，够了。不要这样黏着我，这不是你的作风。"

关明烟继续朝前走，钟习衡却停在原地不动了。她有些不解，想回头，又顾忌自尊，不愿回头。

"我在你面前没有作风可言。"嘈杂的市区街道，她清晰听见这句话从背后远远传来。

钟习衡一直尾随着她到住房门口。关明烟是临时定的宾馆，房间尚算干净，只是没有了单间和大床房，她只能定了标准间。

"你想干吗?"

关明烟背贴着门,警惕地望着他远远走来。

"进去啊。"他说得理所当然。

"这是我的房间,我为什么要让你进去?"

"难道你要一个人睡两张床吗?"

"我乐意!我喜欢!我可以从这张床跳到那张床,只要我开心!钟习衡,我告诉你,现在我就为了我自己!我怎么开心就怎么做!"

钟习衡邪笑,靠上前,"那你得让我进去,只有我能让你开心。"

他在她耳边私语,吐出的气息喷洒在她的颈项间,过往的亲密影像在她脑中如电影般一一闪过,她羞红着脸往后退。

"不要脸!你给我滚!"

钟习衡无所谓她说些什么,耸着肩摆出"我就是不要脸,你能把我怎么样"的欠揍表情。

关明烟在心里一遍又一遍地说"要淡定要淡定",然后冷静下来,冲着他某个部位踢上致命一击,趁着他吃痛地弯下腰的时候,她迅速开门,侧身闪进去又关上了门。

她听见钟习衡在外面把门拍得咚咚作响,她嫌心烦,干脆用被子把自己头蒙住。过了许久,敲门声停了。她又不安心,掀开被子。宾馆的门没有猫眼,她只好打开一条门缝,意外的是,门外没有了他的身影。

本该是令人庆幸的,按理说她应该高兴,终于摆脱了他。可现在的郁闷又是为了哪般?

傍晚时分,她出门吃晚餐。走到大厅时,竟看见有一人躺在那里睡觉,走近一看不是钟习衡是谁?

"喂喂喂,你睡这里干吗?"她用手指捅捅他,看着他迷糊地睁开眼,"这儿人来人往的,你不嫌丢人吗?"

难得看见他可怜巴巴的模样,"我昨晚一夜没睡,在松司佐房间和他彻夜长谈,早上听说你来了拉萨,我又赶忙跟过来,到现在都没有休息呢。"

女人最大的弱点就是对心爱的男人永远无法狠下心,而男人更是深谙其道。

钟习衡随便撒了一个小谎,关明烟就站在那里开始纠结了。

"你为什么不定一个房间在床上睡呢?"

"房间都满了,没有位置了。"

"是吗?"她不信,走到前台问柜台小姐,柜台小姐点头说是。

"你不相信我了?"钟习衡看着她眉头紧锁地回来,就知道他刚塞给柜台小姐的两百元钱没有打水漂。

关明烟瞄了他一眼没有说话,要不要让他进房间?这样就让他进去了会不会原谅得太容易了？他以后还是会不长记性的！不行不行，坚决不行！可是不让他进去，就任由他躺在这里丢人现眼吗？他丢得起脸，她可不行。而且天寒了，这里的夜晚气温很低，他会不会感冒呢？这里的工作人员会不会把他赶出去呢？

关明烟干脆一跺脚，背着包转身就离开。

这大大出乎了钟习衡的意料，她居然对自己不闻不问不管不顾了！

"明烟，明烟，你去哪里？"他急忙穿好皮鞋追上前。

"你爱睡就睡吧，我去吃饭，肚子饿了。"

"我跟你去。"

"不要。"

"我也饿了。"

"各自吃各人的。"

"好，AA制。"

"我不是这个意思！"

他哪里不知道她什么意思，可是现在，他管她什么意思呢？黏人的活儿他是做定了！

关明烟无语了。这真的是钟习衡吗？她走到哪儿，这人便跟到哪儿！钟习衡何时变成跟屁虫了？这个角色一直不是都由她扮演的吗？

吃完饭，她回到宾馆。她步入电梯，意外发现他竟没有跟过来。她探出头，看见他重又回到沙发上坐着。

她踟蹰几分钟，走过去，"你坐在这里干什么？"

钟习衡做可怜巴巴状，"没地方可去。"

关明烟深呼吸一口气，想起刚在餐馆，店主端上一碗冒着滚滚热气的浓汤，她正准备品尝一小口，钟习衡从她手里把那碗汤夺过去，放到嘴边帮她吹气。直到他觉得不再烫嘴，才又还给她。这样温柔的钟习衡，她好久没见到了。

"跟我上去吧。"

"啊？"他怀疑自己的耳朵是不是听错了。

"我说跟我上去，趁我没后悔之前。"关明烟朝电梯走去，钟习衡看着她的背影笑了，跟上去。

钟习衡淋浴出来的时候，关明烟正盘腿坐在电视前看着新闻。

"杨安安吸毒？潜规则？这谁爆出来的啊？说给你听，你会信吗？"

钟习衡瞄了眼屏幕，坐到关明烟的边上，"信啊，为什么不信？消息就是我和松司佐爆出来的。"

"你们俩？"关明烟用手指指着他，一脸震惊，然后摇头很惋惜地说："完了完了，松司佐成了你弟弟后，都被你带坏了！"

钟习衡横眉竖眼地望着她，"说谁呢？"

"说的就是你！"关明烟把头往前伸了伸，对着他吐舌头，得意俏皮的模样看得钟习衡心痒痒。

他甩掉正在擦着头发的毛巾，上前欲逮住她，关明烟立刻跳到另一张床上，他便跟过去。两人在不大的房间玩起猫捉老鼠的游戏。最后，双双累得瘫倒在床上。

"还在生气吗？"

"嗯！"关明烟回答得重重的，可是听上去更像在撒娇。

钟习衡笑着翻了一个身，他们头顶着头，他便从上面与她面对着面。关明烟想把他推开，他就誓死不从。

这是女人心志最薄弱的时候，现在不谈更待何时？

"明烟，我知道这件事是我不好。商场上的事情我不该把你牵扯出来，我明白你有你的尊严，你不想活在我的护翼之下，你想要自由，你想拥有一片可以翱翔的天空，哪怕受伤。对你而言，那也是我给不了的宝藏。"

他表情真挚，放低了声音，也放低了身段，关明烟望着他时，眼里少了刚开始的怒气。

"可是你要知道，我是男人。男人把事业做大，做成功，不仅仅是为了自己的面子，也是为了保护家庭。当你和磊磊受到伤害时，我希望我可以给你们依靠，给你们帮助，保护你们。我那么想知道你的社长到底是谁，不仅是出于好奇，更因为我比你懂男人，我知道他对你的好不同寻常，我宁可接受别人光明正大向我挑战，也不能忍受一个人躲在暗处，给你送花，悄悄地偷走你的心。"

"怎么会有第二个人能偷走我的心呢？"

钟习衡笑了，他的手游走在她细腻的肌肤上，点在她小巧的鼻子顶端，"爱情是霸道的，专属的。我绝对不可以接受和别人分享同一个你。"

他的一席话彻底感动了关明烟。一个男人在心爱的女人面前放下身段，剖析着自己的内心，把自己心底难以启齿的不安和嫉妒说出来，他无须装可怜，无须用眼泪博同情，就足以打动女人的心了。

关明烟向上抬起自己的头，将唇印在他的唇上。唇齿相磨时，她低声说："我怎么就对你下不了狠心呢？"

钟习衡笑，拉过被子，"不要对我狠，爱我就够了。"

钟习衡和关明烟从拉萨回到 S 市的那天，杨安安的风波已经传遍网络和全国。他们上飞机前，空姐递给他们一份报纸，报纸的头条便是杨安安，下面刊登了一张很大的图片，是她在新片的宣传活动上被人砸了鸡蛋落荒而逃的样子。

关明烟与钟习衡对视一眼，不再说话。飞机起飞，离开这圣洁的土地，载着彼此对未来美好生活的信心，朝更高的天空飞去。

"明烟，你说我们的婚礼在哪里举行比较好？对了，何言和磊磊可以为我们当童男童女。"

钟习衡侧靠在关明烟的肩上,把嘴唇靠近她的耳畔,甜言蜜语。

"随你。"关明烟娇羞地倒在他的怀里,闭上眼睛徜徉在幸福的海洋。

钟习衡不停地在她耳边低语,"我们要去你最喜欢的普罗旺斯度蜜月,然后去威尼斯划船,然后去澳大利亚的墨尔本,把你所有想去的地方都去了。我们可以趁着年轻,再生一个女孩,以后让磊磊带她上学。我们给她买最好看的衣服,买最好吃的零食,让她成为一位幸福的小公主。

"如果你愿意,我们可以让松司佐搬进家来住,他一直在宾馆不方便,来家里也有个照应。明烟,我们还有好多好多年要一起走,我好期待,你期待吗?"

关明烟已经沉沉入睡,后面的话并未听进耳里,但是在梦乡中的她嘴角上提,脸上写满了温暖的幸福。

他们下了飞机,关明烟俨然一副小女人模样,钟习衡把胳膊架在她的肩上。关明烟不适应大庭广众之下做出这么亲密的动作,对他推推搡搡。

"又怎么了?"

关明烟不解,他怎么说得那么理所当然。

"不要这样……很多人看着呢……"

"你不好意思?"他以前怎么没注意,她脸羞红的样子十分可爱,像刚熟透的苹果等他去摘取。

"你以前不这样的……"她忸怩着四处躲闪。

钟习衡在旁故意逗她,关明烟娇小的身躯怎么也逃不过他颀长的手臂和厚大的手掌。他们甜蜜地打闹着走到机场大厅。钟习衡远远地就看见松司佐在不停地看着手表,焦急地等待着。看见他们走来,脸上并没有惊喜,反而是恐慌。他大跨步地迎上去,抢过关明烟手里的手提箱,加快脚步往前走。

"松司佐,出什么事情了吗?"钟习衡赶上他的步伐与他并肩,关明烟只好跟在后面小跑着。

"杨安安那死女人现在是疯了,整天扬言要报仇!也不知道从哪里听来的消息,知道那些消息是我发的,那些阴谋是你安排的。"

听到他的话,钟习衡反而放缓了脚步,表情放松了许多,他等关明烟赶上,继续搂着她往前走。

"那女人你怕她什么?这里这么多人她能做什么?我们两个男人还制服不了一个女人吗?"

"哥你不知道,那女人疯起来……"

"怎么样?"杨安安不知道从哪里冒出来,打断松司佐的话。钟习衡迅速将关明烟拉到自己的身后护着,松司佐也神色紧张地看着她手里拎着的一大瓶液体。

"松司佐,你的话可没说完啊?继续啊,那个疯女人怎么了?"

松司佐望着她咬紧牙关不说话,倒是钟习衡慢慢上前,警惕地打量她拎着的那瓶液体。

"你瓶子里装的是什么液体?"

杨安安看他紧张,更是得意。

"你怕了?钟习衡你也有怕的一刻了?我要是告诉你这里面是硫酸,浓硫酸,你会怎么样?"

"这里人多,你别乱来。"钟习衡懊恼,他怎么忘了她是女人,女人在疯狂的时候是什么事情都做得出来的?

"怕什么,被泼到了硫酸顶多毁毁容吧,你说是不是松司佐?"

松司佐望着她依旧不说话,钟习衡有些恼怒了。

"杨安安,你不要做得太过分了!"

"哟哟!什么时候钟习衡会帮着松司佐说话了。关明烟啊,你又给他们灌了什么迷魂汤,让他们为你神魂颠倒?你倒是教教我啊!"

"你根本不配和明烟说话!"松司佐终于说话,他气得发抖,从牙缝里挤出这句话。

"是啊是啊,我不配!"杨安安经过修饰的双眼迸射出仇恨的光芒,漂亮的脸蛋因为嫉妒扭曲,甜美的声音因憎怒变得狂野,"我岂能用硫酸便宜了你!我告诉你们吧,这里是汽油!这里是打火机,我要把汽油洒到她的身上,让她燃起熊熊火焰!"

她将打火机的火苗时而点着,时而扑灭,继而又狂笑不已。

杨安安疯了。她踩着十厘米的高跟鞋,与钟习衡平视,她身体向左倾斜着,手里拎着一瓶汽油,面目不善地望着他们三人。

"啧啧啧,这世界就是神奇!当两个男人为了保护同一个女人时,居然可以放下前嫌,站在同一战线,这绝对是女人做不出来的,对吗,关明烟?"

关明烟躲在他们的身后望着她,久久不说话。

周围的人认出杨安安,皆绕道而行,不知不觉,他们四人所站的地方被大家空出来,形成一个圈圈。

杨安安继续朗声对关明烟说:"你肯定不知道,钟习衡为了保护你费了多大的心思,你肯定不知道,他为了你折磨我,下了多大的圈套。我就是闭着眼睛傻乎乎地陷入陷阱里,出卖肉体,出卖灵魂,看见了吗?看见这些针孔了吗?"

她撩起自己的衣袖,那里露出点点针孔,从下及上,遍布了整只胳膊。

关明烟看得触目惊心,她不知道该说什么,她望着钟习衡的侧身背影和侧脸,那宛如天神的男人到底为她做了些什么?

"琳达是你安排的,对吗?怂恿我减肥便送我蜂蜜,在蜂蜜里面加毒品,真是聪明的做法。钟习衡，你真是了解我！"

杨安安款款走上前，想要抬手撩拨他的衬衫纽扣，被面无表情的钟习衡一巴掌打开。她也不恼怒，只是轻笑，眉宇间不见喜悦，反而只有仇恨。恨到了极致只能用笑表现了。

"松司佐，我真替你不值！钟习衡和关明烟在一起了，你就要被人抛弃了！你就要孤独终身了！你永远是爱情中的局外人！"

杨安安口气憎恨，表情是高傲的鄙视，钟习衡望着她，垂在身体两侧的手暗自攥紧拳头。关明烟呼吸更是急促，上前轻轻勾住松司佐的手指，想要给他一些鼓励。

松司佐回头扯了扯嘴角，向她摇头，示意没事。他冷静地迎着杨安安恨意冲天的目光，口吻平静得超出想象。

"杨安安，我和你不同。你不懂得什么叫爱情，什么叫放手，什么叫成全。比爱情长久的是友情，比爱情忠贞的是亲情。我和明烟之间是友情，和习衡之间是亲情。我成全爱，怎么会不值？"

"你和他是亲情？"杨安安蹙着眉，目光在他们之间来回扫视，嘲笑的表情开始凝固。

"难道那人没有告诉你松司佐是我的弟弟吗？"钟习衡声声冷笑道。

杨安安心里开始盘算，自己这一出是不是演错了。从自己吸毒的事情曝光后，接二连三的打击从天而降，她陪睡的照片，在酒吧放荡的照片，甚至于她在床上的表现都被拍成了录像带发布到了网上。合同尚未到手，她所有的代言都被临时换人，连新片的宣传都被扣下。好不容易登上了台，却又有记者就这些丑闻接连提问，让她难堪下不了台，最后临下台前，还被人用鸡蛋砸在脸上。第二天的报刊登出来的竟不是她长裙飘飘的公主样，反而大肆宣传她被鸡蛋砸中后的窘样。

她品味到从天堂到地狱的滋味。当有人匿名给她发来邮件，将所有的事情串联起来，向她剖析这是段怎样精心安排的骗局，用局外人的角度诠释她又是如何一步步步入陷阱，最后指出只有松司佐和钟习衡的联手才能达到如此的效果，她的恨瞬间达到了顶峰。她只想毁灭。她已经回不到最初了，更无法走到自己梦想的那个高峰，那便摧毁吧，摧毁掉这一切，毁掉毁了她的人。

杨安安看着手上那瓶汽油，她已经不可能再回头了，走到这一步，或许自己有错，但若没有他们步步紧逼，自己不会摔得这么惨，她此刻的处境都是给他们逼的！

看着关明烟靓丽无辜的脸庞，嗜血的恨意又冲上大脑，她想也不想，打开汽油瓶盖，朝着关明烟的身上泼过去。

"小心！"松司佐和钟习衡惊呼。

关明烟未反应过来，仅看到一片透明的液体扑来，水珠四溅，可是几乎同时，一个黑影扑在她的面前，帮她挡住这一切。她怔怔地站在那里，不知作何反应。

"松司佐，你的身上？"

松司佐身上并未有汽油，连浸湿的痕迹都没有，他们望向钟习衡，他的背后一片潮湿。松司佐挡在了关明烟的前面，钟习衡挡在他们两人的前面，挡下所有的液体。

"哥——"

"习衡——"

钟习衡拉扯一下背后的衣服，笑着望向松司佐，"我说过，我不会让你有事的。"

我许下你的诺言，不让你受伤，不让你痛苦，不让你出事，所以任何危难面前，我会冲在你的面前，承受下所有的一切。

关明烟捂着嘴巴，惊恐地望着他，只要杨安安按下火机，扔向他，他便会在火中燃烧，被烈焰包围，最后只剩下黑焦的躯体。松司佐步步朝杨安安逼近，语气不再和缓，带着强硬的威胁。

"杨安安，把火机递给我！快点！要不然，我不会让你出去的。我会让你死在这里，真的，我会让你死在这里的。"

杨安安自己也未料到会上演这样一幕，被浇上汽油的不是关明烟，可那又如何呢？钟习衡能死，一样可以解她心头之恨。

她才不管松司佐的恫吓，她点燃了火机，瞬间扔向钟习衡。

"不要——"

火机从松司佐的手下飞过，关明烟尚未来得及挡住那个打火机，它已经撞在钟习衡的身上。

一秒钟过去，钟习衡的身上没有火星，也没有丝毫的变化。

"怎么会这样？"杨安安彻底傻眼了。

"我把那瓶汽油换成了纯净水。"崔海赫从一根大理石包裹的石柱后走出来，沉痛地望着她。跟在他后面的是罗、Rex，还有顾婉和警察。

"那封邮件是我和顾婉发的。"罗边走边说，"崔海赫告诉我你曾经说过，如果有一天你要复仇，你会化成一团火焰将对方团团围住，我和顾婉猜测你或许会逮住今天的机会复仇，便设下这个圈套，等你跳进来。"

崔海赫用陌生人的目光盯着自己曾经最爱的女人，"你给我的钥匙还在这里，你早应该换一扇门。"

杨安安踉跄地退后好几步，狠狠地撞在墙壁上。她的目光只落在他的身上，那是比憎恨还要深刻的痛。最后，大家听见她说："爱情？呵，这世上早就没有爱情了。"

崔海赫身体晃悠一下，罗上前扶住他，顾婉带着警察上前，将她的双手套上冰冷的手铐。

钟习衡回到家，徐管家连忙迎上来，看见他湿透了的外套，惊诧地问，"少爷，你的衣服怎么回事？"

钟磊上蹿下跳，要爸爸妈妈抱，钟习衡率先走过去将他抱起环绕了一圈，引得他咯咯笑，然后又将他递给关明烟，才对徐管家说："意外，意外而已，不要太担心，你去吩咐下，找人给我拿件外套，顺便打扫一间客房出来。"

"客房，这是？"徐管家已经猜出了八九分，目光瞄向松司佐。

"松司佐要搬回来住，给他安排一间卧室。"

松司佐跳到一边，表情很惊讶，"我什么时候说要住这里了？"

"你没说，我说的。我是你哥。"钟习衡走到他面前，在他的胸前戳戳点点。不待他辩驳，就转身往楼上走，顺便架起钟磊，"走喽！我们去洗澡澡喽！"

关明烟转身望着他，目光柔和，"你不是一直说希望有个家吗？这儿不就是你的家吗？"

松司佐无声无息地笑，见钟习衡上了楼，走进卧室关上门后，他立刻对着明烟勾勾手指。

关明烟不解，却还是凑上耳朵，松司佐在她耳边窃窃私语，将钟习衡那夜对他说的话全部说给她听。他看见她眼里闪烁的星星光芒。

十一月二十四日，关明烟一辈子都忘不了的日子。钟习衡将她约到海边，她看见一辈子中最美丽的景象。他用绳索将几条客船拴在一起，船与船之间搭着木板，每条船都用七色彩带修饰着，在船的顶端用宽大的横幅围成一个三角形，三条边的横幅上写着："关明烟，我爱你。"

"可以登船了，小姐。"钟习衡绅士地向她伸出一只手，关明烟笑着挑眉，高傲地将手搭在他的手上，由他搀扶着登上船。

这三条船风格迥异，一条船上是中国的传统风格：房内有古代的大红色木床，大红色的床幔垂直落下，打开雕刻着龙与凤图案的窗户，海风吹来，床幔飘起，旖旎无限；另外一条船上是欧美的奔放风格；还有一条则是她最爱的竹林风格。

"这是……什么意思？"关明烟早已心知肚明，但是她偏要听见他亲口说出那些话。

钟习衡故作可怜兮兮地望着她，"我做得这么明显了，你还不懂吗？"

"懂什么？"

"就是那个呀！"

"哪个？"关明烟怒。

"就是——"他单膝跪下，从兜里掏出一个精美的盒子，送到关明烟的面前，里面一颗硕大的钻戒在闪闪发光，"就是求你嫁给我。"

嫁给我，嫁给我，嫁给我。三个字彻底占据了关明烟大脑的所有空间，这么多年的等待和折磨化成一滴滴眼泪落下，飞溅在钻戒上闪闪发光。

"好。"她接过戒指，许下一生的诺言。

钟习衡和关明烟有情人终成眷属，周遭的人都替他们开心，最开心的莫过于钟磊。他天天在小镜子面前，试穿一件又一件的小礼服，还煞有介事地问着何言。

"你说我穿这件黑色的好看还是这件白色的好看呢？"

"黑色。"

"我也觉得黑色很好看，可是白色衬托得我更儒雅。"

"那就白色。"

"我也觉得白色很好看，可是黑色衬托得我更成熟。"

除去家人和朋友，还有一个人最开心，就是松司佐。关明烟曾犹豫很久，不知道要如何向他开口。在某天清晨，他们用过早餐，关明烟和松司佐坐在沙发上看报，突然听见松司佐说："你们的婚礼选定了伴郎了吗？"

关明烟心暗自突跳一下，然后摇头。

"那……我可以吗？"

"你愿意？"

"不行吗？"

"当然可以，可是……你不介意吗？"

"虽然牵你手的人不是我，向你许诺的人也不是我，但好歹让我陪着你走过这一路，也算是对这近十年的感情一个交代吧。"

关明烟不知该说什么才好，她看着他双手贴着后脑勺，懒散地靠在沙发上，好似很不经意地提起这个话题，但是不经意间又带着小小的失落。

"松司佐。"

他又开口说道："等我从美国回来，让我当伴郎，好吗？明烟，这一次请你一定要答应我。"

那时的关明烟一定想不到，这一等等来的却是阴阳两隔。

一个月后，十二月二十四日晚，圣诞节前夕，松司佐所乘的从纽约飞往S市的飞机因大雾撞在山头，机上人员全部身亡。

十九年后。

钟磊开着白色的法拉利，平稳地行驶在开往S市陵园的柏油马路上，他通过后视镜看着妈妈。

"妈，你还好不？还没到墓地，你怎么就开始哭了？"

独自坐在后排车座上的关明烟拭去挂在腮边的泪水，"是啊，我怎么现在就哭了……"

钟习衡抿着唇,俊脸绷得紧紧的,一路望向车外,一言不发。钟磊不时地瞄他一眼。

下车后,阴霾的天气压在每个人的心头,穿梭在墓碑之间,谁都不肯再多说话,深怕扰了生灵。最后,他们停在一座碑前。钟磊将带来的花轻轻放在碑前,然后跪下,磕了几个头,起身站到一边。钟习衡走上前,面色凝重。天空下起绵绵细雨,将墓碑打湿,刚放下的花束上沾着晶莹剔透的水珠,更显得生动又凄凉。

"松司佐,你说,要与爸爸葬在一起。我遂了你的心愿,你的左边就是爸爸的坟墓。在另一个世界里,现在你是不是很快乐?有爸爸妈妈陪伴着,你不会再孤单了吧?肯定不会的。

"昨晚,我梦见你了。梦见你朝我走来,拉着我的手,说你很快乐,你比生前任何时候都要快乐。你一手牵着爸爸,一手搀扶着妈妈,去世界每个角落,你们用独特的视觉感受这个世界。在那里,你很幸福,对吗?"

一阵清风徐来,拂过他的脸颊,像是松司佐在回答他的话,那般轻柔。

松司佐说,要永久的爱情与友情,他用死得到了一切。他说明烟是他一辈子唯一爱过的女人,他用死证明了一切。

风不变,雨不变,我们成全爱的心亦不变。

番 外

松司佐篇

  第一次见到关明烟是在我刚来 S 市，路过学校草坪的时候，她穿着白色的裙子，披散着长发，用书本压着裙角，躺在草地上。我从她身边路过，听见旁边有女生指指点点。
  "瞧，那就是钟习衡的女朋友。"
  我看她纯粹是因为听见钟习衡三个字。看见她的瞬间，我就决定我要抢走这个女孩，只是动机如何，我不去管。
  我们第一次见面是在舞台上，她穿着及地长裙，美得令人窒息。那一瞬间，热血冲进我的头脑，我在嫉妒，嫉妒钟习衡为什么能得到世上最美好的事物，我要夺走，我要夺走。这是我仅剩下的念头。我将唇贴在她的手上，身上最脆弱的肌肤碰触到她的细腻光滑，热血又一次冲上脑。我闻到她身上的香味，不是香水味，只是体香。
  多美好的女孩，比天使还要圣洁。
  可是，为什么天使也会哭泣呢？
  某次晚自习回来，我在宿舍楼下看见她在哭泣，我走过去，问她："需要一个肩膀吗？"

她哭得红肿的双眼看着我，然后快速跑开。后来我知道，她是为钟习衡哭。

那天，我在日记本上写下这样一句话：我越来越讨厌钟习衡了。

经管院内的篮球联谊赛，我本不想参加，但当我躺在床上，听宿舍的人说，钟习衡会参加时，我心动一下，我想到的不是他，而是她。最后，我还是去了。我在观众席的第一排如愿以偿地看见关明烟。她穿着粉绿色的短裙，上面是纯白色的衬衫。她怎么可以出落得这般美丽？

我走到她身边，指着旁边她放着零食的位置问："这里有人吗？"

"没有。"她犹豫一下，然后拿过方便袋抱在怀里。我望着那一幕，几乎可以想到每晚她抱着洋娃娃入睡时是多么可爱了。

"你喜欢篮球？"我装作不经意地问。

她摇头，笑得好不灿烂，指着钟习衡说："看见没有？那是我男朋友！我是为他加油的！"

我忽然很想冲过去把钟习衡暴打一顿，可是看她脸上骄傲的神情，我隐约感觉到，她对钟习衡的爱远远超过我的想象。这份爱情是不平等的，因为她在崇拜他。

我嫉妒，我很嫉妒，怒火中烧。我故作好奇地问，其实只是想掩盖内心的愤怒。"他打得很厉害？"

"嗯嗯！"她拼命点头，她轻咬着小巧的嘴唇，让我心动，"他可是镇院之宝！"

镇院之宝？真是老土的名字，我暗想，同时将目光移到赛场，我要好好见识见识这个传奇中的钟习衡到底有多宝贝。

不可否认，他是优秀的，他的弹跳力和爆发力是惊人的。别人的三分投篮他总能从中拦下，他可以远远跳起直奔篮筐，将篮球轻而易举地放进篮筐。不是投，而是放进去的。

观众席上大多数人在为他欢呼，为他骄傲，关明烟犹是如此。我受不了，便走下台，和另一支队伍的领队交涉，我跟他们说："想要牵制住钟习衡吗？只有我可以。"

他们思索片刻，让我上场。我的上场让在座的人意外。我知道，这是千载难逢的好机会，可以面对面地向他挑战。

在日本，我曾被当选为国家篮球队的候补队员，这样的比赛，这样的对手，我自然赢得不在话下。

那一场比赛爆了大冷门，我所在的球队赢了，我在最后一秒投进最后一个三分球，钟习衡手指偏了半寸，篮球擦着他的手指掉进篮筐。我稳稳落地，回头看见关明烟惊叹地张着嘴巴，我得意地笑。

我成为那场比赛中最大的黑马。

我在所有人面前，指着钟习衡的鼻子说："钟习衡，我要向你挑战！我会在

一年后从你手中夺走关明烟的!"

那时候的我,无谓什么是忠诚,无谓什么是爱情,无谓什么是缘分,无谓什么是宿命。

那时候的我,嚣张得不知道天高地厚。所以这场战争,我从一开始就注定是失败的。所谓知彼知己,方能百战不殆。

我什么都不知,最后落得一败涂地。

我和明烟离开中国的那六年,我们并不是在一起的。她先去了我不知道的地方,我想那时候,钟习衡和我一样,都在满世界寻找一个名叫关明烟的女子。我委托很多侦探熟人,我打通各路脉络,用了我所能用的全部办法,也未得到她的消息。

她好像从这个世界消失了。

在她离开的第十五个月,一位侦探在德国找到一位和她同名的中国女性。接到电话的那一刻我欣喜万分,我抛下手头的工作和学业,当晚订了一张前去柏林的机票。

在我即将登机的前十几分钟,那位侦探将那女子的照片发给我。我从头寒到脚,那不是明烟——或许那是明烟,但不是我要的明烟。即使只有一张侧面,但我可以肯定,那不是她。我永远不会忘记,那晚深夜,我一个人失落地坐在机场大厅,听着广播一遍遍播放我的名字,唤我登机,可是我却累得动也不想动。

没有明烟的地方,我不要去。

后来,明烟回来了,没有任何征兆地回来了,带着她和钟习衡的孩子。说实话,一开始对于这个孩子我是排斥的。所有与钟习衡有关的,都会成为我的一块心病,即使我已然知道他是我的亲哥哥。

但是他也是明烟的孩子,他的名字叫钟磊。

我问她,为什么要给孩子取名叫磊?光明磊落吗?

她在阳光下笑着摇头,磊是三个石字组成的。中国有句诗词,说蒲苇韧如丝,磐石无转移。

那一刻,我听见了心碎的声音。也在那一刻,我终于死心了,这个女人我一辈子都得不到了。

番 外

杨安安篇

    现在我在牢中,毒品已经从我的生命中消失了,它像一阵风,飘过来,卷着时间和青春,然后又离开了。

    我每天只能在特定的时间里出去走走,晒晒太阳。我从未想过,有一天,晒太阳都变成一种奢侈。

    我在牢房里做得最多的一件事就是回忆过去,回忆生命里美好的事情,不美好的事情,然后发现,我走过的这些年头,做的坏事多到已不是用忏悔就可以得到赦免的。

    从小我的父母双亡,我跟着爷爷奶奶长大。他们工资并不高,所以从我上学懂事起,我最自卑的莫过于自己家境的寒酸和没有父母的悲哀。我渴望有人疼爱,那疼爱不仅仅来源于爷爷奶奶,还需要来自父母的疼爱。或许,这就是我在初中便开始恋爱的原因。

    我缺少爱。

    我的第一个男朋友叫什么名字我已经不记得了。他长得不算出众,但是个儿高,常常帮我擦黑板、擦玻璃。在某个周五下午,大家放学离开后,教室里只有我在打扫卫生,他走过来,拉住我的手跑到学校后面的小树丛里,绞着手

指不说话。

在我转身就要离开的时候,他又用力地拉住我,他弄疼我,我便想要甩开他,他见我想要摆脱他,抓得越是牢固,就这样我们开始纠缠。忽然之间,他轻轻吻了我。

只有一秒钟的瞬间,或许连一秒钟都不到,但却成为我这辈子最美好的吻。

后来我们分手了,因为我的朋友瞧不起他。她们告诉我,我和他在一起太跌我的面子,我望着他有些驼的背影,忽然间不明白,我当初怎么会为他心动呢?于是,我果断地与他分手。

和他分手后,一位比我高一级的学长来找我,他递给我情书和一大束红玫瑰,在放学时拦在班门口,大声叫我的名字,说我喜欢你。他相貌出众,家境好,体育优秀,总之什么都好就是成绩不好,外带有些花心。可那时候,我怎么知道什么叫花心呢?

在班上男生的口哨声和女生嫉妒的目光中,我被内心膨胀的虚荣心怂恿着走向他,接过他递来的手。

我们开始交往了。我在那一天的日记本上写下这几个字。

当时我是初三,他是高一。

他跟我说,他的成绩不好,但是他的爸爸是学校的股东之一,每年要为学校投资好几十万,所以学校安排他进了最好的班级。

那时候,我听他说得入迷,几十万是多少钱,那是爷爷奶奶不吃不喝劳作一辈子也赚不到的钱。我告诉自己,以后我也要赚很多很多的钱,我要买最高档的衣服,最贵的化妆品,我要让天下的女人都羡慕我。

后来,我确实做到了,虽然只有半个月的时间,虽然代价是惨重的,但是我还是做到了。

我和他交往了六年,在我读大学二年级那一年分手的。那时候钟习衡刚刚和关明烟确立关系。

这期间,他不止一次向我提出类似同居的请求,我都委婉拒绝。一开始,他夸赞我,说我是矜持的好女孩,可到了后来,他开始用各种各样的方法刁难我,讽刺我。他说我是贱骨头、贱女人,是见不得人见不得光的坏女孩。

现在回想,都不敢相信那段时间自己是怎么坚持下来的。

或许还是因为钱。

他会给我很多钱。他给我的零花钱比爷爷奶奶给我的生活费还要多。也正是这个原因,当他第七次和我提起这件事的时候,我觉得我没有办法再拒绝,因为我欠了他很多。

那夜,他很熟练地挑起我每根神经,他的大手在我身上游走,用嘴唇刻下一颗颗爱的种子。我迷醉其中,竟忘了他这般熟练的技巧,是和多少女人滚过床单练出来的。

　　从那以后，这便成了家常便饭。我也越来越沉醉在这份欢愉中，有时候我甚至会主动提出，然后他不怀好意地看着我窃笑。

　　当他向我提出分手的时候，我接近崩溃。我知道他流连花草之中，但是我以为那只是他在通往婚姻的路上的一些野花野草，他最终还是会和我携手步入殿堂。结果我错了，那些的确是他的野花野草，只是没想到的，我也只是其中一棵，陪他走到终点的人不是我。

　　从此，我恨男人，恨每一个把承诺说得天花乱坠的男人，恨每一个用甜言蜜语欺骗女人的男人。我以为我看透了天下的男人，但我又错了。世上万事万物都有例外，钟习衡和松司佐就是例外。

　　而他们都爱上了同一个女人，关明烟。

　　钟习衡给过她承诺，他说他要她的一辈子；松司佐也给过她承诺，他说他一辈子都不会放弃追求她。

　　凭什么一个普通的女子可以得到两位优秀男士极致的爱恋？我不能忍受，我对关明烟看不顺眼。

　　她长得不算出众，她身材不算高挑，她能力不算出众，这样的女人凭什么可以幸福？因为她傻？她单纯？她天真？

　　我不理解，所以我处处与她作对。我想把她逼到角落，逼到绝路，我要看她疯狂的样子，我要看她歇斯底里失态的样子。

　　我恨关明烟。我在日记本上重重刻下几个字。

番 外

安颖篇

今天是我和沧睿结婚的大好日子。

我还在化妆间化妆的时候,罗走过来,他通过镜子看着我,笑着说:"还记得当年我们的那个约定吗?如果十年后,我未当婚,你未当嫁,我们就凑合着过一辈子吧。没想到今天你就要嫁人了。"

我嘻嘻笑,心跳却比打鼓还要响。七年前,我怎么会知道在七年后我要嫁给一个叫沧睿的男人呢?

最开始,我听从钟习衡的安排去了报社,在那里我遇见了沧睿。我们第一次见面是在电梯里。我搬着一大箱子的文件稿纸上楼,走到报社的一楼大厅,看见电梯门就要关了,我加紧几步卡着门缝进去,电梯里站着一位面目和善的男人。

"你好,我是新来的文员,我叫安颖。"

那人看了我一眼,点点头,不说话。他高傲的态度让我顿时心生不满。后来我们在休息室又遇见,我泡完咖啡,他正巧走过来,也泡了一杯咖啡。我想冰释前嫌,就找话题说:"嘿,这么巧!你也喜欢咖啡啊?"

他还是不和我说话,只是轻描淡写地望了我一眼,然后泡完咖啡走出去。

从那天起，我对自己宣誓，我要和他势不两立！

关明烟来报社的时候，我也没有想到。我将这个消息告诉钟习衡，他比我还要惊讶，然后吩咐我要关注她的一举一动，有什么特殊情况随时向他报告，我便成为了他的专属间谍。

为心爱的男人保护他心爱的女人，这件事我不知道世上有多少女人做过，但是做过的人都知道这会多心痛，尤其当你发现这个女人比自己可爱，比自己优秀，连你都爱上她的时候，你会陷入爱与恨的两难之地。

五年前，我来到钟氏集团，认识了S市唯一一个可以呼风唤雨的男人，我为他做事，也不由自主地爱上他。

罗跟我说，钟习衡有一个深爱的女人，但是那个女人背叛了他，与别的男人一起离开这里，去了美国。钟习衡一直在找她。每天他去公司的第一件事就是打开邮箱，看看有没有哪位侦探给他发来邮件，报告有关那个女人的下落。没想到的是，这位让我又嫉妒又仇恨的女人竟成为我下半辈子最好的朋友。

我跟罗说，我要向钟习衡表白。那时候，我还不知道罗是爱我的，我只是一心一意想得到自己梦想的爱情。罗劝我放弃，他说钟习衡一辈子只爱那个女人，不论生老病死，不论她是否与他做伴，这份情爱都不会变。

我嗤之以鼻，我跟他说，这天下我最不信的就是男人会遵守爱情的承诺。

可是我错了，钟习衡毫不留情地拒绝我，语气强硬，他让我死了这条心。我不信，我脱掉身上的衣物，只剩下一件黑色蕾丝的胸衣和一条丁字裤，这是我特意准备的。

我对自己的身材很有信心，我也清楚男人是食肉动物，在可口的鲜肉面前，他们会克制不住。可是我又错了，钟习衡不一样，他连看都不看一眼，走到门边，"砰"的一声关上门，击碎我最后的自尊。我哭着将衣服穿上，打开门走出去，看见一直守在门外的罗。我那时才知道，他是爱我的。

可是我不爱他，我要的是我爱的人。所以，当钟习衡问谁要去报社的时候，我主动请缨，我要离开他，也是要离开罗。我甚至带着最后一丝幻想，他会挽留我，但是他没有。他点头，把我的名字从钟氏集团上划掉，然后抬头看着我，说："你去吧，小心点不要露出破绽。"

阳光透过落地玻璃折射进来，削弱了的光芒依旧刺伤了我的眼睛。它明明晃晃地照在屋内，将我破碎的不能再拼凑的心曝光，让所有人一目了然。

我是带着不完整的尊严来到这里的，沧睿又成为第二个践踏我尊严的人，毫不出奇，他成为我报复的对象。因为，钟习衡是我不舍得也不敢报复的。

想来真是可笑，我爱的人都是曾经把我的尊严踩在脚下的人。看来，女人在爱情前，天生就不是有骨气的人。

我处处和沧睿作对，他提出来的创意，即使再好再新颖，我都会毫不留情

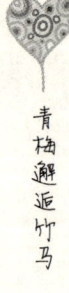

地反驳，指出他的错误。大学期间，我是校辩论队的小组长，我有一张很能说话的嘴。

沧睿常常被我说得面红耳赤。终于有一次会后，他把我拦住，咬牙切齿地问："你到底想干吗？"

我扬眉，笑得好得意，"你对新人不礼貌，这是一点点教训。"

就是这样一个让我痛恨的人，我居然救了他。

关明烟和他出车祸了，我以迅雷不及掩耳之势冲到了医院，钟习衡让我看好关明烟，我却让她出了车祸，我该如何交代。

幸好，她没事。出事的反而是沧睿，就在我准备离开的时候，医生走过来说要献血，他是罕见的 Rh 阴性血。医院的血库里没有这种血型的存血了，如果不能及时输血，他会因失血过多而死亡。

我是熊猫血，便站了出来。我看着通红的液体从我身体内抽离，竟感觉到这是多么神奇的事情，我的血液从此会流淌在我恨的人的体内。

第二天，我借口看关明烟到了医院，又忍不住去探望一下沧睿。他的脸色依旧惨白，但是已经醒过来，他看见我，彼此间有些尴尬，沉默了几分钟，才开口说话。

"谢谢你为我输血。我听关明烟说了，是你献的血。"

"没事，我只是……救人一命胜造七级浮屠嘛。"

气氛又陷入尴尬，就在我考虑着要不要离开的时候，他忽然说："你刚来的那天……对不起，我不是故意态度那么差的。那天……我刚和女朋友分手，所以……心情不太好……请你见谅。我后来想过要道歉，但是没想到你那么记仇，处处针对我……"

"我哪有记仇！根本就是你的问题，哪有你那样的人！"

我激动地和他辩驳，争吵，最后他看着我，我看着他，不知道还有什么可说的时候，相视着，一起哈哈大笑。

今天，我竟忘了要想念钟习衡。我在日记本上写道。

后来，我有空的时候就去医院看望他，带水果，带蛋糕。我们从天文聊到地理，从历史聊到太空，从古今聊到中外，总之就是敞开胸怀痛快地聊天。那段时间，去看他成为我每天都在期待的事情。

他懂得居然比我还要多。我在日记本上写下。

我以为我是博览群书的人，可是和他比起来，我就是一小学生，他就像一个活图书馆，你问什么他都知道。

我们越走越近，连罗都发现我的不对劲了。有次我去钟习衡的办公室，收到最新的指令安排，我出来时，罗拉我到走廊。

他问我，你是不是恋爱了？

我说没有啊。

他又问,你每天去医院干什么?关明烟已经出院了。

我支支吾吾答不上来,他深深地望着我,好像已经看见我的心上写着谁的名字了,他很失望,头也不回地就离开了。

沧睿出院了,出院的那天他送我好多用纸折的星星,各种颜色,用心形的玻璃瓶装着,迎着阳光,折射出斑斓的色彩。

他告诉我,每天我走后,他都会拿出纸折星星,一边折纸星星,一边想着我。

他说,他好像爱上我了。

车水马龙的街上,我听见了这辈子我最想听的一句话。

我穿着洁白的婚纱,踩着九厘米的高跟鞋,站在教堂的门口。这双高跟鞋是关明烟和钟习衡送给我的礼物。关明烟说,九是美好的数字,我希望你们可以长长久久。

关明烟就是这样一个温暖的女子。难怪钟习衡为了她守了六年,不问人间红尘。

我曾爱慕钟习衡这样的男人,可是我后来才知道,那是崇拜,不是爱情。我要的爱情是实在的,是触手可及的,只有面前的这个男子才可以给我。

我慢慢地走过去,站在沧睿身边的伴郎是罗。他注视着我,眼里都是祝福。

九厘米的高跟鞋对我是一个挑战,我每走一步都得小心翼翼,但是还好我走到了沧睿的面前。正如这些年,我每一步都走得艰难,但是还好我没有错过他——我这辈子最爱的人和这辈子最爱我的人。

我们携着彼此的手,在耶稣面前宣誓——

此生,要执子之手,与子偕老。